Rainer Grebe

Die Toten vom Tiergarten

Ein Fall für Kramer

SPICA

VERLAG GMBH

www.spica-verlag.de

© Spica Verlag GmbH
1. Auflage, 2021

Autor: Rainer Grebe
Für den Inhalt des Werkes zeichnet der Autor selbst verantwortlich.
Die Handlung und die handelnden Personen sind frei erfunden.
Ähnlichkeiten mit lebenden Personen wären zufällig und unbeabsichtigt.

Gesamtherstellung: Spica Verlag GmbH

Printed in Europe
ISBN 978-3-98503-029-3

Was als Tat verwerflich ist,
ist auch in Worten nicht zu dulden.
(Teturian ca. 160 – 220)

Inhalt

Personenregister

Der erste Mord

Es war kurz nach Mitternacht, als die rote Limousine den *Gro-ßen Stern* an der Siegessäule erreichte. Am *Spreeweg* verließ der Wagen den Kreisverkehr und bog rechts ab. Soeben hatte er das Schloss *Bellevue* auf der linken Seite passiert, als er kurz vor dem Abzweig zur John-Forster-Dulles-Allee plötzlich langsamer wurde und rechts auf die – parallel zur Spree verlaufenden – Straße einbog. Die John-Forster-Dulles-Allee führt zur Kongresshalle, die von den Berlinern liebevoll *Schwangere Auster* genannt wird. Der Fahrer des roten Citroen DS 19 hatte jetzt auf Standlicht umgeschaltet und fuhr nur noch im Schritttempo über die schwach beleuchtete Fahrbahn. Er hatte eine kurze Strecke zurückgelegt, als er unvermittelt stoppte und auf ein links der Straße brachliegendes Gelände am Rande der Spree rollte. Obwohl der Fluss an dieser Stelle nur einen Steinwurf entfernt dahinfließt, versperrten vereinzelte Bäume und dichtes Gestrüpp den Blick auf das Wasser. Der Fahrer schaltete in jenem Moment, als er die Straße verließ, die Scheinwerfer aus und der Wagen rollte nun durch Dunkelheit langsam bis kurz vor das Buschwerk am Uferrand. Der Motor wurde ausgeschaltet und die Limousine war in der Finsternis jetzt nur noch schemenhaft zu erkennen. Die vielen Wolken am Berliner Nachthimmel ließen den Mond und seinen Schein nur erahnen. Auch im Inneren des Wagens blieb es dunkel, nichts rührte sich, nichts war zu sehen.

Es war fast eine halbe Stunde vergangen, als sich plötzlich die Fahrertür öffnete und eine männliche Gestalt aus dem Auto stieg. Der Mann blieb vor der offenen Tür stehen, schien erschöpft, stützte sich mit beiden Händen auf dem Autodach ab. Dann richtete er sich auf, ordnete seine Kleidung, schloss den Gürtel seiner Hose. Nach einem kurzen Zögern lief er um das Heck des Citroens auf die andere Seite und öffnete dort die Beifahrertür.

Der Mann beugte sich in den Wagen hinein, war für einen kurzen Moment nicht mehr zu sehen. Als er wieder zu erkennen war, zog er einen Körper – es war der einer Frau – nach draußen. Er hatte seine beiden Arme offensichtlich um ihren Oberkörper geschlungen und bewegte sich vorsichtig in kleinen Schritten rückwärts auf das Gebüsch zu. Dort ließ er den offensichtlich leblosen Körper zu Boden gleiten. Er richtete sich schnell wieder auf, verharrte so, als lauschte er, ob nicht vielleicht doch irgendjemand in seiner Nähe sei. Als alles ruhig blieb, schlich der Mann zum Auto zurück, schloss leise die Beifahrertür und huschte um das Heck zurück zur Fahrerseite. Er stieg ein und schloss auch diese Tür ganz leise. Sofort startet er den Wagen, wendete und fuhr langsam ohne Licht zurück auf die Straße. Kurz bevor das Fahrzeug den *Spreeweg* erreichte, schaltete der Fahrer die Beleuchtung wieder an. Er schlug denselben Weg ein, der ihn kurz nach Mitternacht hierher geführt hatte.

Maggi lehnte sich entspannt in den Sessel zurück. Bis vor wenigen Minuten hatte sie Paula gestillt, jetzt schlief ihre kleine Tochter gesättigt und zufrieden wieder in ihrem Arm. Zärtlich strich sie ihr über die kleinen, pechschwarzen Löckchen.

Noch vor einem Jahr hatten sie oft Unsicherheit und Zweifel beschlichen, ob sie – und wenn ja, wie – mit ihrer neuen Aufgabe als Mutter und Hausfrau klarkommen, diese annehmen und ohne Traurigkeit an ihre Arbeit in der Mordkommission zurückdenken würde. Und dann? – Dann war alles ganz einfach gewesen. Es war genauso gekommen, wie es ihre Kollegin – inzwischen beste Freundin – Rosi damals beschrieben hatte:

„Es gibt sicher sehr wichtige Dinge im Leben, aber es gibt auch Dinge, die sind wichtiger als alles andere auf der Welt."

Wer oder was konnte schon wichtiger sein als dieses kleine Wesen, das jetzt schlafend in ihrem Arm lag. Obwohl sie ihre innere Balance wiedergefunden hatte, tauchten in ihren Gedanken

– stets von etwas Wehmut begleitet – hin und wieder Bilder von der Keithstraße, dem Büro, von ihren Kollegen auf.

Für die Mordkommission von Oberkommissar Kramer war in den letzten Jahren der Standortwechsel fast schon zum Programm geworden. Saßen sie noch bis Ende 1961 in dem alten Backsteinbau in der Friesenstraße, ging es von dort nur zwei Jahre darauf in die Gothaer Straße. Jetzt war das Kriminalgebäude in der Keithstraße seit fast 1½ Jahren ihre neue *Heimat*. Mit jedem Umzug hatte sich auch die Qualität ihres Arbeitsbereichs deutlich verbessert. Kramer saß jetzt in einem eigenen, deutlich größeren Büro, das auch Platz für einen sehr feinen Besprechungsbereich bot. Fein deshalb, weil der Oberkommissar den Kriminalrat Struck kurz vor dessen Wechsel zur Generalstaatsanwaltschaft *beerben* durfte. Ein eleganter Tisch mit Chromfüßen und schwarzer Platte samt vier Thonet Freischwingern[1] – Sitz- und Rückenfläche waren aus schwarzem Leder. Während er sich über den kleinen *Nachlass* von Struck sehr freute, war seine Gefühlslage bei dem Gedanken an seine neue Chefin, Staatsanwältin Dr. Katharina Fischer, eher zwiespältig. Ein wenig Hoffnung keimte jedoch auf, als er erfuhr, dass sie wie er ursprünglich aus Hamburg kam. Dr. Fischer, Ende vierzig, schlank, ein sportlicher Typ, war mit einem Redakteur vom *Tagesspiegel* verheiratet. Die neuen Aufgabengebiete des Ehepaares hatten sie von der Alster an die Spree wechseln lassen.

Kramers Tür zum Nebenraum, in dem Rosi und Seydlitz arbeiteten, stand immer offen. Seine beiden Kollegen hatten ihre Schreibtische direkt vor das große Fenster geschoben, an dem sie sich jetzt gegenübersaßen. Manni beendete in diesem Moment das Telefonat und blickte nachdenklich seine Freundin an.

„Was meinst du, Rosi? Kann man sexuelle Lust empfinden und gleichzeitig morden?"

Rosi sah ihren Freund leicht irritiert an. „Wie kommst du ausgerechnet jetzt darauf?"

Er machte – ohne auf ihre Frage einzugehen – nur eine leichte Kopfbewegung in Richtung Kramers Büro und stand auf. Beide gingen gemeinsam nach nebenan. Der Oberkommissar hatte vor wenigen Augenblicken seine Pfeife auf dem Schreibtisch abgelegt. Jetzt stand er am Fenster und schaute – gedankenverloren … vielleicht aber auch nachdenklich – hinunter auf die Keithstraße.

„Hallo Kalle, die schöpferische Pause ist hiermit beendet."

Der Oberkommissar drehte sich lächelnd um.

„Schickt uns Frau Doktor auf Streife? Oder soll ich euch in Sachen Standesamt beraten?"

„Nee Chef, wir müssen einen *Lustmord* im Tiergarten aufklären – die Meldung ist vor zwei Minuten hereingekommen. Dr. Schneider und die Spusi sind schon vor Ort. Ich denke, wir sollten dort auch möglichst zügig erscheinen, sonst kommt die Fischerin noch auf den Gedanken, wir würden hier tatsächlich nur den Staub von den Akten pusten."

„Hast Recht Manni. Wurde auch langsam Zeit, dass mal wieder etwas geschieht."

Die Polizei hatte die Zufahrt in die John-Forster-Dulles-Allee abgesperrt, weil in diesem Abschnitt – bis hin zum Fundort der Leiche – die Kriminaltechniker (KT) nach möglichen Reifenspuren oder anderen Hinweisen auf den Täter suchten. Oberkommissar Kramer durfte mit seinem dunkelroten *Renault 4* passieren. Als Maggi im fünften Monat schwanger war, sie absehbar eine kleine Familie sein und Platz für Kinderwagen & Co benötigen würden, hatte er sich kurz entschlossen von seinem geliebten *Käfer* getrennt und sich für diese – wie er sie nannte – *Familienkutsche* entschieden. Bei einem Auto mit vier Türen war die Mitfahrt hierher in den Tiergarten seitdem auch für Rosi und Manni kein Problem. Im Gegensatz zur Enge auf der Rückbank eines VW waren beim R 4 nach dem Aussteigen keine chiropraktischen Anwendungen erforderlich.

Die aktuellen zehn Grad fühlten sich bei dem leichten Wind deutlich kälter an, als sie über das Gelände Richtung Fundort liefen. Sie hatten ihn fast erreicht, als der Gerichtsmediziner sich umwandte und ihnen ein paar Schritte entgegenkam.

„Hallo Kramer, hallo ihr beiden", begrüßte Dr. Schneider sie.

„Hallo Doktor", kam es im Chor zurück.

„Mein lieber Oberkommissar – im aktuellen Fall liegen Fundort und Tatort wahrscheinlich nur ein paar Meter voneinander entfernt. Die Spusi hat hier in unmittelbarer Nähe der Leiche Reifenspuren von einer Limousine gefunden. Ich vermute – die Nächte sind zurzeit noch recht kühl –, der Tod könnte kurz nach Mitternacht eingetreten sein. Allerdings … mit dem Begriff Tatort … ich tue mich da ein bisschen schwer. Kramer – es könnte im vorliegenden Fall durchaus sein, dass hier zwischen den Beteiligten", er zögerte kurz, „vielleicht ist hier etwas aus dem Ruder gelaufen."

„Dr. Schneider, wenn ich die Meldung der Funkstreife und Ihre nebulöse Erklärung richtig deute, gehen Sie davon aus, dass der Mann es bei den Sex-Spielchen etwas übertrieben hat und das Opfer dabei auf der Strecke geblieben ist, richtig?" Rosi blickte den Mediziner völlig entspannt an.

Der Oberkommissar warf Seydlitz einen kurzen Blick zu und dieser hatte für einen Moment das Gefühl, er müsse seinen beiden männlichen Kollegen erklären, dass sein Liebesleben mit Rosi völlig normal verlief.

„Dr. Schneider, jetzt mal weniger Prosa, sondern klare Fakten. Was, bitteschön, ist nach Ihrer Ansicht hier gestern Nacht geschehen", Kramer wirkte leicht ungeduldig. Der Gerichtsmediziner räusperte sich kurz, offensichtlich verwirrte ihn Rosis offene, direkte Art.

„Was hat euch die Zentrale eigentlich gesagt, Rosi?"

„Manni hat das Gespräch geführt. Die Kollegin hat von einem *Lustmord* gesprochen."

Der Pathologe nickte anerkennend:

„Nicht schlecht … Kramer – vielleicht sollten Sie den Streifenführer, der diese Meldung abgesetzt hat, mal im Auge behalten – hat die Situation offensichtlich gut eingeschätzt. Also … bei der Toten, Alter etwa Mitte dreißig, fehlen BH und Slip. Es gibt keine Hinweise, dass es einen Kampf gegeben, die Frau sich möglicherweise gewehrt hat. Sie hatte mit Sicherheit kurz vor ihrem Tod Geschlechtsverkehr. Um ihren Hals lag ein zur Schlinge geschlungener Seidenschal. Ich fand auch Strangulierungsmale am Hals, die mich zu der These führen, dass wahrscheinlich auf diese Weise während des Verkehrs Lust und Erregung gesteigert werden sollten. Wenn es dann aber zwischen den Partnern keine klaren Absprachen, keine verbindlichen Zeichen gibt, wann die Strangulation sofort abzubrechen ist, kann es in der Erregung durchaus geschehen – das vermute ich zum Beispiel im vorliegenden Fall –, dass bei einem zu heftigen Ziehen an der Schlinge, eine Fraktur des Kehlkopfes die Folge ist. Es deutet einiges darauf hin, dass dies die Todesursache sein könnte. Mehr …"

„Ich weiß lieber Doktor – mehr erfahren wir nach der Obduktion", vollendete der Oberkommissar den Satz.

„Gibt es denn irgendwelche Hinweise auf die Identität der Toten?", schaltete sich Seydlitz ein.

„Keine Papier, nichts, rein gar nichts. Ihre Kleidung ist teuer und modisch, ihr Körper, die Hände- und Fußnägel sind ungewöhnlich gepflegt. Die Körperbehaarung in den Achseln und im Genitalbereich ist kosmetisch entfernt worden. Wir haben es hier mit einer Frau zu tun, die mit Sicherheit nicht auf dem Straßenstrich angeschafft hat. Dennoch bin ich überzeugt davon, dass auch sie im Milieu gearbeitet hat. Sie war mit Sicherheit keine Edelnutte im üblichen Sinne. Kommt, schaut sie euch selbst an."

Gewiss – ein Toter ist und bleibt ein Toter. Steht man jedoch vor einem Menschen, der gewaltsam durch ein Verbrechen sein Leben verloren hat, ist das eine völlig andere Wahrnehmung … sind die Opfer Kinder, ist der Anblick kaum zu ertragen. Es traf genau all das zu, was ihnen Dr. Schneider bereits beschrieben hatte. Die Haare der Toten waren kastanienbraun und schulterlang, ihr Gesichtsausdruck wirkte – ungeachtet der dramatischen Begleitumstände – nicht angstvoll, sondern eher erschrocken.

Kaum waren sie wieder zurück in der Keithstraße, suchten sie nach ein wenig emotionalem Abstand von den Bildern im Tiergarten, als die Tür zur Mordkommission schwungvoll geöffnet wurde und Frau Dr. Fischer unerwartet auf der Bildfläche erschien. Kramer hatte vom ersten Tag an den Eindruck gehabt, dass seine Chefin ihm die Sitzgruppe ihres Vorgängers ein wenig neidete. Würde man sie jedoch gezielt darauf ansprechen, hätte Fischer nur ungläubig den Kopf geschüttelt und denjenigen als *Spökenkieker*[2] bezeichnet. Jetzt war sie direkt auf die Thonet-Stühle zugesteuert und blickte erwartungsvoll hinüber zu Oberkommissar Kramer. Der war konzentriert mit einer seiner Pfeifen beschäftigt, ließ seine Chefin ganz bewusst ein wenig zappeln.

„Herr Kramer, wollen Sie vielleicht vorher noch ne Zeichnung machen", Frau Dr. Fischer wirkte leicht genervt. Als die Pfeife endlich qualmte, wandte sich der Oberkommissar ihr lächelnd zu.

„Frau Doktor, auch für eine Pfeife braucht es viel Liebe und Sorgfalt, damit das Rauchen anschließend auch Genuss bringt. Aber … ich denke, es ging Ihnen weniger um die hier", er hob schmunzelnd kurz die Pfeife, „sondern um die Leiche im Tiergarten."

Die Kriminalrätin überging die kleine Spitze charmant:

„Genau, Herr Oberkommissar, genau deshalb sitze ich hier."

„Die junge Frau ist nach Dr. Schneiders Einschätzung …" Kramer berichtete ausführlich über seinen Besuch am Tat- bzw. Fundort und das Gespräch mit dem Pathologen.

„Wir gehen davon aus, dass bereits eine Vermisstenmeldung erfolgt ist oder im Laufe des Tages eingehen wird. Die Kriminaltechnik ist noch mit der Auswertung der Spuren beschäftigt. Sehr hilfreich wäre es, wenn Sie aus den Reifenabdrücken auf das Model des Wagens schließen könnten. Frau Manthey und Herr Seydlitz kümmern sich um die bereits vorliegenden Vermisstenmeldungen, ich selbst warte auf die beiden Berichte von der Gerichtsmedizin und der Kriminaltechnik."

Nachdem er geendet hatte, lehnte sich Kramer entspannt in seinem Stuhl zurück und zog genüsslich an seiner Pfeife.

„Na, das sieht doch alles gut strukturiert aus, Herr Oberkommissar. Ich weiß nicht, warum Sie in meiner Gegenwart hin und wieder so hibbelig sind?"

Sie blickte ihn leicht amüsiert an. Kramer schien überrascht, fühlte sich auch ein wenig ertappt.

„Hibbelig – meinten Sie?" Er schüttelte lächelnd den Kopf. „Gut – vielleicht stimmt das ja sogar ein bisschen – aber Sie sind ganz sicher nicht der Grund dafür. Es ist im Moment alles sehr nervig für meine Frau und mich. Maggi ist … war … mit Leib und Seele Kriminalpolizistin. Jetzt, wo Paula da ist, geht sie unerwartet entspannt in ihrer neuen Rolle als Mutter auf. Dennoch spüre ich natürlich, wie sehr ihr das hier alles fehlt. Wir suchen jetzt seit längerer Zeit erfolglos nach einer neuen Wohnung, weil es in der alten von Tag zu Tag unerträglicher wird. Als Paula auf die Welt kam, haben wir mit allen Mietern in unserem Haus darüber gesprochen, ob wir unseren Kinderwagen unten im Erdgeschoß – da gibt es einen Gang, der auf den Innenhof führt – abstellen dürfen. Den Wagen jeden Tag ein paar Mal vom ersten Stock hinauf- und hinunterschleppen … das geht gar nicht. Alle waren super freundlich und verständnisvoll. Seit zwei Wochen macht uns jedoch plötzlich der Hausmeister die Hölle heiß. Der Wagen müsse **sofort verschwinden**, wir würden den Fluchtweg blockieren. Ist völliger Schwachsinn, denn zwischen Wagen und Hoftür sind fast zwei Meter Platz. Jeden Morgen, wenn ich hierherfahre, mache ich mir Gedanken, ob der Penner meiner Frau wieder den Tag versaut, während ich selbst hilflos zuschauen muss." Wütend schob er ein paar Hefter quer über den Schreibtisch.

„Kramer, das kann ich gut nachvollziehen. Mein Mann und ich haben zwei Jungs. Als der erste im Alter von Ihrer Paula war, lief das Ganze ähnlich ab … nur bei uns war es nicht der Hausmeister. Ein Mieter in unserem Haus hat uns von Anfang an terrorisiert. Gott sei Dank sind wir recht bald dort weggezogen, aber bis dahin … nee kein zweites Mal so einen Stress. Also mein Lieber", Dr. Fischer war aufgestanden, „ich wünsche Ihnen bei allem, was Sie demnächst anpacken, viel Erfolg."

Als sie durch das Nebenzimmer, in dem Rosi und Seydlitz saßen, zur Tür ging, nickte sie ihnen freundlich zu und hob einen Daumen als Zeichen ihrer Anerkennung.

„Kalle, ich weiß gar nicht, was du mit der Fischerin hast – ist doch richtig nett, die Hamburger Deern", Seydlitz blickte grinsend um die Ecke.

Aus den Vermisstenanzeigen stach eine besonders hervor. Eine Agnes Arendt aus der Regensburger Straße – direkt am Viktoria-Luise-Platz – hatte ihre Freundin Sibylle Wagner für die Zeit seit Freitagabend als vermisst gemeldet. Die Personenbeschreibung, die Haarfarbe, das Alter auch die Hinweise auf ihre Kleidung, alles deutete auf die Tote aus dem Tiergarten hin. Nach ihrer morgendlichen Lagebesprechung gab Kramer schnell die Richtung vor:

„Manni, schnapp dir bitte Rosi und fahr mit ihr zu der Arendt. Ich denke ihre Freundin ist die Frau ohne Namen aus der Gerichtsmedizin."

Wenig später liefen die beiden Ermittler zum U-Bahnhof Wittenbergplatz. Am Nollendorfplatz stiegen sie um und fuhren von dort nur eine Station bis zum Viktoria-Luise-Platz. Die angegebene Adresse war ein großes, altes Eckhaus in der Regensburger Straße. Es gehörte zur Randbebauung des Platzes und war somit Teil dieses städtebaulichen Ensembles. Anfang des 20. Jahrhunderts erbaut, hätte der wunderschönen alten Fassade zwanzig Jahre nach Kriegsende ein frisches *Make-up* gut gestanden. Als sie den Hausflur betraten, waren sie jedoch positiv überrascht. Helle, freundliche Wände, ein Mosaikfußboden – die Farben von Weiß über Anthrazit bis hin zum Schwarz beherrschten das Bild. Die schöne Holztreppe aus Eiche, die gedrechselten Stützen des Geländers und der makellose, polierte Handlauf zeugten von bester Handwerkskunst. Die Wohnungstüren, vermutlich Kiefer oder Buche, mit ihren dekorativen Kassetten, die Briefklappen aus blankem Messing und die kunstvollen Türknaufe rundeten das edle Bild des Treppenhauses ab. In der ersten Etage fanden sie das Türschild mit den Namen *Arendt und Wagner*. Nachdem sie geklingelt hatten, dauerte es eine Weile, bis sich innerhalb der Wohnung Schritte näherten. Als die Tür geöffnet wurde, stand ihnen eine junge, große, dunkelhaarige Frau gegenüber. Ihre leicht hochgezogenen Wangenknochen und die mandelförmigen Augen verliehen ihr ein leicht fernöstliches Aussehen. Sie trug ein elegantes bordeauxfarbenes, hochgeschlossenes Kleid. Rosi und Seydlitz zogen ihre Dienstausweise hervor.

„Guten Tag. Ich bin Kriminaloberinspektor Seydlitz und das ist meine Kollegin Frau Manthey. Sind Sie Frau Arendt?"
Die Angesprochene nickte.

„Trifft es zu, dass Sie am Samstag Ihre Freundin Sibylle Wagner als vermisst gemeldet haben?"

Frau Arendt sah sich die beiden Ausweise noch einmal etwas genauer an, wirkte unsicher und nervös.

„Ja, das ist richtig – ich vermisse meine Freundin seit Freitagnacht. Sie hat sich leider bis heute nicht bei mir gemeldet. Haben Sie denn etwas herausgefunden? Wissen Sie, wo sie ist?"

„Deshalb sind wir ja zu Ihnen gekommen, Frau Arendt. Ich denke, es wäre besser, wenn wir unser Gespräch nicht hier im Hausflur fortsetzen würden", wandte Rosi ein.

„Entschuldigung … tut mir leid – ja natürlich, kommen Sie doch bitte herein."

Es war eine typische Berliner Altbauwohnung mit hohen Räumen, Parkettfußboden, großen Fenstern und Stuckelementen an den Decken. Frau Arendt führte die beiden in eine Art Salon, der elegant und geschmackvoll, mit sehr viel Liebe zum Detail gestaltet worden war. Die Sitzgruppe eines italienischen Designers und davor ein runder Glastisch. Das Außergewöhnliche an ihm war der Fuß, auf dem die dicke Platte ruhte. Es war das Teilstück einer alten Berliner Gaslaterne. Stand- und Auflagefläche bildeten zwei größere runde Metallplatten – Material und Farbe waren auf das Fragment dieses alten Laternenpfahls perfekt abgestimmt.

„Darf ich Ihnen einen Kaffee oder Tee anbieten?"

Rosi und Seydlitz entschieden sich für Kaffee. Wenig später saßen sie sich zu dritt gegenüber.

„Ich hoffe, Sie empfinden meine Frage als nicht zu indiskret, Frau Arendt … das ist eine Riesenwohnung, die sehr geschmackvoll, aber sicher auch mit großem finanziellen Aufwand eingerichtet worden ist. Wie finanzieren Sie das Ganze hier?" Rosi schaute sie aufmerksam an.

„Sibylle und ich waren früher mit recht wohlhabenden Männern verheiratet. Bei den Scheidungen haben sich unsere beiden

Ex – waren wohl die ersten anständigen Regungen in unseren verkorksten Ehen – als durchaus großzügig erwiesen. Wir beide haben uns dann hier rein zufällig bei der Besichtigung dieser Wohnung kennengelernt. Für jede von uns war die Miete jenseits von Gut und Böse. Als wir dann wenig später hier in der Nähe in einem Café noch zusammengesessen haben, verstanden wir uns beide vom ersten Moment an. Wir waren uns sehr schnell einig, dass wir zusammen in diese Wohnung einziehen wollen. Genau so einig waren wir uns auch, wie das Geschäftsmodell aussehen sollte, um unser kleines Vermögen einerseits nicht aufzubrauchen und uns anderseits auch künftig einen hohen Lebensstandard bewahren zu können. Da wir auch in sexueller Hinsicht auf der gleichen Welle waren, haben wir uns relativ schnell im hinteren Bereich der Wohnung ein kleines, sehr spezielles Studio für Kunden mit sadomasochistischen Neigungen eingerichtet. Wir beide hatten während unserer Ehen Erfahrungen in dieser Hinsicht gemacht. Es war für uns auch nicht schwer, entsprechende Kunden zu finden. Es sind ausschließlich Stammkunden. Wir werden von ihnen weiterempfohlen, aber wir entscheiden am Ende, wen wir in den vorhandenen Kreis aufnehmen. Wenn es Sie interessiert, können Sie gerne einen Blick in das Studio werfen?"

Während Seydlitz freundlich dankend ablehnte, war Rosi sofort bereit, die Einladung anzunehmen. Die beiden Frauen verschwanden unverzüglich, Manni blieb verunsichert und nachdenklich allein zurück. Nach gut fünf Minuten kamen die beiden wieder und setzten sich zu ihm.

„Wann haben Sie denn Ihre Freundin das letzte Mal gesehen?", lenkte Seydlitz das unterbrochene Gespräch wieder hin zum eigentlichen Anlass ihres Besuches.

„Ich hatte am Freitag, dem 23. April, gegen 19 Uhr meinen einzigen und letzten Kunden. Der ist gegen 20.30 Uhr wieder gegangen. Sibylle hingegen – und das war sehr ungewöhnlich, weil wir immer ab 21 Uhr unser gemeinsames, langes Wochenende einläuten – war am Freitag noch für 21.30 Uhr verabredet. Ich habe gegen 21 Uhr die Wohnung verlassen und bin mit einem Taxi zum *Kempinski* am Ku'damm gefahren. In der Regel essen wir dort zusammen und fahren anschließend hin und wieder von dort zum *Hilton* in die Dachbar, um den Abend ausklingen zu lassen. Ich habe sehr lange im *Kempi* gewartet, weil ich davon ausging, dass Sibylle dort spätestens kurz nach 23 Uhr aufschlägt. Sie ist aber nicht gekommen. Als ich hier gegen 23.30 Uhr wieder eintraf, war sie nicht da ... auch kein Zettel ... keine Nachricht für mich."

„Frau Arendt, wir haben keine letzte Gewissheit – dennoch deutet vieles darauf hin, dass die tote Frau, die am Montagmorgen in der Nähe der John-Forster-Dulles-Allee gefunden wurde, Ihre vermisste Freundin sein könnte. Endgültig wissen wir es erst dann, wenn Sie bereit wären, die Leiche zu identifizieren."

Seydlitz hatte ganz ruhig und sachlich mit ihr gesprochen. Jetzt waren ihre Augen voller Tränen, trotzdem wirkte Frau Arendt sehr gefasst.

„Wann kann ich sie sehen?"

„Melden Sie sich einfach morgen Vormittag bei uns im Büro. Wir kümmern uns dann um alles."

Sie hatten soeben das Haus in der Regensburger Straße verlassen, als Seydlitz abrupt vor Rosi stehen blieb und ihr etwas unsicher in die Augen blickte. Sie war völlig perplex, konnte sein Verhalten überhaupt nicht einordnen.

„Sag mir bitte ganz ehrlich, ob du mit mir glücklich bist – oder ob dir das alles ... unser Liebesleben zu langweilig ist? Vielleicht würdest du auch ... na ja ob du es vielleicht auch lieber so treiben würdest wie die beiden Frauen?"

Sie blickte ihn erstaunt und verwirrt zugleich an:

„Sag mal, spinnst du? Manni, wie kommst du denn nur auf diese absurde Idee? Und übrigens, mein Schatz – ich bin mit dir glücklich … und das in jeder Hinsicht."

Seydlitz schien noch immer nicht ganz überzeugt:

„Erst dein kesser Spruch zu Dr. Schneider und jetzt warst du auch ganz wild darauf, dir das Studio von der Arendt anzusehen."

„Mensch Manni, du weißt selbst, dass man den Schneider ein bisschen anschieben muss. Der Doc quatscht einem sonst das Ohr an die Backe. Bei der Arendt war ich einfach neugierig. Geht's da richtig zur Sache oder ist das nur so'n Pseudoscheiß, bei dem mit Wattebällchen geworfen wird."

„Und, wie war dein Eindruck?"

„Ich denke, die zieht ihr Programm knallhart durch. Da hingen Sachen – nee, das will man sich gar nicht vorstellen. Also – ich brauch so etwas nicht, mein Schatz."

Seydlitz drückte sie fest an sich und vergrub sein Gesicht in ihren blonden Haaren.

Als Frau Arendt am nächsten Vormittag kurz nach 10 Uhr die Räume der Gerichtsmedizin verließ, war es amtlich. Die Tote aus dem Tiergarten war Sibylle Wagner. Kramer hatte inzwischen auch Martens Bericht von der Kriminaltechnik erhalten. Danach gehörten die Reifenspuren zu einem Citroen DS 19. Er rief sofort Dr. Schneider an und bat ihn darum, Frau Arendt noch einmal zu ihm in die Mordkommission zu schicken. Nachdem er ihr sein Beileid ausgesprochen hatte, fragte er sie, ob ihr auch die Stammkunden ihrer Freundin bekannt seien.

„Natürlich kennen wir beide die Kunden des anderen – ich denke, es hat zum einen mit Vertrauen zu tun, vielleicht war es aber auch ein Gefühl der Sicherheit."

„Wissen Sie, ob einer von Frau Wagners Kunden einen Citroen DS 19 fährt?"

„Ich bin mir ziemlich sicher, dass Bruno Bastian – er ist Schauspieler hier in Berlin – einen roten Citroen dieser Marke fährt. Er ist auch einer der wenigen, die immer zuletzt erscheinen. Ob er jener Kunde war, der sich am Freitagabend für 21.30 Uhr angemeldet hatte ... keine Ahnung."

Jetzt war die Lage etwas knifflig. Es gab innerhalb kurzer Zeit sehr viele Ermittlungsergebnisse, vielleicht sogar Indizien dafür, die auf eine enge Verbindung der Toten zu einem – über die Grenzen West-Berlins hinaus – populären Schauspieler hindeuteten. Wie sollten sie vorgehen? Gegen Bastian konsequent ermitteln, dabei vielleicht reichlich Porzellan zerschlagen und darüber hinaus die Karriere eines unter Umständen Unschuldigen in die Tonne treten? Ungeachtet all dieser Fallstricke mussten sie jedoch professionell und ohne Ansehen der Person an der Aufklärung dieses Mordes weiterarbeiten.

„Also Frau Dr. Fischer, wenn Sie mich fragen, klingt das wie die Quadratur des Kreises oder haben Sie vielleicht schon den Durchsuchungsbeschluss für Bastians Haus und sein Auto mitgebracht?"

Der Sarkasmus des Oberkommissars war auch bei wohlwollender Betrachtung nicht zu überhören. Die Staatsanwältin überging seinen gereizten Ton relativ entspannt und blickte sich im Kreis ihrer Ermittler gelassen um.

„Herr Kramer – Mensch – sehen Sie das alles doch nicht so verkniffen. Wenn ich mir Ihre alten Fälle anschaue, – na – da waren Sie oft sehr kreativ. Sicher ... der Wagen von Bastian wäre durchaus interessant für unsere Kriminaltechniker – ganz besonders die Reifen. Decken sich die am Tatort entnommenen Bodenproben mit denen aus seinen Reifen? Aber selbst dann, wenn wir im Auto den Slip und den BH der Toten finden sollten, ist das natürlich kein Beweis für die Tat. Der Mann war ihr Kunde, die Sachen könnten zu einem früheren Zeitpunkt dort zurückgeblieben sein. Ich werde mal meine *bessere Hälfte* ansetzen. Der fährt ihm ne kleine Beule in seine Kiste. Dann überredet ihn mein Mann – Bastian kennt ihn ja nicht – das Malheur in unserer Werkstatt beheben zu lassen. Wir könnten uns dann in aller Ruhe seine Reifen anschauen."

Während sie allen ihre Theorie erläuterte, war der Oberkommissar immer unruhiger geworden.

„Mann, Frau Doktor – so geht das doch nicht. Das klingt ja wie aus einem schlechten amerikanischen Krimi. Keiner dieser Beweise hätte vor einem Gericht Bestand. Vielleicht sollten wir erst einmal sein Alibi überprüfen – kann doch sein, dass der Mann an diesem Abend auf einer Theaterbühne stand … oder?" Seine Chefin vollführte auf dem drehbaren Bürostuhl eine elegante Wende, schlug ihre ohne Zweifel sehr schönen Beine lässig übereinander und grinste ihn herausfordernd an.

„Na Kramer … geht doch. Vor fünf Minuten lamentierten Sie noch wegen eines Durchsuchungsbeschlusses und der Quadratur des Kreises herum – und jetzt? Jetzt wissen wir alle plötzlich, wie es geht. Sauber – natürlich absolut sauber und korrekt – Schritt für Schritt … wenn Sie wissen, was ich meine."

Rosi und Seydlitz waren von dem Auftritt ihrer Chefin sichtlich beeindruckt, Kramer hingegen blickte leicht zerknirscht und schuldbewusst.

„Frau Dr. Fischer – ich muss mich entschuldigen – war totaler Blödsinn vorhin. Ich …"

Fischer unterbrach ihn:

„Kramer, Sie sind ein erstklassiger Polizist und Ihre Leute hier machen einen hervorragenden Job. Ich kann mich nur wiederholen. Ich habe es Ihnen vor ein paar Tagen schon einmal gesagt: Mann – lösen Sie endlich Ihr blödes Wohnungsproblem, dann lösen sich mit einem Schlag all Ihre Sorgen in Luft auf. Ihre Frau könnte hier wieder arbeiten und Sie … Sie kommen wieder in Form." Bei ihren letzten Worten stand sie auf, nickte allen freundlich zu und ging hinaus. Rosi unterbrach als Erste die peinliche Pause, die nach Fischers Abgang entstanden war.

„Was haltet ihr davon, wenn ich mich mal mit den Kollegen der beiden Reviere unterhalte, die im Bereich des Tiergartens liegen. Vielleicht weiß einer von ihnen, ob es dort in der Gegend ein paar Obdachlose oder Stadtstreicher gibt, die nachts in den Grünanlagen übernachten. Sollte es diese geben, könnte man sie befragen, ob sie in der Tatnacht irgendetwas beobachtet haben?"

„Interessanter Ansatz, Rosi. Ich versuche mal etwas über das Alibi von Herrn Bastian in Erfahrung zu bringen", ihr Chef nickte anerkennend.

„Ich fordere von der Zulassungsstelle eine Liste aller hier zugelassenen Citroen DS 19 an", schlug Seydlitz vor.

Der Oberkommissar hatte sich inzwischen wieder etwas berappelt, nickte beiden jeweils mit einem leichten Lächeln zu.

„Sie hat ja vollkommen recht. Ich steh' mir – oder besser uns – mit dieser bescheuerten Wohnungsnummer total im Weg. Ist aber keine wirkliche Entschuldigung. Ihr beide macht euer Ding und ich versuche mal bei unserem Freund Meise etwas über Bruno Bastian zu erfahren. Also, wenn der auf SM[3] steht, wird der Mann nicht gerade im *Cherie* seinen Spaß suchen, aber Elvira und Meise kennen sicher ein paar Leute, die uns vielleicht einen kleinen Einblick in sein privates Umfeld geben können."

Kramer griff zum Telefon. Er hatte nicht die Absicht, Meise bei einem spontanen Treffen vor *Rogacki*[4], begleitet von Fischbrötchen und geräucherter Makrele, über Bruno Bastian zu befragen. Frau Herrmann, Meises Sekretärin, nahm ab. Sie erklärte ihm, dass ihr Chef heute nicht mehr ins Büro komme, der Oberkommissar ihn aber durchaus zuhause in Dahlem erreichen könne.

„Wann ist er denn morgen in der Bismarckstraße Frau Herrmann?"

„Ich sage ihm ganz einfach, dass Sie ihn um 11 Uhr gerne sprechen möchten – na – wie klingt das?"

„Absolut perfekt, Sie kennen ja seinen Terminkalender."

„Herr Oberkommissar – ich kenne ihn nicht nur – ich führe ihn auch", entgegnete sie ihm lachend.

Punkt 11 Uhr drückte er in der 2. Etage der Bismarckstraße 79–80 die Türklinke zu den Geschäftsräumen der *Meise-Immobilien* hinunter und blickte nur Sekunden später in das lächelnde Gesicht von Margot Herrmann.

„Hallo Herr Oberkommissar, der Chef erwartet Sie schon."

„Hallo Frau Herrmann – schön Sie wiederzusehen."

„Geht mir auch so, Herr Kramer. Darf ich Ihnen einen Espresso bringen?"

„Ja gerne."

„Herr Kramer, geben Sie sich keine Mühe, Margot wird auf keinen Fall zur Kripo wechseln."

Meise war während ihres kurzen Gesprächs aus seinem Büro gekommen und stemmte lachend seine Hände an jene Stellen, wo nach seiner Erinnerung die Hüften sein mussten. Wenig später saßen sich die beiden Männer in der dem Oberkommissar inzwischen durchaus vertrauten Sitzgruppe gegenüber. Kramer zog an seiner Pfeife, Meise an seiner Havanna, beide vor einem frischen Espresso. Sie kannten sich jetzt seit über vier Jahren, wenngleich sie zu Beginn genau genommen Gegner gewesen waren. Kramer, der Vertreter des Gesetzes, und Meise – eher jenseits von Gesetz und Ordnung. Als ungekrönter Ruinenkönig Berlins zierten illegaler Buntmetallhandel und Erpressermethoden im *Cherie* sein Geschäftsmodell. Zur Überraschung vieler hatte er es jedoch geschafft, all dies wie lästige Altlasten abzuschütteln und zu einem seriösen, in Berlin hoch geschätzten Immobilienmakler aufzusteigen. Seine Clubs hatte er – wie mit einem Hochdruckreiniger – durchgeputzt und in angesagte Etablissements des West-Berliner Nachtlebens verwandelt. Er war auch fair mit seiner alten *Abriss-Kolonne* umgegangen. Conny

Heilmann, Meises Ex-Vorarbeiter, konnte dank der finanziellen Unterstützung seines ehemaligen Chefs mit einigen anderen Kollegen eine kleine – inzwischen recht erfolgreiche – Speditionsfirma gründen. Der Oberkommissar hatte – besonders in den letzten beiden Jahren – die stets direkte und hilfsbereite Art des Mannes mit dem er jetzt Espresso trank, schätzen gelernt. Er hatte sich eine Pfeife angezündet und blickte nachdenklich den Rauchkringeln hinterher. Meise stand auf und ging zu dem kleinen Glastisch, auf dem einige Flaschen mit edlem Whisky und Cognac standen.

„Ich frage nur der Form halber, mein lieber Kramer – Ihre Antwort – die kenne ich ja schon … oder?" Er zeigte einladend auf das Flaschensortiment. Als der Oberkommissar wie erwartet dankend ablehnte, lächelte der Gastgeber.

„War mir klar – kein entspannter Besuch – wieder mal dienstlich hier … schade eigentlich."

„Ja – wenn ich ehrlich bin – empfinde ich es inzwischen auch ein bisschen blöd, dass ich immer mit meiner Arbeit hier bei Ihnen aufkreuze."

„Mensch Kramer, Sie müssen sich doch nicht entschuldigen. Alles ist gut. Ich freue mich wirklich, wenn Sie kommen und mich bitten, Ihnen ein wenig behilflich zu sein. Ist doch so? Sie brauchen mal wieder ein paar kleine Informationen … oder?"

Meise kam mit einem Glas Whisky in der Hand wieder zurück. Der Oberkommissar legte die Pfeife sanft auf dem Glastisch ab und berichtete dann kurz über die Tote aus dem Tiergarten und deren Verbindung zu Bruno Bastian.

„Das wäre ja in der Tat ein dickes Ding, wenn einer der populärsten Schauspieler unserer Stadt darin verwickelt wäre", Meise schüttelte ungläubig seinen Kopf.

„Genau das ist unser Problem. Ermitteln, ohne viel Staub aufzuwirbeln, weil die Presse, sobald sie davon Wind mitbekommt, einen Riesenaufriss veranstalten wird. Sollte der Mann aber am

Ende nicht für den Tod der jungen Frau verantwortlich sein", er machte eine kleine Pause, „dann kann er wahrscheinlich seine Karriere in den Rauch schreiben."

„Soll heißen", nahm Meise den Gedanken auf, „dass Sie möglichst unauffällig Bastian und sein unmittelbares Umfeld ausleuchten wollen?"

„Richtig. Wir wollen erfahren, mit wem er wo und wann unterwegs ist. Was ist er abseits der Bühne für ein Typ, wie ist er sexuell orientiert? Alles, was wir erfahren können, ohne hier gleich die große Welle zu schieben, wäre für uns sehr hilfreich."

Der Makler stand auf, öffnete die Tür zu seinem Vorzimmer und bat Frau Herrmann, ihnen zwei frische Espresso zu bringen. Als er wieder in seinem Sessel saß, blickte er den Oberkommissar nachdenklich an.

„Na klar kenne ich Bastian ... was heißt *kennen* – bin ihm einige Male bei irgendwelchen Veranstaltungen begegnet. Habe mich mit ihm auch ein-, zweimal bei uns im *Cherie* unterhalten. Ein bunter Vogel, würde ich sagen. Kommt dort hin und wieder mit einigen Leuten in den Club und sitzt dann ausschließlich an der Bar. Ich habe noch nie mitbekommen, dass er eins von unseren Mädchen *gebucht* hat. Andererseits ... der Typ ist durch und durch hetero. Ich weiß mit Sicherheit, dass sein Stammlokal das *Pigalle* in der Motzstraße ist. Kennen Sie das, Kramer?"

Der Oberkommissar schüttelte den Kopf, wirkte sehr aufmerksam.

„Die Bar hat inzwischen den Ruf, einer der *angesagtesten* Treffpunkte im West-Berliner Nachtleben zu sein. Kramer, da finden Sie alles. Im hinteren Bereich der Bar trifft sich die Fraktion *Straßen-Strich* – Zuhälter – einige kommen manchmal in Begleitung ihres *besten Pferdchens*. Da ist aber auch die *Innung Klau und Bruch* am Start. Ich bin mir ziemlich sicher, dass dort schon das eine oder andere Ding ausbaldowert worden ist. Der vordere Teil des *Pigalle* ist eine richtig nette Bar. Hier treffen sich Journalisten, Schauspieler und Leute aus der Wirtschaft – Sie sehen ja – war ja auch schon ein paar Mal dort. An jedem dieser Abende habe ich auch Bastian gesehen. Er war aber nicht an der Bar, sondern saß mit drei, vier Kumpels an einem Tisch und spielte Poker. Ich hatte den Eindruck, dass Bastians Mitspieler Taxifahrer sind, die ihn vermutlich häufig durch Berlin kutschieren und mit denen er ganz offensichtlich gut befreundet ist. Tja – mehr fällt mir im Moment zu unserem Freund nicht ein", Meise lehnte sich in seinem Sessel zurück.

„Das ist für mich – besser für uns – doch eine ganze Menge. Vielleicht sollte ich auch mal im *Pigalle* vorbeischauen, kann ja nicht schaden. Meine persönlichen Erfahrungen mit dem Berliner Nachtleben tendieren ohnehin gegen null."

So unaufgeregt wie das Nachtleben des Oberkommissars bisher verlaufen war, so hatte auch West-Berlin den 1. Mai 1965 erlebt. Es gab eine zentrale Großkundgebung vor dem Reichstagsgebäude im Tiergarten, in Kreuzberg war es – entgegen den Befürchtungen – zu keinen Krawallen mit der Polizei gekommen. Das sollte sich jedoch in kommenden Jahren dramatisch ändern. Seit dem Bau der Mauer am 13. August 1961 war die Lage – bei allem Optimismus, den die West-Berliner täglich zur Schau trugen – bedrückender geworden. Es verlief nicht nur eine grässliche Mauer quer durch die Stadt, sondern es starben dort, an dieser fürchterlichen Grenze, immer wieder Menschen. Bis zum März 1965 waren es bereits 57 Tote. Genau deshalb war jeder Jahrestag der Flucht, an dem Kramers Freund und Kollege Heinz Koslowski ermordet wurde, seine Frau Karin hingegen den Stacheldraht überwand und Maggi, inzwischen seine Frau und die Mutter der gemeinsamen Tochter Paula, angeschossen wurde, eine Wunde in seiner Seele, die wohl niemals heilen würde. Für Karin, die seit diesem Ereignis bei Seydlitz und dessen Mutter in Frohnau lebte, bedeute es ein nicht enden wollendes Trauma.

Als der Oberkommissar am Montagvormittag seinen beiden Mitarbeitern vom Gespräch mit Meise berichtete, hatte er zum Ende seiner Ausführungen hin das Gefühl, als würde Seydlitz nicht so recht bei der Sache sein, anderen Gedanken nachhängen.

„Was ist denn los, Manni – ich hab den Eindruck, du hörst mir seit ein paar Minuten gar nicht richtig zu?"

„Tut mir leid Kalle, war tatsächlich etwas abgelenkt. Das hängt ganz einfach mit gestern Abend zusammen."

Er machte eine kleine Pause und blickte seinen Chef traurig an.

„Karin hat mir gestern Abend eröffnet, dass sie Berlin Ende des Monats verlassen und nach Bayern ziehen wird."

„Waaas!", Kramer blickte seinen Kollegen fassungslos an. Er kannte Karin seit dem Tag, als sie und *Kossi* sich kennengelernt hatten. Zwischen ihnen bestand seit dieser Zeit eine tiefe Freundschaft, die ihren Ausdruck auch darin fand, dass sie die Patenschaft für Paula übernommen hatte.

„Karin hat im Herbst des letzten Jahres zwei Wochen Urlaub in einer kleinen Hotelpension in der Nähe des Chiemsees gemacht. Dort hat sie sich nach wenigen Tagen mit der Besitzerin angefreundet. Die beiden Frauen haben sich vom ersten Moment an super verstanden. Die Hotelbesitzerin hat außerdem gemeinsam mit ihrem Mann eine kleine Brauerei in Traunstein. Also ... um das Ganze abzukürzen – die Hotelbesitzerin hat – nachdem sie die Lebenssituation von Karin kannte – ihr vorgeschlagen, dorthin zu ziehen. Sie könnte in der Brauerei das Büro zu führen. Sie selbst könnte sich von dort zurückziehen, hätte dann wieder mehr Zeit für ihre beiden Kinder. Sie würde sich nur noch um das Hotel kümmern. Karin hat sich dann – sie hängt natürlich an euch, vor allem an Paula – vor wenigen Wochen entschieden, hier in Berlin alle Zelte abzubrechen und in Bayern neu anzufangen. Am Ende haben wir beide wie die Schlosshunde geheult. In zwei Wochen will sie sich von uns allen mit einer kleinen Feier verabschieden."

Kramer war tief betroffen. Nach dem Tod seines Freundes vor vier Jahren würde jetzt auch Karin aus ihrem Kreis entschwinden – gewiss nicht endgültig. Gefühlt war Amerika in diesem Moment jedoch nicht viel weiter entfernt als Traunstein.

„Ich bin traurig und Maggi wird es noch schmerzhafter empfinden ... dennoch ... ich kann sie verstehen."

Er legte seine Hand für einen kurzen Moment auf Mannis Schulter, dann stand er auf und ging hinüber zu seinem Schreibtisch. Mit seiner Pfeife kehrte er wenig später an den Besprechungstisch zurück.

„Was habt ihr beiden denn inzwischen herausgefunden?", versuchte er – betont sachlich – wieder den Arbeitsmodus aufzunehmen.

„Ich habe in den beiden zuständigen Polizeirevieren des Bereichs Tiergartens mit den Kollegen gesprochen", berichtete Rosi, „weil ich von ihnen wissen wollte, ob dort vielleicht, in der Nähe des *Großen Stern*, Obdachlose ihr Nachtlager aufschlagen. Es gibt tatsächlich einen – Spitzname *Beutel* –, der am *Spreeweg*, zwischen Büschen und Bäumen, seinen Schlafplatz hat. Manni und ich werden heute Abend dorthin fahren und ich will versuchen, mit dem Mann ins Gespräch zu kommen."

Der Oberkommissar nickte zustimmend, schaute dann Seydlitz erwartungsvoll an.

„Die Zulassungsstelle hat mir vor ein paar Tagen eine Liste der Fahrzeughalter geschickt, die einen Citroen jener Baureihe fahren, die unsere Kriminaltechnik an Hand der am Leichenfundort gesicherten Reifenspuren identifiziert hat. Das sind insgesamt 128 Autos. Ich habe dann über die für die Halter zuständigen Reviere unter dem Vorwand, es ginge um Unfallzeugen, für alle Fahrzeuge eine Abfrage durchführen lassen: Ist der Wagen in der Nacht vom 23. auf den 24. April bewegt worden. Drei Viertel konnte ich sofort streichen, weil die Autobesitzer entweder nicht in Berlin oder krankheitsbedingt im Krankenhaus waren.

Einige Fahrzeuge standen zu diesem Zeitpunkt in Kfz-Werkstätten, andere wurden nachweislich abgemeldet. In diesem Punkt war die Liste nicht ganz aktuell. Bei vier Fahrzeugen ist die Sache noch unklar, weil die Halter nicht angetroffen worden sind. Meines Erachtens könnten wir zwei von denen auch streichen, denn ein Wagen gehört einer Zahnärztin, der andere einer Rechtsanwältin. Bleiben im Prinzip nur zwei Fahrzeuge, bei denen wir noch einmal nachhaken müssen. Etwas ist aber dabei doch herausgekommen." Seydlitz machte lächelnd eine kleine Kunstpause. „Unser Freund Bruno Bastian hat angegeben, dass er Freitagabend auf der Bühne des *Theaters am Kurfürstendamm* gestanden habe und deshalb anschließend mit dem Taxi gefahren sei. Tatsache ist jedoch, dass er nicht am Freitag, sondern erst am Sonntag auf der Bühne stand. Ich weiß – die Sache ist dünn. Er kann natürlich behaupten, dass er sich im Tag geirrt hat … dennoch … für die Nacht von Freitag auf Samstag braucht er dringend ein Alibi."

Das Pigalle

Es war anscheinend völlig egal, in welche Richtung sich ihre Ermittlungen auch bewegten, immer wieder tauchte der Name von Bruno Bastian auf. Kramer beschloss deshalb, sich heute Nacht einen persönlichen Eindruck von diesem Mann zu verschaffen. Er wollte Meises Tipp befolgen, um das Berliner Nachtleben im Allgemeinen und das im *Pigalle* im Besonderen zu studieren. Als er gegen 23 Uhr in der Motzstraße aus seinem Wagen stieg, sah er – nur wenige Schritte entfernt – schräg gegenüber das *Pigalle*. Das Nachtlokal lag im Untergeschoß eines großen Eckhauses und wirkte auf den ersten Blick eher unspektakulär. Er betrat die Bar und lächelte kurz, weil all das, was er sah, genau jenem Bild entsprach, das Meise beschrieben hatte. Gedämpfte

Beleuchtung, im Hintergrund – unaufdringlich, dennoch hörbar – Musik von Oscar Peterson, in der Luft eine Mischung aus Tabakrauch, Schnaps und einer zarten Note von Parfum. Gleich vorne an der Bar saß eine Gruppe von vier Männern, die vielleicht Journalisten, aber auch Geschäftsleute hätten sein können und die ganz offensichtlich ein sehr amüsantes Gesprächsthema gefunden hatten. Durchweg gepflegte, sympathische Erscheinungen, gut gekleidet. Hinter der Bar eine attraktive junge Frau – vielleicht Anfang dreißig, das kräftige dunkle Haar halblang geschnitten – in einem schlichten, schwarzen, hochgeschlossenen Kleid. Beim Mixen und Servieren der Getränke lieferte sie keine Zirkusnummer, alles, was sie tat, wirkte cool, zugleich absolut professionell. Je weiter sein Blick in den hinteren Teil des Raumes glitt, umso schummeriger wurde es; keine Chance, eine der sich dort aufhaltenden Personen genauer zu erkennen. Kramer nahm auf einem Barhocker Platz, von dem aus er einen guten Überblick hatte und zündete sich eine Pfeife an.

„Einen guten Abend – darf ich Ihnen etwas zu trinken bringen?"

Er zuckte fast ein wenig zusammen, da er sich ausschließlich auf das Geschehen vor seinen Augen konzentriert hatte. Als er sich umwandte, stellte er fest, dass sie aus der Nähe betrachtet noch aufregender aussah. Sie hatte etwas schräg stehende grüne Augen und eine sanfte, fast sinnliche Stimme. Kramer sah sie an – eigentlich sah er nur diese beiden grünen Katzenaugen.

„Falls es Sie beruhigt – ich bleibe noch die ganze Nacht hier … und – sollten Sie sich tatsächlich entschließen, etwas bei mir zu bestellen – tja … dann komme ich sogar wieder hierher zu Ihnen."

Sie hatte sich auf ihre Unterarme gestützt, lächelte ihn amüsiert an. Der Oberkommissar fühlte sich in diesem Moment, wie zu Beginn seiner ersten Tanzstunde, als er mit den anderen Jungs – nervös und aufgeregt – den Mädchen damals gegenüberstand.

Seine Erfahrungen mit dem Berliner Nachtleben lagen nicht bei *NULL* – nein sie lagen, wenn er ehrlich war, noch weit darunter. Bevor seine Denkpause vom *noch amüsant* zum *jetzt wird's eher peinlich* abgleiten konnte, hatte er sich wieder im Griff:

„Ich hätte gerne einen Whisky."

„Bourbon, Irish oder Scotch", kam es charmant, dennoch postwendend zurück.

„Geben Sie mir bitte einen Scotch und bevor Sie mich jetzt vielleicht noch fragen, welche von den zahlreichen Marken mein Favorit ist – ich verlasse mich einfach auf Sie."

„Na – geht doch – ein kompletter Satz und in einem Zug vorgetragen. Bin mal gespannt, wie sich das nach dem ersten Whisky noch weiterentwickelt."

Mit einem koketten Lächeln wandte sie sich um und ging dorthin zurück, wo eine ganze Flaschenbatterie an alkoholischen Getränken stand. Nachdem sie ihm den Whisky serviert hatte, wandte er sich wieder dem Geschehen in der Bar zu. Er suchte besonders nach jenem Tisch, den Meise als Bastians Pokerrunde beschrieben hatte. Als er sich fast sicher war, den Stammplatz des Schauspielers gefunden zu haben, sah er dort drei Männer sitzen, Bastian war jedoch nicht unter ihnen. Im ersten Moment war er enttäuscht, musste sich aber bei einem Blick auf die Uhr eingestehen, dass der Schauspieler – sollte er heute Abend auf der Bühne gestanden haben – nicht vor Mitternacht hier aufkreuzen konnte.

„Ich hab Sie hier noch nie gesehen – sind Sie heute zum ersten Mal bei uns?"

War er noch vor ein paar Minuten überrascht und auch ein wenig unsicher gewesen, als sie das erste Mal hinter ihm auftauchte und ihn ansprach, hatte er sich inzwischen an die ungewohnte Atmosphäre gewöhnt und seine Gelassenheit zurückgewonnen.

„Ja, das stimmt. Ich bin zum ersten Mal im *Pigalle*. Ein Freund – er war schon häufiger hier – hat mir den Tipp gegeben."

„Sind Sie mit ihm verabredet ... oder – suchen Sie ihn hier in der Bar?"

„Wie kommen Sie denn darauf?"

Kramer blickte sie verwundert an. Ihr Mund lächelte, ihr Blick hingegen war kühl und abwartend:

„Was wollen Sie hören? Menschenkenntnis, Berufserfahrung – suchen Sie sich das Passende aus. Sie wählen genau diesen Platz an der Bar und beobachten vom ersten Moment an die Gäste – nicht mal eben so – nein ... Sie machen das systematisch. Gibt meines Erachtens nur zwei Möglichkeiten ..."

„Und die wären?", unterbrach er sie lächelnd.

„Polizist oder einer von den bösen Jungs ... vielleicht doch noch einen Whisky?"

„Welcher von den beiden wäre Ihnen denn lieber", gab er lachend zurück.

„Ärger gibt es meistens mit beiden. Ich denke ... im Moment wäre mir der Polizist lieber."

„Gut – wenn das so ist, dann hätte ich gerne noch einen Whisky."

Als sie ihm ein neues Glas hinüberschob, hielt sie es kurz fest und blickte ihn ernst an:

„Ich hoffe, Ihr Interesse gilt nicht uns."

„Nein – absolut nicht. Ich hatte gehofft, hier jemanden ...", er zögerte, suchte nach dem passenden Wort, „zu *treffen* ... tja – eigentlich stimmt das mit dem *treffen* nicht wirklich."

„Vielleicht kann ich ja helfen", jetzt lächelte sie wieder wie beim ersten Whisky.

„Ich denke – eher nicht. Meine Fragen könnten Sie in einen Interessenskonflikt bringen und das möchte ich ganz einfach nicht. Ich warte noch ein bisschen, vielleicht habe ich ja Glück."

„Okay, dann wünsche ich Ihnen noch einen schönen Abend. Das mit den Getränken klappt ja schon ganz gut".

Sie nickte ihm lächelnd zu und ging wieder zurück.

Es war bereits nach Mitternacht, als Bastian das *Pigalle* betrat. Nach einem kurzen, freundlichen Gruß in Richtung Bar ging er direkt zu jenem Tisch, von dem der Oberkommissar vermutet hatte, dass dort sein Stammplatz sei. Der Schauspieler wurde von den drei dort sitzenden Gästen mit großem Hallo begrüßt. Kaum hatte die Bedienung die bestellten Getränke serviert, lagen schon die Spielkarten auf dem Tisch. Kramer drehte sich zurück, um an seinem Glas zu nippen. Als die Barfrau zu ihm hinüberblickte, winkte er sie zu sich heran:

„Ich komme doch noch mal auf Ihr Angebot zurück. Vor wenigen Minuten ist der Schauspieler Bruno Bastian in die Bar gekommen. Wissen Sie vielleicht, mit wem er dort zusammensitzt und pokert? Immerhin scheinen sich alle sehr gut zu kennen."

„Interessant – das also verstehen Sie unter einem *TREFFEN*", sie schüttelte lächelnd ihren Kopf.

„Das sind gute Kumpels von ihm – allesamt Taxifahrer. Der eine oder andere von ihnen fährt ihn nach den Vorstellungen, bringt ihn wahrscheinlich nachhause."

„Spielen die vier hier regelmäßig zusammen?"

„Eigentlich ist es immer dieselbe Zusammensetzung. Ich denke … zwei Mal in der Woche, weniger bestimmt nicht. Wollen Sie da einsteigen? Auch ein bisschen zocken?"

„Nee, nicht in diesem Leben", gab er lachend zurück.

Nachdem er die Gruppe eine Weile beobachtet hatte, war er davon überzeugt, dass sich Bastian in diesem Kreis völlig normal verhielt, er wirkte durchaus sympathisch. Er hatte den Schauspieler in seinem privaten Umfeld – neben dem Theater, schien das Nachtlokal und diese Poker-Clique für ihn sehr wichtig zu sein, ein wenig studieren können. Als der Oberkommissar um die Rechnung bat und die Summe las, war er – trotz seiner drei Whisky – mit einem Schlag stocknüchtern. Diese Rechercheausgaben von der *Fischerin* genehmigen zu lassen – das konnte er schon mal knicken. Wenn er es recht bedachte, er hatte schon weniger unterhaltsame Abende verbracht.

Der Mörder

Er stand am Fenster des Salons und blickte hinunter auf die Reichsstraße. Wären nicht die Bäume gewesen, er hätte bis zum Theodor-Heuss-Platz schauen können. Im Augenblick jedoch war all das, was er sah oder vielleicht hätte sehen können, absolut nebensächlich. Seit jener dramatischen Nacht in der John-Forster-Dulles-Allee stand seine Welt auf dem Kopf und er selbst am Rande des Abgrundes. Bis zu jenem Moment war sein Leben nahezu perfekt verlaufen. Vor drei Jahren hatte er – zu dieser Zeit arbeitete er erst seit wenigen Monaten an der Rezeption des *Hilton*s – Susanne kennen gelernt. Sie hatte damals an einem Kongress der Zahnärzte teilgenommen.

Sie hatten sich ineinander verliebt und nicht mal ein Jahr später geheiratet. Susanne arbeitete seit einigen Jahren gemeinsam mit ihrem Vater in dessen Praxis, die in der ersten Etage jenes Haus lag, in dem er jetzt nur ein Stockwerk höher am Fenster stand. Seinem Schwiegervater gehörte nicht nur der gesamte Gebäudekomplex, sondern auch ein riesiges Wassergrundstück an der Imchenallee in Kladow. Susannes Eltern waren von der Entscheidung ihrer Tochter und von ihm als künftigen Schwiegersohn wenig begeistert gewesen. Nach der Hochzeit jedoch hatte sich das Verhältnis deutlich entspannt.

Obwohl er seine Frau liebte und keine Abenteuer suchte, hatte er sich irgendwann auf unerklärliche Weise zu dieser attraktiven, eleganten – stets etwas distanziert wirkenden – Frau hingezogen gefühlt. Anfangs war sie ihm im Hotel nur deshalb aufgefallen, weil sie in Begleitung einer dunkelhaarigen Freundin auftauchte, die ihn stark an die Schauspielerin Nancy Kwan[5] aus dem Film *Die Welt Suzi Wong* erinnerte. Hin und wieder kam sie auch alleine, saß für eine kurze Zeit in der Hotel-Lobby, so als sei sie verabredet, und verschwand nur wenig später. Eines Abends hatte sie offensichtlich vergeblich gewartet und sich bei ihm an der Rezeption nach einem Gast erkundigt.

„Es tut mir leid, der Gast hat heute Nachmittag ausgecheckt und ist bereits abgereist."

„Wurde das Zimmer schon sauber gemacht? Ich habe dort leider mein Zigarettenetui vergessen."

„Nein, die frei gewordenen Zimmer werden erst von der Frühschicht wieder hergerichtet."

„Könnten wir beide dann nicht noch einmal nach oben fahren und in das Zimmer gehen?"

Ihr Blick, der Duft ihres Parfums, diese Frau faszinierte ihn schon aus der Entfernung und jetzt, da sie unmittelbar vor ihm stand, schlug sein Puls wie nach einem 100 Meterlauf.

„Selbstverständlich begleite ich Sie nach oben."

Aus dieser völlig harmlosen Situation würde sich in der nun folgenden Stunde eine bizarre Affäre entwickeln, an deren Ende die Katastrophe im Tiergarten stehen sollte. Als sie die Hotelsuite betreten hatten, blieb er im Salon zurück, während Sibylle Wagner sofort im angrenzenden Schlafzimmer verschwand. Minuten vergingen, langsam wurde er nervös, fragte sich, wie lange sie wohl noch nach ihrem Etui suchen würde. Plötzlich öffnete sich die Schlafzimmertür und seine Traumfrau lehnte sich – sie trug nur ein winziges Etwas, das wohl ihr Slip zu sein schien – lasziv und herausfordernd lächelnd gegen den Türrahmen. „*Wäre doch schade, dass Bett so ungenutzt zu lassen – oder?*"

Wie in Trance war er ihr in das Schlafzimmer gefolgt. Sie hatte sich an ihn gepresst, küssen wollte sie ihn jedoch nicht. Stattdessen begann sie ihn nach und nach zu entkleiden. Dann stieß sie ihn sanft auf das Bett und setzte sich auf ihn. Der Anblick dieses herrlichen Körpers, ihre samtig weiche Haut, ihre Berührungen zu spüren, ihren Duft aufzusaugen, hatten inzwischen jeden – auch nur halbwegs klaren – Gedanken verdrängt. Deshalb waren ihm auch die beiden Seidenschals entgangen, die sie zu beiden Seiten des Kopfendes befestigt hatte. Als sie sich über ihn beugte und er nur noch ihre herrlichen Brüste im Blick hatte, fixierte sie mit schnellen, routinierten Griffen seine Handgelenke mit den Seidenschals. Einerseits war er angesichts der veränderten Situation irritiert, andererseits wurden durch den sanften Druck ihres Körpers, ihrer Schenkel, das Spiel ihrer Hände, seine Lust und Erregung immer größer. Kaum war er in sie eingedrungen, schlang sie blitzschnell einen weiteren Scheidenschal um seinen Hals. Je stärker sie an dieser Schlinge zog, umso mehr verschmolzen Hilflosigkeit, Panik, die Angst vorm Ersticken sowie eine bis dahin nicht gekannte sexuelle Lust zu einem ganz neuen Gefühl. Seine wachsende Erregung spürte offensichtlich auch sie, denn sie stöhnte, bewegte sich auf ihm immer lustvoller. Sibylle verstärkte den Druck auf seine Kehle und das Blut hämmerte so heftig gegen seine Schläfen, dass er fürchtete, gleich würde sein Kopf zerplatzen. Obwohl er kurz davor war, sein Bewusstsein zu verlieren, war sein Orgasmus wie eine Eruption, wie ein Tsunami[6], der durch seinen ganzen Körper flutete. Für einen kurzen Moment wurde ihm schwarz vor Augen, dann schien er plötzlich doch wieder Luft zu bekommen. Als er die Augen aufschlug, sein Atem etwas ruhiger ging, waren die Schlingen von Hals und Händen verschwunden. Anders als Sibylle, die bereits auf der Bettkante saß, sich Slip und BH überstreifte, gelang es ihm nur langsam in die Realität zurückzufinden.

Im Lift, auf dem Weg nach unten, sprachen sie kein einziges Wort miteinander. Wenig später standen sie wieder an der Rezeption. Er glaubte schon, sie würde wortlos gehen, als sie ihn unvermittelt und direkt nach seinem Einsatzplan, genauer nach seinen künftigen Nachtschichten fragte. Fast automatisch, ohne nachzudenken, gab er ihr, wonach sie gefragt hatte. In den folgenden Wochen tauchte Sibylle ohne Ankündigung in einer seiner Nachtdienste auf. Er nahm sich, ohne zu zögern, den Schlüssel eines jener Zimmer, die Laufe des Tages frei geworden waren.

Alles verlief dann so, wie bei ihrer ersten *Begegnung* – mit einer Veränderung. Bei den letzten Treffen hatte sie von ihm verlangt, dass **er** sie mit dem Schal strangulieren sollte; ihre Hände blieben jedoch stets ungefesselt. War er zu Beginn des Rollenwechsels noch unsicher und ängstlich gewesen, hatte er mehr und mehr den richtigen Grad des Strangulierens gefunden. Er war fest davon überzeugt, dass es ihm gelungen sei, sich in seinem neuen Doppelleben komfortabel einzurichten. Der Sex mit Susanne zu Hause war schön, der mit Sibylle wie eine Droge, die – so glaubte er – nicht in die Abhängigkeit führen würde. Ein fataler Irrtum, wie er nach einiger Zeit feststellen musste. Die Nachtschichten, in denen sie nicht in das Hotel kam, waren für ihn kaum zu ertragen. Selbst an den Tagen danach war er gereizt und missgelaunt.

Als Sibylle ihn am Donnerstagvormittag zum ersten Mal, seit sie sich kannten, anrief, war er überrascht. Er ahnte jedoch nicht, dass genau dieser Moment der Anfang vom Ende sein würde. Sie wollte, dass er sie am Freitagabend gegen 21.30 Uhr in der Regensburger Straße abholte. Er kam etwas vor der vereinbarten Zeit an und parkte zwei Aufgänge von ihrem Haus entfernt. Da es um diese Zeit schon unangenehm kühl war, stellte er den Motor nicht gleich aus, sondern zündete sich erst einmal eine Zigarette an.

Er hatte gerade die ersten Züge gemacht, als im ersten Stock des Hauses ein Fenster geöffnet wurde und eine Frau sich lautstark über den laufenden Motor seines Wagens beschwerte. Da er hier in der Gegend nicht unangenehm auffallen wollte, schaltete er den Motor sofort ab. Nur wenige Minuten nach der vereinbarten Zeit klopfte Sibylle an die Scheibe seines roten Citroens. Heute wollte sie nicht in das Hotel, sondern Sex im Auto, an einer ruhigen Stelle im Tiergarten. Zum einen war er überrascht, zum anderen schien auch ihm diese Variante einen neuen Kick zu geben. Das, was dann – abseits der John-Forster-Dulles-Allee – auf einer Brache unweit der Spree geschah, war ein tragischer Unfall und der Beginn eines für ihn nicht enden wollenden Albtraums. War es die Wirkung des neu gewählten Umfeldes? Oder die ungewohnten Bedingungen im Innenraum eines Autos? – Wahrscheinlich von beidem etwas. In höchster sexueller Erregung, kurz vorm Höhepunkt, war er mit der Hand, die das eine Ende der Halsschlinge hielt, plötzlich von der Rückenlehne abgerutscht und auf sie gestürzt. Der Druck, den sein ins Leere geglittener Arm samt Körpergewicht in diesem Augenblick auslöste, schloss die Schlinge um ihren Hals mit einem kräftigen Ruck. Er war sich fast sicher, in diesem Moment das Knacken ihres Kehlkopfes gehört zu haben. Geschockt und völlig gelähmt, blieb er auf der toten Frau liegen. Irgendwann löste er sich von ihr, stieg aus dem Wagen und verharrte dort – auf das Autodach gestützt – einige Momente. Er war unfähig, auch nur einen einzigen klaren Gedanken zu fassen. Endlich realisierte er, was soeben geschehen war, dass die Leiche aus dem Auto und er von dort unverzüglich verschwinden musste.

Als er endlich seine Wohnung in der Reichsstraße betrat, war alles dunkel. Erst jetzt erinnert er sich, dass er Susanne am Nachmittag zum Flughafen Tempelhof gefahren hatte, weil sie zu einer Tagung nach Hamburg fliegen wollte. Eine Woche Hamburg und anschließend – gemeinsam mit ihrem Vater – der alljährliche Segeltörn auf der Ostsee. Wollte man in seiner grauenvollen Situation an etwas Positives denken, dann war es die Aussicht, über zwei Wochen allein zu sein, sich nicht verstellen zu müssen. War schon die Erkenntnis, den Tod eines

Menschen verursacht zu haben, völlig absurd, kam jetzt noch die Angst hinzu, durch die Ermittlungen der Polizei oder einen möglichen Zeugen, der ihn vielleicht beobachtet hatte, entdeckt zu werden. Mit einem Schlag könnte er alles – Ehe, Familie, Beruf, sein soziales Umfeld – verlieren und für eine lange Zeit im Gefängnis landen. Er war fest davon überzeugt, dass er all die belastenden Erinnerungen so weit verdrängen konnte, um im häuslichen Alltag, in der Familie bestehen zu können. Der Gefahr von außen musste er jedoch entschlossen begegnen, den Wagen verschwinden lassen und an Informationen über den Ermittlungsstand bei der Polizei herankommen. Das Auto hielt er in diesem Moment für das geringste Problem. Er hatte seinen Citroen Freitagnacht sicherheitshalber nicht vor seinem Haus, sondern in der Heerstraße geparkt. Samstagfrüh, kurz vor 5 Uhr, es war kein einziges Auto unterwegs, lag eine ungewöhnliche Stille über der sonst so stark befahrenen Straße. Langsam fuhr er die ersten hundert Meter auf der parallel zur *Heerstraße* verlaufenden schmalen Nebenstrecke in Richtung Westen, um dann auf die eigentliche Fahrbahnspur zu wechseln. Als er in Höhe der rechts liegenden Waldbühne angekommen war, bog er nach links zum *Postfenn* ab, das direkt zur *Havelchaussee* führt. Während rechts von der Fahrbahn ein schmaler Waldstreifen an zahlreichen Stellen die Sicht auf den Wannsee versperrt, erstreckt sich links von der *Havelchaussee* die riesige Fläche des Grunewalds. Vereinzelt zweigen von dieser Uferstraße Forstwege ab, die in den Wald hineinführen. Den ersten dieser Art nutzte er und fuhr mit dem Wagen etwa fünfzig Meter hinein. Er schaltete den Motor aus, zerrte die Elektrokabel unter dem Armaturenbrett hervor und zerriss nahezu alle. Da sein Plan vorsah, das Fahrzeug bei der Polizei als gestohlen zu melden – der Zeitpunkt des *Diebstahls* sei vermutlich die Nacht von Freitag auf Samstag gewesen –, sollten die zerrissenen Kabel den Eindruck erwecken, der Wagen sei von dem Dieb zum Starten kurzgeschlossen worden. Bei Heinz Ludwig, einem Polizeioberwachtmeister, der im Revier am Hansaplatz arbeitete, würde er die Anzeige im Laufe des Samstags aufgeben. Er hatte Heinz vor über einem Jahr bei einem Heimspiel von Hertha BSC im Olympiastadion kennengelernt. Seitdem besuchten sie gemeinsam die Spiele und waren inzwischen Freunde geworden. Heinz war keine große Nummer bei der Polizei, fuhr im Bereich Hansa-Viertel und Tiergarten gelegentlich Streife. Bestimmt gab es – wie in allen größeren Unternehmen – auch in der West-Berliner Polizei so eine Art *Buschfunk*, über den die eine oder andere Information durchsickerte. In ein paar Tagen würde er ihn ganz beiläufig auf den Fall ansprechen. Vielleicht erfuhr er auf diese Weise, in welche Richtung die Ermittlungen der Polizei liefen. Als Ersatz für seinen *gestohlenen* Wagen würde er in den kommenden Tagen, den kleinen *Fiat Nuova 500* seiner Frau nutzen. Sie fuhr ihn nur, wenn sie sich mit ihren Freundinnen in der City traf.

Gegen 21 Uhr parkte Seydlitz den Wagen in der Altonaer Straße, nur wenige Meter von dem großen Kreisverkehr entfernt, in dessen Zentrum seit 1873 die 67 Meter hohe Siegessäule[7] steht. Jener Bereich, an dem man in den *Spreeweg* abbiegen kann, war jedoch aus ihrer Parkposition nur eingeschränkt zu erkennen. Rosi stieg deshalb entschlossen aus, öffnete die Tür zur Rückbank und nahm einen Korb heraus. Sie hoffte – sollte sie den Stadtstreicher *Beutel* antreffen –, dass die Flasche Korn und die sechs Dosen Becks-Bier ihn zum Plaudern bringen würden.

„Mit meinem Körbchen komme ich mir vor wie das Rotkäppchen bei seinem Besuch der Großmutter."

Seydlitz grinste: „Mein Engel, ich denke – so eine heiße Braut – das war die Kleine ganz sicher nicht."

Rosi streckte ihm zum Abschied die Zunge raus und marschierte los. Für Mitte Mai waren die aktuellen 13 Grad eher sportlich, fühlten sich zudem deutlich kälter an. Erst ging sie am Standbild von Generalfeldmarschall Roon und nur ein paar Schritte weiter an der Statue des *ollen Blücher* – jener Heerführer hatte denselben militärischen Rang – vorbei. Als Rosi den *Spreeweg* erreicht hatte und ihn soeben überqueren wollte, sah sie auf der gegenüberliegenden Seite, dort wo eine kleine Mauer das Gelände des Tiergartens von der Promenade rund um diesen großen Platz trennt, einen Mann sitzen. In der einen Hand hielt er offensichtlich eine Zigarette, in der anderen eine Bierflasche. Die schäbige Kleidung, die speckige Mütze, das ganze ungepflegte äußere Erscheinungsbild passten genau zu jenem Mann, den Rosi hier zu treffen hoffte. Auf der anderen Straßenseite angekommen, schlenderte sie auffällig langsam an dem Mann auf der Mauer vorüber und setzte sich – nicht weit entfernt von ihm – auf die steinerne Umrandung. Aus der Nähe betrachtet sah der Typ gar nicht unsympathisch aus, hatte freundliche, lebhafte – stets die Umgebung absuchende – kleine Äuglein.

„Na meine Kleene, sammelste leere Pullen in dein Körbchen? Siehst ja mit dett Ding da fast wie dett Rotkäppchen aus, hä, hä, hä.“

„Nein, leere Flaschen sammle ich nicht – aber mein Korb ist dennoch gut gefüllt.“

Bei den letzten Worten schob sie ihn ein wenig in seine Richtung.

„Kleene – wer mit mir quatschen will … der muss ooch mit mir een heben. Is ne janz alte Beutelrejel.“

Rosi war inzwischen aufgestanden und hatte sich – nur der Korb stand jetzt noch zwischen ihnen – zu ihm gesetzt. Als sie lächelnd hineingriff, um sich eine Dose Becks herauszunehmen, stellte sie amüsiert fest, dass der Oberkommissar ihr heimlich seine Restbestände an Stuyvesant hineingepackt hatte. Sie riss die Lasche an der Dose auf und prostete ihrem *Mauer-Nachbarn* zu:

„Na dann, ich bin Rosi.“

„Prostata meine Kleene, mir nenn se Beutel. Ach man tschulje, bist ja 'n Mädchen."

Rosi lachte.

„Mein Opa hat das auch immer gesagt, wenn er eine Bierflasche aufgemacht hat."

„Watt sach ick – janz weiser Mann, dein Opa."

„Also", Rosi druckste ein wenig herum, „also – ich hoffe, Sie erschrecken sich jetzt nicht – oder sind sauer auf mich …"

Beutel unterbrach sie grinsend:

„Ick seh zwar mit den ollen Zwirn Scheiße aus, aber hier oben", dabei zeigte er mit der Hand, die seine Zigarette hielt, Richtung Schläfe, „hier oben is allet bestens. Ick wees, dass de nich zufällig vorbeijekommen bist."

Sie blickte ihn überrascht an.

„Also noch einmal – ich arbeite bei der Kripo – so jetzt isses raus."

Beutel nickte, so als würde ihn diese Ansage nicht besonders überraschen.

„Hab eijentlich jedacht, ihr würdet schon ville früha vorbeikieken. Wenn ick nich janz falsch lieje, denn jeht dett doch um die arme tote Frau da hinten – oder?" Er zeigte mit seinem Daumen in die Richtung der unweit hinter ihm liegenden John-Forster-Dulles-Allee.

Rosi war von seiner Direktheit überrascht:

„Weshalb hätten wir denn schon früher nach Ihnen suchen sollen?"

„Kleene, nach mir suchen – machste Witze? Mir kennt in Berlin jeda. Ick bin inne janze Stadt unterwejens. Bin am Ku'damm, am Zoo – ick bin überall da, wo de Musike spielt. Ick hör' und seh' ne Menge und ick kiek ooch rejelmäßich inne Zeitung. Nich, dass ick mir eene koofe, nee – hol ick mir allet aus de Papierkörbe. Brauch die ja nich nur, weil ick ma ooch 'n bisken informieren muss, watt allet inne Welt passiert –, ick brauch die ooch für janz praktische Sachen … wenn de weeßt, watt ick meine", dabei zwinkerte er lächelnd mit dem linken Auge.

Rosi wollte diesen Gedanken nicht unbedingt vertiefen und lächelte verständnisvoll.

„Wissen Sie denn etwas über diesen Fall? – Ich meine über die Nacht, in der es hier im Tiergarten geschehen ist?"

„Jenau meene Rede. Nüscht davon hat in die Wurschtblätter jestanden, watt olle *Beutel* jesehen hat. Ick bin jede Nacht hier. Is sicher 'n bisken weiter zu loofen, dafür isset hier aba ruhich und sicher. Watt meenste, watt innc Stadt drinne allet jeklaut wird? Wachste morjens uff und dett bisken Jelumpe, watt de dir mühsam zusammenjeklaubt hast, is uff eenmal weg. Also ick war natürlich ooch in die Nacht von den Freitach hier. Ick gloobe, ick hatte mir in die Tare davor irjentwie vakühlt. Jedenfalls musste ick schon den janzen Tach dauern hintern Boom. So jejen Mitternacht – also ne Uhr hab ick nich … aber ick hab ditt eben allet im Jefühl. Also wie jesacht – um die Zeit musste ick wieder. Ick stand jerade in dett Jebüsch da hinten, als uff een Mal een Auto hier einbiecht. Um die Zeit is doch in die Jejend hier tote Hose, da fällt sowatt natürlich uff. War ne große, rote Zitrone, son DS 19. Ick kenn mir mit de Autos bestens aus. Hab ick sofort erkannt – die Dinger sehen janz anders aus als die andern Blechkisten. Nu war ick ooch 'n bisken neujierich, hab durch de Äste jelinst, wo ditt Ding hinfährt. Kurz vor *de John-Dalli* hatter jebremst. Konnt ick anne Bremslichter seh'n. Denn isser jenau da abjebogen wo dett zu de *Schwangere Auster* jeht. Nu war ick schon ma wach. Hab mir uff meene Decke jesetzt und 'n kleenen Schluck aus meene Pulle jenommen. Hab mir een Glimmstengel anjeflammt und denn hab ick noch mal zu meene Pulle jegriffen. Ick wollte mir jrade wieder schön einmummeln und weiterkoksen, als een Auto Richtung Joldelse anjefahrn kommt. Und … watt soll ick dir saren … dieselbe rote *Schleuder* von vorhin. Ick hab zwar nich uff de Uhr jekiekt

– hab ja keene, hä, hä hä aber da war keene Stunde rum. Der is rinn in den Kreisverkehr. Also von meen Platz hier kann ick de Altonaer, die zum Brandenburger Tor und de Hofjäger sehn. In keene von die is der rinnjefahrn. Na? – und – watt heißt dett nu? Jenau – der is Richtung Reuterplatz abjebogen. Die Abbieje zum *Reuter* kann ick von hier nämlich nich sehn – aber is doch logo, oder?"

Rosi hatte ihm einerseits amüsiert, anderseits mit wachsender Aufmerksamkeit zugehört.

„Mensch *Beutel*, ich bin begeistert. Ihre Beobachtungen sind der Hammer … ganz großes Kino. Das Körbchen hier haben Sie sich mehr als verdient."

„Kleene, is doch Ehrensache. Wenn ick de Bull…, ick meine – wenn ick de Polizei helfen kann – immer wieder jerne."

„Wissen Sie was – ich setze über das, was Sie mir gerade erzählt haben, ein Protokoll auf und am Montag kommen Sie zu uns in die Keithstraße. Wir beide gehen Ihre Aussage noch einmal gemeinsam durch und wenn alles in Ordnung ist, unterschreiben Sie das Ganze."

„Keen Problem. Am Montag steht olle *Beutel* bei euch uff de Matte – meen Wort druff."

Rosi bedankte sich noch einmal bei ihm und verabschiedete sich. Als sie wieder zu Seydlitz ins Auto stieg, blickte ihr Kollege sie erwartungsvoll an.

„Mann, du warst ganz schön lange weg. Wie war's denn? Hat der Kerl etwas erzählt?"

„Manni, der Typ ist irgendwie zum Piepen", sie schüttelte lächelnd den Kopf. „Aber eins muss man auch sagen – blöd ist der nicht. Um es kurz zu machen. *Beutel* will in der Tatnacht – zwischen 0 Uhr und etwa 0.45 Uhr – zwei Mal einen roten Citroen beobachtet haben. Das erste Mal, als er in die John-Forster-Dulles einbog, und das zweite Mal, als der Wagen von dort kommend Richtung Ernst-Reuter-Platz verschwand.

Montagvormittag kommt er in die Keithstraße und unterschreibt das Protokoll."

Am 18. Mai hatte das Sportgericht des Deutschen Fußballbundes Hertha BSC[8] wegen Spielmanipulation von der Bundesliga ausgeschlossen. Er war ein echter Fan und empfand das als absolut traurig und ungerecht. Für einen Anruf bei Heinz Ludwig aber genau der passende Anlass. Nachdem sie zu Beginn ausführlich über das Fußballthema sprachen, lenkte er die Unterhaltung langsam hin zum beruflichen Alltag seines Kumpels. Als sie endlich beim Fall der toten Frau im Tiergarten angekommen waren, berichtete ihm Heinz, dass die Kriminalpolizei zurzeit nach einem Stadtstreicher fahnde, der regelmäßig sein Nachtquartier im Tiergarten, in der Nähe des *Spreewegs*, aufschlägt. Soweit er mitbekommen habe, gäbe es in dem Fall bisher keine *heiße Spur*. Er verspürte nach dem Telefonat eine gewisse Erleichterung, dennoch stand für ihn in diesem Moment fest: Bevor die Kripo den Penner fand, musste **er** diesen möglichen Augenzeugen umgehend ausschalten. Er war von sich selbst überrascht, wie abgeklärt und berechnend er diese Entscheidung getroffen hatte.

Als er abends im *Hilton* seine Nachtschicht antrat, war er zu allem entschlossen. In seinem Garderobenschrank, unten im Umkleideraum, hatte er seine Sporttasche deponiert. Diese enthielt ein Paar Sportschuhe, seinen dunkelblauen Trainingsanzug, eine schwarze Skimütze und einen Seidenschal. Gegen 23 Uhr bat er einen Kollegen, ihn für eine Stunde abzulösen, weil er sich nicht wohlfühle und er sich unten im Umkleideraum ein wenig hinlegen wolle. Kaum war er außer Sicht, rannte er die Treppe hinunter und wechselte im Umkleideraum blitzschnell seine Kleidung. Anschließend lief zu seinem Wagen auf dem Parkplatz. Von der Budapester Straße zur Hofjägerallee war es zu dieser Zeit und bei dem geringen Verkehr nur ein *Katzensprung*.

Nach wenigen Minuten bog er in den Kreisverkehr am *Großen Stern* ein. Er verließ ihn wieder an der *Straße des 17. Juni*, die zum Brandenburger Tor führt. Er fuhr über den Mittelstreifen und parkte den Wagen gut zwanzig Meter von der Straßeneinmündung entfernt. Eine kurze Zeit blieb er im Auto sitzen, beobachtete aufmerksam die Umgebung. Da ihm nichts Verdächtiges auffiel, stieg er vorsichtig aus und schloss leise die Tür. Schnell huschte er über den Bürgersteig und verschwand zwischen den Bäumen und Sträuchern des Tiergartens. Linker Hand konnte er in der Dunkelheit zwischen dem Strauchwerk schemenhaft den Zugang des Fußgängertunnels erkennen, durch den man hinüber zur Siegessäule gelangen kann. Vorsichtig bahnte er sich, möglichst jedes Geräusch vermeidend, den Weg durchs Unterholz in Richtung *Spreeweg*. Hier, irgendwo inmitten des Gebüsches, hoffte er das Nachtlager des Stadtstreichers aufzuspüren. Je weiter er sich vorantastete, umso finsterer wurde es und seine Sorge stieg bei jedem Schritt, er könnte sich durch das Rascheln und Knacken kleinerer Äste bei seinem Herumschleichen verraten. Wut und Enttäuschung stiegen in ihm auf, weil er zunehmend an der Sinnhaftigkeit seines Plans zu zweifeln begann. Immer wieder verharrte er, lauschte in die ihn umgebende Dunkelheit. Schon wollte er sein Vorhaben abbrechen, wieder zum Auto zurückgehen, als er plötzlich – nur wenige Meter entfernt – die Glut einer Zigarette aufglimmen sah. Sein Herz schlug bis zum Hals, Schweißrinnsale liefen unter seiner Mütze hervor. Langsam gewöhnten sich seine Augen an die spärlichen Lichtverhältnisse und er konnte jetzt erkennen, dass dort vor ihm ein Mann auf dem Boden saß. Der Mann wandte ihm halb den Rücken zu. Zweifellos – das war jener Obdachlose, von dem Heinz gesprochen hatte. Vorsichtig holte er den Seidenschal aus der Jackentasche. Mit beiden Händen zog er ihn straff. Vor einigen Tagen war es mit einem solchen Seidentuch zu einem tragischen Unfall gekommen. Der Tod Sibylles war furchtbar

– aber niemals geplant. Hier und jetzt – das war etwas völlig anderes. In genau diesem Moment lauerte er berechnend und heimtückisch hinter diesem ahnungslosen Stadtstreicher. Jetzt war er im Begriff, bewusst und kaltschnäuzig einen Menschen umzubringen. Plötzlich wurde er ganz ruhig. Er hatte sich dem Mann inzwischen bis zwei Schritte genähert. Mit einem Satz war er hinter ihm, schnell glitt das Seidenband über dessen Kopf, brutal zog er mit aller Kraft die Schlinge im Genick des überraschten Mannes zusammen. Der Angriff erfolgte so schnell und so präzise, dass der ahnungslose *Beutel* keine Chance zur Abwehr besaß, er den eintretenden Tod wohl kaum gespürt hatte. Langsam ließ er den Toten zu Boden gleiten. Erst jetzt löste er die Schlinge, prüfte den Puls an der Halsschlagader – kein Zweifel, der Mann war tot.

Es war noch keine Stunde vergangen, da stand er wieder an der Rezeption des *Hilton*. In der Garderobe hatte er zuvor seine Kleidung, die er bei dem Mord trug, in einen Sack gesteckt und diesen in eine der Abfalltonnen des Hotels geworfen. Obwohl er erst vor wenigen Minuten einen Menschen kaltblütig getötet hatte, einen, den er bis dahin nicht kannte, mit dem ihn nichts verband, fühlte er sich ungewöhnlich erleichtert. Die Gewissheit, einen gefährlichen Zeugen ausgeschaltet zu haben, verdrängte bei ihm jeden Gedanken an Unrecht und Schuld – das Gefühl von Mitleid hatte ihn schon in jenem Moment verlassen, als er sich zu dem Mord an diesem Zeugen entschloss.

Heute, am Samstag, es war der 22. Mai, würde sich Karin von ihren Berliner Freunden verabschieden, weil sie eine Woche später diese Stadt für immer verlassen und in Bayern einen neuen Lebensabschnitt beginnen wollte. Gegen 16 Uhr saß sie mit ihren Gästen vor jenem Haus in Frohnau, das ihr nach der dramatischen Flucht aus Ost-Berlin im September 1961 zu einem neuen Zuhause geworden war. Die Terrasse lag in der Sonne und gemeinsam mit ihrer Gästerunde genoss Karin entspannt das schöne Frühlingswetter. Kramer und Maggi, Rosi und Manni, Mutter Seydlitz und Nachbar Norbert Scholz, das waren genau die Menschen, die ihr besonders nahe standen. Norbert Scholz war jener Frisörmeister, dem Mannis Mutter vor vier Jahren zwei Gastkarten für einen Ball im *Hilton aus dem Kreuz geleiert* hatte, weil der Oberkommissar und Maggi zwei verdächtige Personen observieren sollten. An diesem Abend hatte ihre Observation in Kramers Wohnung in Mariendorf geendet und die beiden waren ein Paar geworden. Jetzt, vier Jahre später, sind sie verheiratet und in dem Kinderwagen, der in Sichtweite der kleinen Kaffeetafel steht, plappert Paula vergnügt vor sich hin. Die Stimmung am Tisch war so heiter und gelöst, dass in diesem Augenblick keiner der Anwesenden an den eigentlichen Anlass der kleinen Feier dachte. Inzwischen war es dunkel und deutlich kühler geworden. Die Frauen samt Paula hatten sich in das Haus zurückgezogen, die drei Männer – nun mit warmen Jacken ausgestattet – hielten nach wie vor die Stellung auf der Terrasse. Manni stellte eine große Metallschale – ursprünglich der Deckel eines Waschkessels[10] aus einer alten Waschküche – nicht weit vom Tisch auf und entfachte, nachdem er sie mit dicken Holzscheiten befüllt hatte, ein gemütliches, wärmendes Feuer.

„Ich weiß jetzt schon, dass mir diese Abende mit euch mächtig fehlen werden", Norbert Scholz blickte ein wenig melancholisch in die Flammen.

„Warum auf einmal so trübsinnig?" Kramer sah den Nachbarn fragend an.

„Na ja – kommt in der letzten Zeit einiges zusammen. Ich war einerseits zu optimistisch, als ich meinen neuen Salon in der Knesebeckstraße eröffnete und zum anderen auch ein wenig zu gutgläubig gegenüber einer meiner Mitarbeiterinnen. Während ich meinen neuen Laden zum Laufen bringen wollte, hat mich eine Frisörmeisterin, die meinen Salon in Schöneberg leitete, nach allen Regeln der Kunst beschissen. Hat durch Schwarzarbeit eine Menge Geld unterschlagen und bei meinen Lieferanten reichlich Ware geordert, die sie dann privat verscheuert hat. Mir fehlen jetzt nicht nur die Schöneberger Einnahmen, sondern ich stehe auch bei meinen Lieferanten dick in der Kreide. Deshalb werde ich mich hier schweren Herzens von meinem Grundstück verabschieden müssen, um wieder *flüssig* zu werden."

„Hast du denn schon einen Käufer?" Manni schien von dieser Entwicklung auch überrascht zu sein.

„Nee, Manni – das ganze Dilemma und die Höhe der Forderungen kenne ich selbst erst seit zwei Wochen. Glaubt mir – da kommt wenig Freude auf."

Seit Norbert Scholz den geplanten Verkauf seines Hauses erwähnt hatte, war der Oberkommissar immer unruhiger geworden.

„Sag mal Norbert – hast du denn schon eine Idee, wie viel du für Haus und Grundstück haben willst?"

Kramer versuchte ganz entspannt zu wirken, obwohl sein Puls deutlich in die Höhe ging.

„Bist du etwa interessiert?" Jetzt wirkte Scholz überrascht.

„Moment mal Leute", Manni war aufgestanden und deutete mit beiden Händen das Ende der Diskussion an.

„Kalle, bevor du jetzt weiterfragst – das ist genau der Moment, wo du Maggi mit an den Tisch holen solltest – oder?"

„Natürlich, Manni – du hast ja vollkommen Recht. Kleinen Moment – bin gleich wieder da."

Er stand auf, ging ins Haus und kam nur wenig später gemeinsam mit Maggi wieder nach draußen.

Bei den sogenannten größeren Anschaffungen stünde der Erwerb eines Hauses auf einer Einkaufsliste ohne Zweifel an Position eins. Eine solche Entscheidung wird selten spontan und schon gar nicht schnell gefällt, weil das FÜR und WIDER genau bedacht und diskutiert werden müssen. Heute, an diesem

Abend, traf dies alles nicht zu. Karl und Maggi kannten das Haus und den Garten aus den zahlreichen Besuchen in den letzten Jahren. Für den Kauf sprach alles, dagegen hätte aus ihrer Sicht nur der Kaufpreis stehen können. Norbert wollte mit seinem Haus jedoch nicht spekulieren, sondern vor allem die Schulden bei seinen Lieferanten bezahlen und auf diesem Weg sein aktuell enges finanzielles Korsett *gegen ein locker sitzendes Sakko* eintauschen. Nicht zuletzt gab seine besondere Sympathie, die er seit dem Ball im *Hilton* für Maggi empfand, den Ausschlag. Das Gespräch der drei dauerte nicht lange und dann war klar, dass der Oberkommissar mit seiner Familie von nun an die Nachbarn von Elke und Manni Seydlitz sein würden. Mutter Seydlitz schaltete am schnellsten. Noch während sich alle fast besoffen vor Glück in den Armen lagen, brachte sie Sekt und Gläser nach draußen. Manni stellte den Terrassentisch an die Seite und die eiserne Schale mit seinen glühenden Holzscheiten in die Mitte. Karin hätte sich für ihren Abschied von Berlin und ihren Freunden keine fröhlichere Stimmung wünschen können.

Nach diesem Wochenende, dem nahezu euphorischen Gefühl Hausbesitzer zu sein und mit Maggi absehbar wieder gemeinsam ermitteln zu können, hätte der Oberkommissar mit seiner Mordkommission durchaus beschwingt in den Montag starten können. Als die Uhr jedoch bereits auf elf zuging, wurde Rosi immer unruhiger. *Beutel* hatte ihr am Freitag versprochen, heute Vormittag hier zu erscheinen und das Protokoll über seine Beobachtungen in der Mordnacht zu unterschreiben. Es gab für sie nicht den leisesten Zweifel, dass er zu seinem Wort stehen würde.

„Manni, ich habe plötzlich ein ganz blödes Gefühl – da stimmt irgendetwas nicht. Vielleicht geht es ihm nicht gut oder es ist etwas passiert. Ich fahre jetzt zum *Spreeweg* und schau mal, ob er dort noch kampiert. Sollte er hier in der Zwischenzeit doch aufkreuzen, kannst du ihn das Protokoll unterschreiben lassen."

Rosi informierte den Oberkommissar und fuhr dann mit einem Dienstwagen von der Fahrbereitschaft in den Tiergarten. Diesmal parkte sie unmittelbar an der Einmündung zum *Spreeweg*. Sie kletterte über die kleine Mauer, auf der sie vor drei Tagen gemeinsam mit dem Obdachlosen gesessen und Bier getrunken hatte. Vorsichtig bahnte sich die junge Ermittlerin den Weg durch das Buschwerk. Rosi war nur wenige Meter vorangekommen, als ihr Herz plötzlich schneller zu schlagen begann, sie einen unangenehmen Druck in der Magengegend verspürte. Nur ein paar Schritte entfernt, glaubte sie einen der zahlreichen Beutel des Mannes im Unterholz zu erkennen. Als sie näher trat, hatte sie Gewissheit – vor ihr lag die leblose Gestalt des Stadtstreichers. Die Würgemale an seinem Hals zeigten ihr, dass man *Beutel* ermordet hatte. Entsetzen, Wut und eine große Traurigkeit stiegen in ihr hoch. Warum – um alles in der Welt – hatte dieser harmlose, kauzige Typ, der sie mit seiner *Berliner Schnauze*, seinem Witz und seiner guten Beobachtungsgabe zugleich amüsiert und beeindruckt hatte, sterben müssen. *Beutel*, in der Berliner Straßenszene eine Institution, war einer jener sogenannten *Penner* gewesen, in dem die meisten fast schon ein Berliner Original sahen. Nante[9], der Eckensteher, war Anfang des 19. Jahrhunderts auch so eines gewesen. Sie ging – genau ihrer alten Fußspur folgend – wieder zurück zum Wagen und verständigte über Funk Gerichtsmedizin und Kriminaltechnik. Die junge Kriminalbeamtin setzte sich traurig auf jene Mauer am Rand des Tiergartens, an der sie *Beutel* zum ersten Mal begegnet war, und wartete auf ihre Kollegen. Als Erster traf der Pathologe Dr. Schneider ein, kurz darauf rückte auch Martens mit seiner Truppe an. Der Leiter der Kriminaltechnik gab sofort Anweisung, den gesamten Sektor des Tiergartens zwischen der *Straße des 17. Juni* und dem *Spreeweg* abzusperren, da zu diesem Zeitpunkt niemand sagen konnte, auf welchem Weg der Täter zum Tatort gelangt war bzw. ihn wieder verlassen hatte.

Während seine Mitarbeiter damit begannen, Meter um Meter nach möglichen Spuren abzusuchen, ging Dr. Schneider direkt zum Fundort der Leiche. Rosi blieb auf ihrem Platz am Rande des *Großen Sterns*, weil sie davon ausging, dass auch ihr Chef hier in wenigen Minuten eintreffen würde. Als Kramer ankam, parkte er seinen *R4* direkt hinter Rosis Wagen.

„Hallo Rosi! Haben Schneider und Martens schon irgendetwas gesagt?"

„Nee – die sind alle hinter mir im Einsatz. Das war vorhin schon ein recht trauriger Moment, als ich *Beutel* da liegen sah. Obwohl ich ihm nur ein Mal begegnet bin, ist mir sein Tod überraschend nahe gegangen. Auf den ersten Blick sah der natürlich ziemlich heruntergekommen aus, aber in dem Augenblick, wo du seine lebhaften Augen, sein verschmitztes Gesicht gesehen und ihm zugehört hast, war das plötzlich ein amüsanter, sympathischer Typ."

Sie schüttelte – noch immer ein wenig fassungslos – nachdenklich den Kopf.

„Kalle, die beiden Fälle hängen zusammen – da bin ich mir absolut sicher. Er war ein wichtiger Zeuge, der das Auto zur Tatzeit identifiziert hat. Mir ist nur nicht klar, wie … also ich behaupte das jetzt einfach mal so … wie der Täter wissen konnte, dass wir nach *Beutel* gesucht und mit ihm gesprochen haben."

„Rosi, du hast in einem Punkt recht – wir haben nach dem Mann gefahndet, das könnte jemand herausbekommen haben. Derjenige weiß aber mit Sicherheit nicht, dass du mit *Beutel* bereits gesprochen hast. Komm, lass uns zu den anderen gehen. Ich bin sicher, Dr. Schneider wird uns schon einiges sagen können, bei Martens – denke ich – da wird es bei der Größe des Areals noch etwas dauern."

Sie wollten gerade über die Mauer steigen, als Dr. Schneider zwischen den Büschen auftauchte. Der Pathologe atmete einige Male tief durch und ließ sich mit einem kleinen Schnaufer auf der steinernen Einfassung nieder. Auch Kramer und Rosi setzten sich zu ihm. Er steckte sich eine Zigarette an, nahm einen kräftigen Zug.

„Also – so viel kann ich jetzt schon sagen, der arme Kerl hat wohl kaum gelitten. Es gibt weder Abwehr- noch Kampfspuren, der Angriff muss schnell und energisch erfolgt sein. Der Tote ist vermutlich mit einem Tuch oder Schal stranguliert worden. Der *Modus Operandi*[11] … na ja … die Art des Vorgehens, sie entspricht fast unserem ersten Fall. Gewiss – die äußeren Umstände unterscheiden sich … aber – beiden Opfern ist mit einer Schlinge – könnte ein Seidenschal gewesen sein – der Kehlkopf eingedrückt und mit großer Wahrscheinlichkeit das Zungenbein gebrochen worden. Mir ist nur nicht klar, welche Verbindung es zwischen diesen beiden sehr unterschiedlichen Personen gibt. Eine gepflegte, junge Frau aus der gehobenen Gesellschaftsschicht und so ein armes Schwein, das seit Jahren auf der Straße lebt", der Mediziner blickte die beiden Ermittler fragend an.

„Doktor, wir beide haben – bevor Sie aus dem Unterholz kamen – genau darüber gesprochen. Rosi war gleich der Meinung, dass beide Fälle zusammenhängen – da kannten wir den *Modus Operandi* noch nicht."

Den lateinischen Begriff hatte er mit einem leichten Lächeln begleitet.

„Lieber Oberkommissar – es freut mich, dass ich Sie ganz offensichtlich mit meinem Fachbegriff amüsieren konnte", reagierte Dr. Schneider etwas spitz. Kramer fuhr gelassen fort:

„Rosi hat sich am Freitagabend recht eingehend mit *Beutel* – so heißt nämlich der Tote hinter uns – unterhalten. Der Mann hatte für die Mordnacht sehr genaue Angaben liefern können. Er hatte in dem Zeitraum, den Sie als die wahrscheinliche Tatzeit bestimmt haben, einen Wagen beobachtet, der nicht nur in die John-Forster-Dulles-Allee eingebogen, sondern auch nach etwa vierzig Minuten von dort wieder zurückgekommen war. Er hatte Automarke und Typ sowie die Farbe des Wagens erkannt. *Beutel* konnte sogar angeben, wo das Fahrzeug vom *Großen Stern* abgebogen ist. Der Mann war ein erstklassiger Zeuge … und jetzt? – Jetzt ist er mausetot."

„Leute, wenn das so ist, dann liegt doch die Vermutung nahe, dass der Mörder aus erster Hand – also von uns, von der Polizei – die entscheidenden Informationen erhalten hat. Das wäre in der Tat ein dickes Ding", der Pathologe schüttelte ungläubig den Kopf.

„Doktor, es kann doch durchaus sein, dass ein Kollege von uns völlig arglos, nur weil er ein wenig zu viel über seine Arbeit gequatscht hat und nicht ahnen konnte, dass der Mörder unter seinen Zuhörern steht, diese Info verbreitet hat", gab Rosi zu bedenken.

„Wenn man euch so zuhört, könnte man den Eindruck gewinnen, dass euer Büro in der Keithstraße eigentlich überflüssig ist."

Klaus Martens war unbemerkt hinter die drei Diskutierenden getreten und blickte amüsiert zu ihnen hinunter.

„Ach nee – du nun auch noch. Das wird mir hier alles zu eng, muss mich außerdem darum kümmern, dass die Leiche in die Gerichtsmedizin kommt."

Dr. Schneider stand entschlossen auf und schlug jenen Weg ein, auf dem der Leiter der Spurensicherung soeben gekommen war.

„Hallo Klaus", begrüßte der Oberkommissar seinen Kollegen. „Jetzt hast du unsern Doktor aber ganz schön verschreckt. Komm, setz dich – der Platz ist noch warm."

Ächzend ließ sich Martens auf der Mauer nieder.

„Mann – ich glaube, ich werde langsam zu alt für diesen Job. Stundenlang auf allen vieren durchs Unterholz krabbeln und nach Spuren suchen – nee mir reicht's."

„Hat denn deine *Krabbelei* etwas Brauchbares eingebracht?"
Der Oberkommissar sah seinen Kollegen gespannt an.

„An dem Fundort der Leiche – soll ja, soweit ich Schneider verstanden habe, auch der Tatort sein – haben wir keine verwertbaren Fußspuren entdecken können. Bei dem vielen Laub und den kleinen Zweigen, die dort herumliegen, fast logisch. An einem Ast fanden wir einen Wollfaden. Ob es uns gelingt, diesen irgendwie zuzuordnen … keine Ahnung. Wir sind uns jedoch sicher, dass der Mörder von der *Straße des 17. Juni* aus in den Tiergarten eingedrungen ist. Es gibt eine Art Laufschneise von der Straße hin zum Tatort. Man erkennt, dass der Täter offensichtlich nach dem Obdachlosen gesucht hat, denn es geht ein wenig kreuz und quer durch die Botanik. An einem Ast, direkt vorne an der Straße, fanden wir einen weiteren Gewebefaden. Also … der hat sich kein Loch in seine Klamotten gerissen – ist nur ein Faden … etwa wie bei einer Laufmasche. Das Ganze könnte jedoch alles für die Katz sein, wenn der Täter seine Kleidung sofort nach der Tat entsorgt hat." Martens zuckte enttäuscht mit den Schultern.

„Mensch Klaus, nun mal nicht so pessimistisch", versuchte Kramer seinen Kollegen wieder etwas aufzurichten. „Denk doch nur mal an den Fall mit dem toten Mädchen an der Havelchaussee. Wenn ihr damals nicht diesen Stofffetzen am Fundort entdeckt und analysiert hättet, wäre es uns später nicht möglich gewesen, den Mann zu ermitteln, der das Kind dort im Wald verscharren wollte."

„Schön, dass du dich gerade jetzt daran erinnerst, Kalle. War nach meiner Erinnerung damals jedoch ein bisschen anders. Hast mich anfangs ziemlich auflaufen lassen mit der Nummer."

„Ja – du hast recht, hab mich in der Situation ziemlich bescheuert verhalten. Klaus, das ist alles Schnee von gestern – glaub mir, ihr macht richtig gute Arbeit. Ehe wir hier noch weiter in der Vergangenheit kramen – hast du nicht vor ein paar Minuten über unser Büro in der Keithstraße philosophiert? Und genau deshalb, mein lieber Klaus, werden Rosi und ich uns jetzt ganz geschmeidig dorthin begeben und zügig weiterermitteln."

Der Oberkommissar stand auf, nickte seiner Mitarbeiterin kurz zu und beide gingen zu ihren geparkten Autos am Straßenrand. Als sie wenig später das Büro der Mordkommission betraten, wurden sie schon ungeduldig von Seydlitz erwartet.

„Na endlich – ihr seid wohl noch im *Café am Neuen See* zum zweiten Frühstück gewesen!?"

„Schön, dass du uns beide so vermisst hast", antwortete Kramer lächelnd und ging hinüber zu seinem Schreibtisch. Während er sich dort entspannt in seinen Stuhl fallen ließ und nach einer seiner Pfeifen griff, berichtete Rosi ihrem Kollegen, was sich im Tiergarten aus den Gesprächen mit Dr. Schneider und Martens ergeben hatte.

„Kalle, hast du mal einen Moment …?"

Seydlitz stand, mit ein paar Unterlagen in der Hand, jetzt am Besprechungstisch. Der Oberkommissar stand auf und kam ebenfalls an den Tisch – dort hatte auch Rosi inzwischen Platz genommen.

„Während ihr unterwegs gewesen seid, habe ich mir noch einmal das Protokoll, das du", dabei blickte er seine Freundin an, „vorbereitet hast und das *Beutel* heute Vormittag eigentlich unterschreiben sollte, genauer durchgelesen. Das hat sich ja nun leider erledigt. Was hältst du davon, wenn Rosi daraus einen Gesprächsvermerk macht, den wir beide dann unterschreiben. Ich bin ja an dem Freitag dabei gewesen … also nicht direkt bei dem Gespräch, aber Rosi hat mir nur wenige Minuten später ausführlich davon berichtet."

„Manni, die Idee mit dem Gesprächsvermerk ist okay – das mit deiner Unterschrift allerdings nicht. Überleg doch mal … was in einem späteren Prozess – sollte der Mörder endlich vor Gericht stehen – geschehen könnte. Unsere Ermittlungsunterlagen sind

Bestandteil der Prozessakten. Wenn dich dann der Staatsanwalt oder der Verteidiger zu diesem Gespräch mit *Beutel* befragt, dann musst du einräumen, dass du an dem Gespräch gar nicht teilgenommen hast. Durch deine Unterschrift würde bei allen Beteiligten nicht nur ein merkwürdiger Eindruck entstehen, sondern der Vermerk hätte mit einem Schlag an Bedeutung verloren. Rosi, du schreibst einen Vermerk und das vorbereitete Protokoll kommt als Anlage hinten ran. Auf diese Weise ist alles sauber und für jeden Außenstehenden auch nachvollziehbar … oder?"

„Kalle, du hast recht – war ne Schnapsidee von mir", murmelte er etwas kleinlaut. „Es gibt aber noch einen anderen Aspekt. Wir wissen jetzt … besser … wir sind uns nach den Beobachtungen des Ermordeten sehr sicher, dass der Täter einen roten Citroen DS 19 gefahren hat. Ihr erinnert euch sicher, dass ich vor ein paar Tagen von der Kfz-Zulassungsstelle eine Liste aller zugelassenen Fahrzeuge dieses Typs erhalten habe. Nach der Auswertung der Halterabfrage blieben vier Wagen, bei denen die Besitzer bisher nicht befragt werden konnten. Von diesen vier Autos sind zwei rot. Eins ist auf eine Zahnärztin in Neu-Westend und eins ist auf den Schauspieler Bruno Bastian zugelassen. Ich habe heute Vormittag noch einmal bei der Zulassungsstelle wegen genau dieser beiden Autos nachgefragt, ob sich am Informationsstand zu den Fahrzeugen etwas verändert hat. Sind sie verkauft oder vielleicht abgemeldet worden. Tatsächlich ist der Wagen der Zahnärztin vermutlich in der Nacht vom 23. auf den 24. April vor dem Haus in der Reichsstraße gestohlen worden. Bei den Fahrzeughaltern hat sich – sieht man einmal von dem Diebstahl ab – nichts geändert, es sind immer noch dieselben Personen. Ich denke, wir sind uns darin einig, dass die Zahnärztin nicht als Täterin in Betracht kommt – oder? Der Mörder kannte sein Opfer und wird sich nicht in der Tatnacht ein Auto klauen, um dann mit seinem Opfer in den Tiergarten zu fahren."

Seydlitz sah seine Kollegen an. Der Oberkommissar zuckte erst ein wenig unsicher mit den Schultern, dann nickte auch er.

„Wir wissen", fuhr Manni fort, „dass Bastian ein Kunde von Sibylle Wagner war und einen roten DS 19 fährt. Außerdem waren seine Angaben bei der Halterabfrage falsch und wir haben ihn bisher nicht nach seinem Alibi für Freitagnacht befragt. Wenn wir uns nicht dem Vorwurf aussetzen wollen, dass wir bei einem prominenten Mitbürger anders vorgehen als bei einem weniger bekannten Mann, dann sollten wir unverzüglich mit Herrn Bastian sprechen."

„Sehe ich ganz genau so, Manni. Bevor wir jedoch mit ihm reden, muss ich mich erst mit unserer Chefin, Frau Dr. Fischer, abstimmen. Es macht doch keinen Sinn, wenn das Spiel plötzlich abgepfiffen wird, bevor es richtig begonnen hat."

Es gehörte zu ihrer täglichen Routine, dass morgens alle Berliner Tageszeitungen auf dem Schreibtisch der Staatsanwältin Frau Dr. Fischer lagen. Sie wollte sich gleich zu Beginn ihres Dienstes stets einen Überblick verschaffen, ob in der Presse die Arbeit der Polizei ganz allgemein oder der Ermittlungsstand aktueller Straftaten kommentiert wurde. Als sie heute Morgen die *Bild-Zeitung* von ihrem Zeitungsstapel nahm, traf sie eine der Überschriften wie ein Schlag ins Gesicht.

Bruno Bastian – der Lustmörder vom Tiergarten?

Sie schlug so wütend mit der flachen Hand auf die Tischplatte, dass ihr gerahmtes Familienfoto nach einem winzigen Hüpfer nach vorne umkippte. Ohne auf den kleinen Kollateralschaden zu reagieren, sprang sie von ihrem Stuhl auf, griff sich die Zeitung und stürmte aus ihrem Büro. Fischer riss die Tür zur

Mordkommission auf, fegte an den beiden verdutzt schauenden Mitarbeitern vorbei, in das Büro des Oberkommissars und knallte ihm wütend die Zeitung auf den Schreibtisch. Für den Fall, dass sie mit einer Erklärung des Chefs der Mordkommission gerechnet haben sollte, so wie ihre Stimmung im Augenblick war, wäre es wohl in jedem Fall die falsche Antwort gewesen.

„Heute schon mal in die Zeitung geschaut Herr Kramer?", blaffte sie ihn an.

„Guten Morgen Frau Dr. Fischer".

Der Oberkommissar bemühte sich, möglichst gelassen zu bleiben.

„Ja, sicher. Ich habe den Artikel auch sehr überrascht zur Kenntnis genommen. Könnte mir jedoch – mit ein wenig Fantasie – erklären, wie diese Boulevard-Journalistin an diese Informationen gekommen ist, die sie zu einer der Art gewagten These und zu dieser provokanten Schlagzeile veranlasst haben."

Die Ruhe, mit der er ihrem erregten Auftritt begegnete und geantwortet hatte, wirkte auf sie keineswegs beruhigend – das Gegenteil schien eher der Fall zu sein.

„Menschenskind Kramer, mehr fällt Ihnen dazu nicht ein? Dass *Sie selbst* bei denen nicht angerufen haben … so blöd bin ich auch nicht. Es muss aber hier aus Ihrem Bereich gekommen sein, denn kein anderer im Haus kennt die *Verbindung: Bastian-roter Citroen DS 19* – oder liege ich da falsch?"

„Frau Dr. Fischer, wollen Sie nicht erst einmal Platz nehmen?"

Der Oberkommissar stand auf und machte eine einladende Handbewegung in Richtung Besprechungstisch. Seine Chefin wirkte erneut etwas irritiert, zögerte kurz, folgte dann aber seinem Vorschlag.

„Darf ich Ihnen einen Kaffee anbieten? Ich denke", dabei blickte er kurz auf seine Uhr, „zum Kaffeetrinken sind Sie heute Morgen noch nicht gekommen."

„Mein lieber Mann – Sie haben vielleicht Nerven. Ich komme hier rein, würde am liebsten Ihren ganzen Laden kurz und klein kloppen ... und Sie ... Sie laden mich auf'n Kaffee ein", dabei schüttelte sie etwas ungläubig den Kopf.

„Tja – deshalb sind Sie auch Staatsanwältin und ich – ich leite nur die Mordkommission."

„Ich gehe mal davon aus, dass ich den kleinen Hinweis als Kompliment auffassen soll. Aber jetzt ist Schluss mit der *Süßholz-raspelei*. Sie sagten, Sie hätten den Artikel auch gelesen und auch schon eine Vermutung, woher der Journalist seine Weisheiten bezogen hat – oder?"

„Die Dame schreibt unter dem Pseudonym *Gitti Granate*. Ihr Name ist Programm, denn jede ihrer Storys haut rein wie eine Granate – viel Lärm, große Aufmerksamkeit und wenn sich der Rauch verzogen hat ... sehr oft auch großer Schaden. Das nur mal vorweg, damit Sie wissen, über wen wir uns unterhalten. Wir drei haben natürlich sofort überlegt, wie dieser Artikel zu Stande gekommen sein könnte. Die einzige – wohl auch wahr-scheinlichste – Erklärung könnte mit der erneuten Anfrage des Kollegen Seydlitz bei der Kfz-Zulassungsstelle zusammenhängen. Auf Grund der Aussage des ermordeten Stadtstreichers *Beutel* wollten wir wissen, ob sich an dem Sachstand über die beiden roten Citroen DS 19 irgendetwas verändert hätte. Offensichtlich glaubte plötzlich einer der Mitarbeiter in der Zulassungsstelle, er könne zwei und zwei zusammenzählen. Während Manni sich nur dafür interessierte, ob einer der Wagen abgemeldet, unter Um-ständen verkauft wurde usw., hat jemand dort kombiniert: *Tote Frau im Tiergarten, Kripo überprüft die Halter von den beiden roten Citroen DS 19*. Es wäre sicher nicht das erste Mal, dass ein Schlauberger einen Journalisten anruft und für ne kleine Prämie Informationen verkauft. Nur so kann dieser *Granaten-Artikel* entstanden sein. Eigentlich wollte ich mich heute Vormittag mit Ihnen abstimmen, wie wir im Fall Bastian verfahren sollten.

Der Mann war Kunde der Toten, er fährt einen Wagen des in der Tatnacht beobachteten Typs, er hat bei einer polizeilichen Halterabfrage falsche Angaben gemacht – wie lange sollen wir eigentlich noch warten, bis wir ihn nach seinen Alibis befragen dürfen? Jetzt ist uns dieser blöde Artikel genau in die Parade gefahren – *schön* wäre mit Sicherheit anders. Es bringt in dieser Situation jedoch nichts, jetzt in der Zulassungsstelle nach diesem *Maulwurf* zu suchen – ist meines Erachtens verschenkt Zeit."

Seine Chefin hatte ihm aufmerksam zugehört, wirkte in den letzten Minuten auch weniger angespannt.

„Wie Sie sicher wissen, ist mein Mann auch Journalist – allerdings nicht bei Springer, sondern beim *Tagesspiegel*. Deshalb bekomme ich schon einiges davon mit, wie diese *Zunft* tickt. Aber ein solches Gerücht in die Welt setzen – nur wegen der Auflage? Den Ruf eines Menschen ohne Skrupel beschädigen? – Was hat diese Dame nur für eine Berufsethik? Bis zu diesem Moment haben wir ja noch nicht einmal Ermittlungen gegen Herrn Bastian eingeleitet." Fischer schüttelte empört den Kopf.

„So, wie die Dinge jetzt liegen, muss ich mir halt etwas Schlaues einfallen, um mit Herrn Bastian ein vernünftiges Gespräch führen zu können. Der Mann wird ganz sicher sofort anwaltlichen Begleitschutz in Stellung bringen – das macht die Sache nicht unbedingt einfacher für uns."

„Nee, nee Kramer – schlau war gestern … heute läuft das – wie heißt es da bei unseren sozialistischen Freunden in Pankow immer? Genau *das geht jetzt auch bei uns seinen sozialistischen Gang*. Sie könnten – wenn Ihnen das sympathischer ist – auch *Karo einfach* sagen. Keine Mätzchen mehr – der Artikel heute reicht mir. Der Herr Bastian erhält von mir eine amtlich zugestellte Vorladung. Ich werde Sie, Herr Oberkommissar, hinzubitten, wenn ich dieses Gespräch führe. Morgen ist leider Himmelfahrt – dann wird er eben zum Freitag eingeladen."

Deutlich entspannter als noch vor wenigen Minuten und wohl auch zufrieden mit sich selbst, weil sie im Fall Bastian die Initiative ergriffen hatte, fischte sie aus ihrer Rocktasche eine Packung Zigaretten und zündete sich eine an.

„Hätten Sie vielleicht noch eine Tasse für mich?"

War sie noch vor einer halben Stunde *auf Krawall gebürstet* in die Mordkommission gestürzt, um dort keinen Stein auf dem anderen zu lassen, schien es im Moment so, als wolle sie es sich hier ein wenig gemütlich machen.

„Kramer, hat sich denn Ihre Wohnungssituation ein wenig entspannt? Haben Sie endlich eine neue Bleibe gefunden?"

Der Themenwechsel überraschte ihn, dennoch war ihr Interesse offensichtlich ehrlich gemeint. Der Oberkommissar nickte lächelnd:

„Eine völlig unerwartete Entwicklung, Frau Doktor. Vor wenigen Tagen haben wir erfahren, dass der Nachbar von Manni sein Haus in Frohnau verkaufen will. Wir kennen uns gut und waren uns innerhalb kurzer Zeit einig. Wir haben inzwischen unsere Wohnung in Mariendorf gekündigt und Norbert … Norbert ist der Nachbar – räumt seit Tagen sein Haus aus. Wir können ab sofort mit dem Renovieren beginnen. Sollte alles so laufen, wie wir uns das vorstellen, dann würden wir Ende Juni nach Frohnau umziehen. Mannis Mutter freut sich jetzt schon darauf, Paula für ein paar Stunden zu betutteln, so dass Maggi ab Juli hier wieder halbtags einsteigen könnte."

„Das ist aber – ohne indiskret zu werden – ein gewaltiger, finanzieller Kraftakt für Sie beide – oder?"

„Na ja, Norberts Preisvorstellungen waren sehr fair und meine Eltern in Hamburg haben uns – ist gewissermaßen ein Vorschuss auf mein Erbe – kräftig unter die Arme gegriffen. Die Situation ist einfach perfekt. Wir vier – eigentlich fünf, denn Mutter Seydlitz gehört dazu – verstehen uns großartig und für unsere Tochter können wir uns nichts Schöneres wünschen."

„Herzlichen Glückwunsch Kramer und grüßen Sie Ihre Frau. Ich freue mich, dass sie uns absehbar wieder verstärken wird."

Sie nickte dem Oberkommissar aufmunternd zu und verließ das Büro.

Am Freitag gegen 10 Uhr rief Kramers Chefin an. Der Schauspieler Bruno Bastian war heute Morgen ganz locker und ohne Anwalt bei ihr aufgekreuzt. Als der Oberkommissar nur wenig später das Büro von Frau Dr. Fischer betrat, bot sich ihm ein ungewöhnliches Bild. Wenn er erwartet hatte, dass der Schauspieler und die Staatsanwältin die Zeit bis zu seinem Eintreffen für einen launigen Smalltalk nutzen würden, sah er sich getäuscht. Die beiden saßen an Dr. Fischers Besprechungstisch und hatten Spielkarten in den Händen. Obwohl der Oberkommissar eindeutig ein *Poker-Greenhorn* war, zeigte ihm ein flüchtiger Blick, dass seine Chefin ein gutes Blatt auf der Hand hatte. Bastian hingegen war mit gerade mal zwei Neunen und einem traurigen Rest Kleinkram eher lausig ausgestattet. Die Stimmung war sehr entspannt, hätte kaum besser sein können. Der Sinn des Pokerns besteht allem Anschein nach darin, mit einem objektiv miesen Blatt so lange zu bluffen, bis all anderen Mitspieler am Tisch – vor allem die mit den deutlich besseren Karten aber dem schwächeren Nervenkostüm – resigniert aussteigen. Die folgenden Minuten sollten ihm erneut zeigen, wie wenig er seine Chefin tatsächlich kannte, obwohl er in der Vergangenheit ausreichend Gelegenheit gehabt hatte, ihren unkonventionellen Stil zu studieren. So professionell wie sie jetzt die Karten mischte, diese zwischen Bastian und sich lässig verteilte, konnte man ausschließen, dass sie sich diese Fertigkeit im trauten Kreis eines *Spieleabends* mit der Familie angeeignet hatte. Die beiden Männer begrüßten einander freundlich und formlos. Für jemanden, der von der Polizei vorgeladen worden war, weil er im Zentrum von zwei Mordermittlungen stand, wirkte Bastian nicht nur tiefenentspannt, sondern ansteckend gut gelaunt.

„So mein Lieber, jetzt *mal Butter bei die Fische* wie wir bei uns im Norden zu sagen pflegen – jetzt *mal die Hosen runter* hätte sich für Sie wahrscheinlich vertrauter angehört … schien mir aber unter diesen Umständen nicht so passend."

Dr. Fischer war in ihrem Element.

„Ich denke, mit Ihrem Blatt würden Sie selbst beim *Schwarzer Peter* ziemlich alt aussehen. Sieht bei mir ganz anders aus.

Ein König", damit deckte sie ihre erste Karte auf.

„Übrigens, Herr Bastian … warum haben Sie uns eigentlich bisher verschwiegen, dass Sie der letzte Kunde von Sibylle Wagner waren? – Herr Bastian, es kommt aber noch besser.

Noch'n König", dabei deckte sie ihre zweite Karte lächelnd auf.

Hatte sie bei ihrer ersten Karte noch geblufft, als sie behauptete, der Schauspieler sei Sibylle Wagners letzter Kunde gewesen, blieb sie diesmal bei den Fakten.

„Sie fahren einen Wagen des Herstellers und des Modells, das in der Mordnacht zur Tatzeit nahe dem Tatort beobachtet worden ist.

Und … damit es hier nicht langweilig wird – es sind auch *Damen* mit im Spiel." Sie drehte ihre dritte Karte um.

„Bedauerlicherweise ist der arme Teufel, der diese wichtige Aussage zu dem verdächtigen Citroen gemacht hat, vor ein paar Tagen – nur wenige hundert Meter von jenem Ort entfernt, an dem wir die erste Leiche fanden – ermordet worden.

Damit es für Sie nicht zu eintönig wird – *zwei Paare*." Sie deckte ihre vierte Karte auf.

„Sie haben – warum auch immer – bei einer polizeilichen Befragung falsche Angaben zu Ihrem Alibi für die Tatzeit Freitagnacht gemacht. Entgegen Ihrer Darstellung, zu dieser Zeit auf der Bühne des *Theaters am Kurfürstendamm* gestanden zu haben, hatten Sie an diesem Tag spielfrei.

Mein ganz persönlicher Favorit, Herr Bastian, ist jedoch weder der *Straight Flush* noch der *Royal Flush* ... es ist einfach das *Full-House*."

Sie drehte lächelnd ihre letzte Karte um – es war der dritte König ... drei Könige und zwei Damen – ein *Full-House*.

„Kompliment, Frau Dr. Fischer, vom Pokern verstehen Sie ganz offensichtlich ne ganze Menge. Mit den effektvoll darunter gemischten Anschuldigungen, kann ich jedoch wenig anfangen. Ich schließe einfach daraus, dass ich diesen lausigen Artikel einer innigen Zusammenarbeit zwischen Kripo und *Bild-Zeitung* zu verdanken habe."

„Herr Bastian, das ist doch Blödsinn. Warum, glauben Sie, habe ich Sie um dieses Gespräch gebeten? Wäre Oberkommissar Kramer – er leitet hier die Mordkommission –, einer dieser übereifrigen *Super-Bullen*, die ihre Fälle angeblich in nur wenigen Stunden lösen, dann hätten wir jene sogenannten *Anschuldigungen* sofort genutzt, um einen Durchsuchungsbeschluss samt Haftbefehl zu erwirken. Ich will ehrlich sein. Im Gegensatz zu unserem kleinen Spielchen vorhin haben Sie in den beiden Mordfällen leider sehr gute Karten und stehen auf unserer Liste der Verdächtigen ganz oben. Aber ... ja – wir haben auch Zweifel. Deshalb sollte es vor allem in Ihrem Interesse liegen, offen und ehrlich mit uns zusammenzuarbeiten. Keine bühnenreifen Auftritte, Herr Bastian, sondern schlicht und einfach: **die Wahrheit!**"

„Tja, die Wahrheit ... die Wahrheit ist, dass ich diese polizeiliche Abfrage damals nicht wirklich ernst genommen und deshalb beim Datum nicht viel nachgedacht habe. Es stimmt natürlich, dass ich Kunde von Sibylle war. An dem Freitag bin ich in der Tat bis kurz vor 21 Uhr bei ihr gewesen. Ich ging davon aus, dass ich wie immer der Letzte bin und dass sie anschließend – wie ich es von früheren Terminen kannte – mit ihrer Freundin ins *Kempi* zum Essen fahren würde. Ich schloss jedoch aus einer ihrer Bemerkungen, dass sie offensichtlich noch eine Verabredung an diesem Abend hatte. Da ich nach meinem Besuch bei Sibylle noch ins *Pigalle* zum Pokern wollte, hatte ich Arno – Arno Teschel ist Taxifahrer und gehört zu unserer Pokerrunde – gebeten, mich um 21 Uhr in der Regensburger Straße abzuholen. Kurios war, dass er mich, als ich zu ihm ins Taxi stieg, leicht vorwurfsvoll mit dem Spruch begrüßte: ,*Na wenn de schon mit deiner eigenen Kiste hierher fährst, dann hätteste auch selbst ins Pigalle fahrn können.*' Auf meine erstaunte Frage, wie er denn zu dieser Annahme komme, hat er auf einen roten Citroen DS 19 auf der gegenüberliegenden Straßenseite gezeigt: ,*Da drüben steht doch deine rote Flunder.*' Tatsächlich parkte dort ein Wagen, der meinem zum Verwechseln ähnlich war. Als plötzlich ein Feuer aufflammte, weil sich der Fahrer in diesem Moment vermutlich eine Zigarette anzündete, war auch Arno sofort klar, dass er sich geirrt hatte und es nicht *mein* Auto war. Es sah so aus, als würde derjenige, der dort in diesem Citroen saß, auf jemanden warten. Bei dem kurzen Feuerschein konnte man nicht viel erkennen, aber eines ist sicher – das wird Ihnen auch Arno bestätigen – in dem Auto saß ein Mann. Mit dem Mord an dem armen *Beutel* habe ich nichts zu tun. Da ich Sibylle nicht umgebracht und für die Tatzeit ein Alibi habe, gibt es keinen plausiblen Grund, warum ich dem Mann, den ich übrigens recht gut kannte, sein *Lebenslichtlein* ausgeblasen haben sollte. Ich habe mich nach Sibylles Tod nicht bei euch gemeldet, weil ich Sorge hatte, dass mein Name im Zuge der Ermittlungen öffentlich wird und die Pressefuzzis wie die Schmeißfliegen über mich herfallen. Aus der Sicht von heute – die Idee war absolut bescheuert. Jetzt habe ich nicht nur die *Boulevardjournalisten* am Hals, sondern – gewissermaßen als kleinen Bonus – auch noch die Kripo an der Backe … ist richtig super gelaufen."

Bastian blickte abwechselnd Fischer und Kramer an, schüttelte verzweifelt den Kopf. Als der Oberkommissar etwas sagen wollte, schnitt ihm der Schauspieler mit einer energischen Handbewegung das Wort ab.

„Auf schlaue Ratschläge kann ich im Moment absolut verzichten ... weiß selbst, dass ich für die ganze Scheiße allein verantwortlich bin."

Er klang resigniert, war sauer auf sein eigenes unbedachtes Verhalten.

„Herr Bastian, wenn Sie ein handfestes Alibi haben – und vieles scheint dafür zu sprechen –, dann sind Sie raus aus dem Fall ... es wird keine Ermittlungen gegen Sie geben", versuchte Frau Dr. Fischer ihn ein wenig zu beruhigen.

„Alles richtig, Frau Doktor, nur ... das kümmert diese Idioten von der Presse einen Dreck. So lange die das Gefühl haben, mit ihren Halbwahrheiten über mich und mein Privatleben kann man Auflage machen, treiben sie *die Sau einfach weiter durchs Dorf*. Wenn am Ende des Tages nur noch die Botschaft bleibt: *Der Bastian ist ein Sadist und geht regelmäßig zu Nutten*, dann ist das in meinem Beruf eine schwere Hypothek ... glauben Sie mir. Eigentlich hat es schon begonnen. Der Intendant hat mich gebeten, erst einmal in den nächsten zwei Wochen nicht aufzutreten – *Erkrankung von Herrn Bastian*", er blickte traurig ins Leere. „Werde mich für die nächsten Tage in meinem Haus in der *Schopenhauer Straße* eingraben und darauf hoffen, dass dieser Albtraum möglichst schnell vorübergeht."

Er schob die *Bild-Zeitung* zufrieden zur Seite. Der Artikel über die Tote im Tiergarten und die darin geäußerte These, der Schauspieler Bruno Bastian könnte in diese Tat verwickelt sein, lenkten die Aufmerksamkeit in eine – aus seiner Sicht – sehr erfreuliche Richtung. Jetzt, da eine so prominente Persönlichkeit in den Blickpunkt des öffentlichen Interesses geraten war, würde das die Akteure bei Presse und Polizei erst einmal für längere Zeit in die falsche Richtung marschieren lassen. Das eröffnete ihm die Chance, mögliche Spuren, sollte er welche hinterlassen haben, zu beseitigen. Mit dem kaltblütigen Mord an *Beutel* hatte er offensichtlich eine moralische Grenze überschritten, jenseits derer es für ihn weder Schuld noch Reue, nicht den Hauch von Mitgefühl gegenüber anderen Mitmenschen zu geben schien. Jetzt gab es für ihn kein Zurück mehr. Alles war seit diesem Moment nur auf ein Ziel ausgerichtet: sein eigenes armseliges Leben ohne Rücksicht auf das Schicksal anderer zu schützen – koste es, was es wolle.

Der Oberkommissar bat seine Chefin wieder in sein Büro zurückkehren zu dürfen und verabschiedete sich von den beiden. Schnell berichtete er Seydlitz und Rosi, wie das Gespräch mit Bastian bei Frau Dr. Fischer verlaufen war.

„Das klang für mich alles durchaus überzeugend, was er uns gerade erzählt hat. Ich denke, Manni, du solltest dich sofort an ihn ranhängen. Wenn er bereits weg ist, fährst du gleich zu seinem Haus nach Zehlendorf. Ich hoffe nicht, dass er Kontakt zu seinen Pokerfreunden aufnimmt. Heute Abend fahrt ihr beide ins *Pigalle*. Wenn an der Bar eine dunkelhaarige Frau mit Katzenaugen arbeitet, dann sprichst du mit Ihr", dabei nickte er Rosi zu. „ Sag ihr, dein Chef sei vor ein paar Tagen hier gewesen und sie habe ihm damals ihre Hilfe angeboten. Frag sie, ob sie sich an den Abend des 23. April erinnern kann und wann Bastian dort – alleine oder in Begleitung – aufgetaucht ist."

„Ich kann doch auch mit der Frau sprechen", warf Seydlitz – er klang fast ein wenig beleidigt – ein.

„Natürlich könntest du das auch, Manni. Es ist aber taktisch besser, wenn Rosi das übernimmt. Mit dir würde sie erst einmal ne halbe Stunde flirten und dich ausfragen, bei Rosi wird sie das erst gar nicht versuchen."

„Mensch Manni, zieh keinen Flunsch und gib endlich Gummi. Bastian wird nicht ewig auf dich warten", Rosi stupste ihren

Freund lachend in die Seite. „Ich erzähl dir später, welche Rolle du heute Abend im *Pigalle* übernimmst."

„Schön, dass wenigstens ihr beide euch einig seid." Seydlitz verließ leicht schmollend das Büro.

Kramer hatte den Dialog seiner beiden Mitarbeiter amüsiert verfolgt und wandte sich jetzt wieder ernsthaft seiner Kollegin zu.

„Ich gebe dir für Manni eine kleine Lageskizze mit, auf der ich den Tisch unserer Pokerrunde markiere. Er soll dann schauen, ob und wenn ja wie viele Personen dort sitzen. Interessant wäre natürlich, ob auch unser Schauspieler darunter ist. Ist der Tisch besetzt und Bastian sitzt nicht mit seinen Kumpels zusammen, gehst du nach deinem Gespräch an der Bar gemeinsam mit Manni zu dieser Gruppe. Ihr wisst selbst, was dann zu geschehen hat."

„Und – wie sieht dein Plan für heute aus Chef?"

„Ich werde mal *unserem Freund* Heinz Gerber einen kleinen Besuch abstatten. Der ist bei Springer jetzt Chefredakteur der *Bild-Zeitung* und offensichtlich die Karriereleiter geschmeidig hinaufgeklettert. Damit ist er auch Chef unserer Klatschtante *Gitti Granate*. Vielleicht gelingt es mir, mit ihm ins Geschäft zu kommen".

Bei seinem letzten Satz lächelte der Oberkommissar vielsagend.

Zwei Stunden waren inzwischen vergangen, als Seydlitz wieder das Büro der Mordkommission betrat. Er hatte gerade noch rechtzeitig im Auto gesessen und war Bastian bis nach Zehlendorf in die Schopenhauerstraße gefolgt. Auf dem offensichtlich weitläufigen Grundstück mit vielen schönen, alten Kiefern stand gut zwanzig Meter von der Straße entfernt ein Gebäude, das zu Beginn des 20. Jahrhunderts im Stil eines englischen Landhauses erbaut worden war. Die helle Fassade, die roten Dachziegel und die große, halbrunde – zentral gelegene – Veranda verliehen ihm Charakter und strahlten zugleich Geborgenheit aus. Nachdem

Manni das Haus einige Zeit unauffällig beobachtet und den Eindruck gewonnen hatte, dass Bastian es vorerst nicht wieder verlassen würde, war er in die Keithstraße zurückgefahren. Dort übergab ihm Rosi die Lageskizze der Bar und erklärte ihm noch einmal, wie sie heute Abend gemeinsam vorgehen sollten.

Kramers Deal

Vor zwei Jahren, als er wegen der Morde im Zusammenhang mit sexuellen Missbrauchsfällen an Kindern ermittelte, hatte der Oberkommissar den Journalisten im alten Ullsteinhaus in Tempelhof am Teltowkanal aufgesucht. Bereits 1959, also weit vor dem Bau der Mauer am 13. August 1961, legte Axel Springer in der Kreuzberger Kochstraße den Grundstein für sein neues Verlagshaus[12]. Obwohl die Arbeiten an dem Hochhaus, das nun unmittelbar an der Berliner Mauer stand, noch nicht abgeschlossen waren, wurden dort bereits seit dem Frühjahr 1961 die Berliner Ausgaben von *WELT, WELT AM SONNTAG* und *Bild-Zeitung* gedruckt. Der Plan, die Redaktionen der *Morgenpost* und *Bild-Zeitung* schon 1965 von Tempelhof nach Kreuzberg zu verlegen, war bisher an einigen, noch immer andauernden Arbeiten im Bereich der Technik gescheitert. Der Oberkommissar parkte seinen R 4 wie beim letzten Mal in der Ullsteinstraße und fragte im Eingangsbereich, wie er zum Redaktionsleiter der Berlin-Ausgabe *Bild-Zeitung* gelangen konnte. Die junge Frau schaute ihn freundlich, aber leicht irritiert an. Sie teilte ihm mit, dass Herr Gerber mit seiner Redaktion bereits vor längerem in den Flachbau neben dem neuen Verlagshochhaus an der Kochstraße umgezogen sei.

Enttäuscht verabschiedete sich Kramer und ging zu seinem Wagen zurück. Kurz entschlossen fuhr er nach Kreuzberg. Er parkte in der Lindenstraße und lief sie zu Fuß nach links in die Kochstraße. Als der Oberkommissar das riesige Hochhaus erblickte, das dort vor ihm in den Himmel wuchs, war er beeindruckt. Für die meisten Berliner auf der anderen Seite der Mauer war es zweifellos ein Symbol der Freiheit, auch ein Ort der Sehnsucht, für die *Parteigänger der SED* hingegen eine ärgerliche Provokation und ein *Hasssymbol für den Klassenfeind*. Sicher ist, dass die meisten Ost-Berliner das totalitäre System der DDR ablehnten und sich ein freies, selbstbestimmtes Leben wünschten. Dieses Verlagshochhaus an der Grenze und die zahlreichen, sich immer wiederholenden Solidaritätsbekundungen für *unsere Brüder und Schwestern jenseits der Mauer* halfen ihnen allerdings nicht, diesen Konflikt zu lösen. Deshalb war es nur verständlich, dass sie sich mit dem *sogenannten Arbeiter- und Bauernstaat* auf ihre Weise arrangierten, um den Alltag ertragen und bewältigen zu können. Einige jedoch sahen in diesem *Arrangement* keine Lösung und entschieden sich trotz der damit verbundenen Risiken für die Flucht. Niemand kennt ihre genaue Zahl und wir wissen bis heute nicht, wie viele scheiterten, wie viele ihr Leben an dieser innerdeutschen Grenze verloren.

Kramer ging auf den an das Hochhaus angrenzenden Flachbau zu. Den Ersten, der ihm auf dem Vorplatz über den Weg lief, sprach er an, fragte ihn, wo er den Redaktionsleiter der *Bild-Zeitung* finden könnte.

„Meister jehn se ma den Jang da hinten runter und denn gleich rechts – da is ditt Büro von unserem Chef."

Schmunzelnd schlug er die vorgegebene Richtung ein. Wie bei seiner ersten Begegnung mit dem Journalisten stand auch hier die Tür zu dessen Büro weit offen. Der Oberkommissar klopfte leicht gegen den Türrahmen. Der Mann am Schreibtisch blickte kurz auf, dann lächelte er, stand auf und ging ihm entgegen.

„Mensch Herr Kramer, das ist ja eine schöne Überraschung, ich freu mich Sie wiederzusehen."

„Hallo Herr Gerber, geht mir auch so. Ich dachte, Sie würden schon in Ihren neuen Räumen im Hochhaus residieren."

„Ja sollten wir eigentlich auch, aber die Handwerker basteln noch ein wenig an der Technik, deshalb sitzen wir bis auf weiteres hier. Wenn mich nicht alles täuscht, Herr Oberkommissar, dann sind Sie aber nicht gekommen, um sich nach meinen Arbeitsbedingungen zu erkundigen – oder? Vielleicht können wir ja das Angenehme mit dem Nützlichen verbinden. Also, wenn Sie Lust haben – ich lade ich Sie gerne auf eine kleine Besichtigungstour ein und zeige Ihnen einmal unser neues Haus? Das hätte außerdem den Charme, dass es bei unserem Gespräch keine unliebsamen Zuhörer geben wird."

„Wenn wir dabei nicht den eigentlichen Grund meines Besuches aus den Augen verlieren ...?", stimmte der Oberkommissar augenzwinkernd zu.

„Kramer, da gebe ich mich keinen Illusionen hin", gab der Journalist lachend zurück. „So wie ich Sie kenne ... wenn Sie sich einmal etwas vorgenommen haben, dann lassen Sie nicht locker."

Sie fuhren mit dem Fahrstuhl in die vierte Etage, wo demnächst die Redaktion der *Berliner Morgenpost* einziehen würde, für Gerber und seine *Bild-Zeitung* hingegen war die siebente Etage vorgesehen.

„Der Ausblick hier, hat mit Ihrer Karriere absolut Schritt gehalten", frotzelte Kramer.

„Könnte man so sehen, die Aussicht aus meinem Büro ist aber noch ein paar Umdrehungen besser als diese hier. Ja, ich leite die Redaktion der Berliner Ausgabe der *Bild*, aber der Chefredakteur – also mein Boss – sitzt nach wie vor in Hamburg."

„Ist das ein Problem für Sie?"

„Nee – nicht wirklich. Ich kann hier doch recht eigenständig arbeiten. Wir sehen uns allerdings ziemlich regelmäßig, mal in Hamburg oder hier in West-Berlin."

Der große Raum roch nach Baustelle, war kahl, einige Leitungsschächte lagen offen. Er besaß zwei riesige Fensterfronten. Durch eine der beiden konnte man in das künftige Großraumbüro der Zeitungsredaktion sehen, durch die andere, es war ein Eckfenster, blickte man nach Osten – über die Mauer hinweg –, in Richtung Potsdamer Platz oder hinunter auf die Kochstraße. Kramer vermutete, dass an diesem Eckfenster später einmal der Tisch für die künftigen Redaktionssitzungen stehen würde.

„Kommen Sie Kramer, wir fahren jetzt mal nach oben in meinen neuen Arbeitsbereich."

„Mein lieber Mann, mit Ihren ein *paar Umdrehungen* haben Sie aber bei der *Morgenpost* kräftig tiefgestapelt."

Der Oberkommissar drehte sich begeistert ein Mal um die eigene Achse. Der Schnitt des Raumes, die gesamte Aufteilung entsprach genau dem, was er von wenigen Minuten drei Etagen tiefer gesehen hatte – das Panorama hingegen war noch eindrucksvoller.

„Das ist ein schöner, gleichzeitig aber auch ein trauriger Ausblick auf unsere Stadt. Schön – weil er mich daran erinnert, wie oft ich dort unten mit meinem alten Käfer herumgekurvt bin, Freunde in Pankow und Weißensee besucht habe. Sieht von hier oben wie das Model einer Spielzeugeisenbahn aus. Sollten wir jedoch mit dem Fahrstuhl nach unten fahren und nur ein paar Meter zu weit nach links gehen … das würde traurig enden. An dieser Mauer ist mein bester Freund damals ermordet und meine Frau angeschossen worden." Er schluckte ein paar Mal. „Entschuldigung … dieser Ausblick weckt auch sehr traurige Erinnerungen."

„Kramer, ich bin davon überzeugt, dass unser Chef dieses Gebäude nicht nur deshalb hierher gesetzt hat, weil er den Kommunisten zeigen wollte, dass er sich von ihnen nicht einschüchtern lässt, sondern weil er uns, seine Mitarbeiter, jeden Tag aufs Neue an diese absurde Situation in unserer Stadt erinnern will."

Gerber griff sich zwei leere Mörtelwannen und bat Kramer, ihm mit einer dritten an das große Eckfenster zu folgen. Zwei der Wannen dienten als Sitz, Nummer drei wurde zu einem kleinen Tisch umfunktioniert. Während Oberkommissar noch damit beschäftigt war, die *Sitzgruppe* optimal auszurichten und die Sitzflächen halbwegs zu säubern, kam Gerber strahlend mit zwei Flaschen *Berliner Kindl* um die Ecke. Wenig später hatten es sich die beiden Männer gemütlich gemacht, prosteten einander mit den Flaschen zu. Sie genossen für ein paar Augenblicke den weiten, friedlichen Blick über ihre Stadt. Kramer hatte sich inzwischen eine Pfeife angezündet und schaute nachdenklich den Rauchkringeln hinterher.

„Also – Herr Oberkommissar, jetzt sind wir absolut unter uns, keiner wird uns stören. Warum haben Sie mich besucht – raus mit der Sprache!"

„Es ist, wie Sie schon vermutet haben, mal wieder meine Arbeit, die mich umtreibt. Sie erinnern sich gewiss an die Tote aus dem Tiergarten. Vor ein paar Tagen gab es einen weiteren Mord – übrigens nicht weit entfernt vom ersten Tatort. Der Täter ist mit großer Wahrscheinlichkeit in beiden Fällen derselbe. Wie immer suchen wir mit Hochdruck nach dem Motiv, nach dem Ende des Fadens, dem wir folgen müssen, um die beiden Verbrechen aufzuklären – und das ist im Moment nicht so ganz einfach."

Der Oberkommissar machte eine kleine Pause, nahm einen Schluck aus der Flasche.

„Seit diesem Artikel in Ihrer Zeitung, der dem Leser – ohne dass wir bisher gegen eine bestimmte Person Ermittlungen eingeleitet hätten – den Eindruck vermittelt, es lägen gegen einen prominenten Berliner Schauspieler konkrete Hinweise für seine Täterschaft vor, steht die Welt nicht nur für diesen Mann auf dem Kopf. Unsere Ermittlungsarbeit ist fast zum Erliegen gekommen, weil wir uns nur noch mit Presse- und Öffentlichkeitsarbeit herumschlagen müssen. Herr Gerber, bitte verstehen Sie mich nicht falsch. Ich bin der Letzte, der die freie Berichterstattung, unsere Pressefreiheit in Frage stellen würde. Deshalb lebe ich auch hier – auf *dieser Seite der Mauer*. Dennoch erwarte ich von einem Journalisten, dass er den Wahrheitsgehalt von angebotenen Informationen, ihre Zusammenhänge genau recherchiert, bevor er sie in einem Artikel verarbeitet. Es …"

„Bitte entschuldigen Sie, dass ich Sie hier kurz unterbreche. Es ist schon mal gut, dass wir uns in der Frage der freien Berichterstattung einig sind. Beim Thema Informanten und bei der Qualität ihrer Angaben liegen Sie allerdings deutlich daneben. Unser Kontakt ist nicht irgendein drittklassiger Mitarbeiter, der hier und da ein paar Dinge aufschnappt und sie uns anbietet – nee mein Lieber … der Mann arbeitet im Zentrum Ihrer Ermittlungen. Deshalb haben wir auch ordentlich zahlen müssen, weil er nun mal so dicht dran ist."

Der Oberkommissar war sichtlich getroffen, schaute den Redaktionsleiter mit einer Mischung aus *das darf doch alles nicht wahr sein und das glaub' ich jetzt einfach nicht* fassungslos an.

„Soll das 'n Witz sein, Gerber?"

„Seh'n Sie, dass ich lache? Kramer, wenn es Ihnen hilft – es ist niemand von Ihren Mitarbeitern – macht es aber für Sie nicht unbedingt leichter."

Der Oberkommissar hatte sich inzwischen wieder gefangen. Er stand auf, trat an das große Fenster, aus dem man einen weiten Blick auf Ost-Berlin hatte. Er registrierte, was er sah – mehr aber auch nicht. Nachdenklich wandte er sich wieder um, kam an den *Tisch* zurück.

„Gerber, das, was Sie mir da gerade erzählt haben, ist, gelinde gesagt, eine mittlere Katastrophe. So merkwürdig Sie das jetzt vielleicht empfinden werden – es ändert aber nichts am Grund meines Besuchs. Meine Idee war und sie ist es auch jetzt noch, mit Ihnen gemeinsam eine Lösung zu finden … vielleicht eine Vereinbarung zu treffen, die mir hilft den Mörder zu überführen, ohne dem permanenten Sperrfeuer der Presse ausgesetzt zu sein. Zugleich biete ich Ihnen – Ihrer Zeitung – dafür die Möglichkeit, als einzige exklusiv über das Ergebnis unserer Ermittlungen zu berichten."

Nun war es der Redaktionsleiter, der – etwas salopp ausgedrückt – eine *kleine Denksporttaufgabe* zu lösen hatte. Er stand auf, ging durch den kahlen Raum und blieb an jener Fensterscheibe stehen, durch die er in das Großraumbüro seiner künftigen Redaktion blicken konnte. Als er wieder an den *Tisch* zurückkehrte, schien er sich entschieden zu haben.

„Okay – gehen wir mal davon aus, ich lasse mich auf diesen Vorschlag ein – wie stellen Sie sich dann unsere Zusammenarbeit künftig konkret vor?"

Auch der Oberkommissar wirkte konzentriert und entschlossen.

„Ich stell mir das Ganze so vor. Ich informiere Sie direkt über den Fortgang unserer Ermittlungen. Welche Spur verfolgen wir, welche Erkenntnisse gibt es aktuell. Ich vertraue natürlich darauf, dass alles, was Sie von mir erfahren, nicht an einen Dritten weitergegeben wird. Sie machen außerdem *Gitti G.* klar, dass ihre Kontakte zur Polizei ab sofort auf Eis liegen. Sie kann sich entscheiden, ob sie weiterhin als *Klatschtante* Ihrer Zeitung unterwegs sein will oder ob sie, sollten unsere Ermittlungen erfolgreich abgeschlossen und der Täter überführt sein, zu einer der prominentesten Berliner Journalistinnen und Gerichtsberichterstatterinnen aufsteigen möchte. Ich denke, Herr Gerber, auch für Sie und Ihre Zeitung eine Chance herauszufinden, ob Frau G. oder irgendein anderer Ihrer Mitarbeiter an der richtigen Stelle sitzt. Sie selbst können – auch während des laufenden Prozesses – aufgrund meiner Infos verantwortungsvoll entscheiden, wie Sie mit diesen Hintergrundinformationen die Qualität Ihrer Artikel gegenüber der Konkurrenz steigern."

Kramer lehnte sich entspannt zurück und zog ganz sanft an seiner Pfeife.

„Das klingt gut", Gerber nickte zustimmend. „Eine bittere Pille kann ich Ihnen jedoch nicht ersparen, denn ein weiterer Artikel – das wird dann allerdings der letzte sein – erscheint morgen in unserer neuen Ausgabe", dabei zuckte er – so als wollte er sich dafür ein wenig entschuldigen – mit den Schultern.

„Ich will es mal positiv sehen. Vielleicht ergibt sich für mich aus dem neuen Artikel ein Ansatz, wo die undichte Stelle bei uns ist. Eigentlich bin ich mir jetzt schon sicher, wo ich suchen muss."

Als Seydlitz und Rosi gegen 23 Uhr das *Pigalle* betraten, hatten bereits zahlreiche *Nachtschwärmer* den Weg in das West-Berliner Nachtlokal gefunden. Die Bar vorne war bis auf zwei Plätze besetzt und auch im hinteren Bereich – soweit man es bei der gedämpften Beleuchtung erkennen konnte – herrschte Betrieb. Hinter der Bar stand genau jene junge Frau, die der Oberkommissar Rosi ausführlich beschrieben hatte. Während Rosi auf einem der beiden freien Hocker Platz nahm, suchte sich Seydlitz einen Stuhl im hinteren Bereich der Bar, von dem aus er den auf der kleinen Skizze markierten Tisch gut im Blick hatte. Es dauerte nicht lange und die Barfrau blieb bei Rosi stehen und musterte sie eingehend. Obwohl sie lächelte, schien sie doch etwas irritiert, dass dort – um diese Uhrzeit – eine Frau ohne männliche Begleitung saß. Bevor sie ihren Gast jedoch ansprechen, durch ein paar taktische Fragen besser einschätzen konnte, übernahm Rosi sofort die Regie.

„Guten Abend, bringen Sie mir doch bitte einen trockenen Martini – bitte ohne Eis oder anderen Firlefanz."

Bei dem Zusatz *Firlefanz* blickte die Barfrau etwas sparsam, ihre Katzenaugen waren jetzt nur noch Schlitze. Gerade wollte sie sich abwenden, als Rosi noch einmal nachlegte.

„Übrigens – ich soll Sie ganz herzlich grüßen Frau Placher ...
Sie sind doch Katja Placher – oder?"

Langsam drehte diese sich wieder zu ihr, es schien, als wollte
sie in Rosi hineinschauen und herausfinden, wer ihr da gerade
gegenübersaß.

„Wer will das wissen? Und von wem sollen Sie mich grüßen?"

„Keinen Stress, Frau Placher – bleiben Sie mal ganz entspannt.
Übrigens – ich bin Rosi und das hier ist meine *Visitenkarte*",
dabei schob sie ihren Dienstausweis über den Bar-Tresen.

„Mein Chef war vor ein paar Tagen hier. Er war von der Bar
und vor allem von Ihnen ganz begeistert. Er hat mir auch gesagt,
dass ich mich vertrauensvoll an Sie wenden soll, weil Sie ihm – in
dem Fall also uns – Ihre Hilfe angeboten haben."

Eigentlich war der Bereich hinter und vor der Bar Katja Pla-
chers *Spielwiese*. Hier war sie der Profi, hier konnte sie mit den
unterschiedlichen Getränken, vor allem aber mit ihren Gästen
virtuos umgehen. Sie hatte über die Jahre an der Bar ein Gespür
entwickelt, wie die Besucher drauf waren, wie sie auf diese Menschen reagieren musste. Es überraschte sie daher umso mehr,
dass diese blonde, attraktive Frau so direkt und locker auftrat –
ihr keine Chance gab, sie auf *ihre* Weise zu manipulieren. Hatte
sie sich anfangs noch etwas überrumpelt gefühlt, imponierte
und amüsierte sie jetzt dieser Auftritt der jungen Ermittlerin.
Lächelnd schüttelte sie den Kopf.

„Okay Rosi – ich erinnere mich an deinen Chef. Wer er ist
und wie er heißt, habe ich allerdings an diesem Abend nicht
erfahren."

„Er heißt Karl Kramer", unterbrach sie Rosi „und er leitet die
1. Mordkommission."

„Irgend so etwas habe ich mir schon fast gedacht. Ich sag's
mal so", bei der Erinnerung daran musste sie lächeln, „der Herr
Kramer hatte zu Beginn ein paar leichte *Orientierungs- und
Anpassungsprobleme*."

Rosis Lachen war so herzerfrischend, dass sich Katja sofort davon anstecken ließ.

„Ich denke, ich hol dir erst einmal deinen Martini", dabei wandte sie sich um und ging zu den Flaschen mit den alkoholischen Getränken. Als sie Rosi das Glas über den Tresen schob, kam die Kriminalbeamtin gleich zur Sache:

„Ich gebe zu, ein bisschen neugierig bin ich schon, was du mit den *leichten Anpassungsproblemen* gemeint haben könntest, aber ich will jetzt nicht mit dir über Karl reden, sondern dein Erinnerungsvermögen ein wenig strapazieren."

„Mir hätte Karl zwar besser gefallen, aber gut … lass mal hören – was wollt ihr wissen."

„Es geht um den 23. April. Hast du an diesem Abend hier gearbeitet?"

„Mensch Rosi, meinem Mann und mir gehört der Laden, wenn ich nicht gerade todsterbenskrank bin, dann steh ich hier jeden Abend auf der Matte."

„Na umso besser, Katja. Kannst du dich erinnern, ob – und wenn ja wann – Bruno Bastian an diesem Abend hier aufgetaucht ist?"

Die Barfrau schien einen Augenblick nachzudenken.

„Der 23. – das war ein Freitag, richtig?" Rosi nickte. „Bruno kam kurz nach 22.30 Uhr in die Bar. Wenn ich mich nicht gewaltig irre, dann kam er in Begleitung eines seiner Pokerfreunde – der ist, glaube ich, Taxifahrer. Die beiden sind dann gleich nach hinten zu ihrem *Stammtisch* gegangen. Dort wurden sie schon von ihren Spielpartnern erwartet. Wenig später haben die vier wie immer die halbe Nacht durchgezockt."

„Mit dieser Aussage hast du einen Menschen in diesem Augenblick ganz sicher sehr glücklich gemacht. Wann bist du denn morgens ansprechbar? Du musst nämlich morgen deine Aussage – ich setze ein kleines Protokoll über unser Gespräch auf – bei uns unterschreiben."

„Zu 13 Uhr könnte ich das sicher schaffen – früher auf keinen Fall."

„Gut, dann sehen wir uns gegen 13 Uhr. So – jetzt muss ich mich um meinen Kollegen kümmern. Der war ohnehin schon enttäuscht, dass nicht er, sondern ich mit dir sprechen sollte", erklärte sie lachend und rutschte von dem Barhocker. Katja Placher nickte zum Abschied freundlich und wandte sich wieder den anderen Gästen an der Bar zu. Als sich Rosis Augen an das Halbdunkel im hinteren Bereich gewöhnt hatten, entdeckte sie Manni, der rechts an der Wand saß. Die Pokerrunde bestand nur aus zwei Männern – Bastian gehörte nicht zu ihnen.

„Na? – Wie ist es gelaufen?", Seydlitz sah seine Freundin gespannt an.

„Ganz gut. Ich denke, Bastian hat für die Tatzeit ein sicheres Alibi. Wenn jetzt auch noch seine Pokerfreunde dies bestätigen, dann ist er endgültig raus. Wir beide sollten den Jungs da drüben mal langsam Gesellschaft leisten, hab keine Lust hier die halbe Nacht zu verbringen."

„Und ich hatte fast den Eindruck, du würdest an dieser Art Nachtleben Gefallen finden", stellte Seydlitz ein wenig unsicher fest.

„Manni, langsam komme ich ins Grübeln, wie gut du mich tatsächlich kennst. Erst vermutest du, ich könnte auf Sado-Maso-Spielchen abfahren und jetzt hältst du mich für jemanden, der nachts um die Häuser ziehen muss. Weißt du wirklich so wenig über mich?"

Rosi blickte ihren Freund nachdenklich an. Bevor Seydlitz überhaupt antworten konnte, stand sie auf:

„Komm, lass uns rüber zu den Pokerfreunden gehen."

An besagtem Tisch saßen Günther Friese und Klaus Erdmann. Friese, Anfang fünfzig, war der Typ *kleiner Knuddelbär*. Ein rundes gemütliches Gesicht, in den vielen, kleinen schwarzen Löckchen auf seiner *Billardkugel* breitete sich langsam, aber sicher der Grauschleier aus. Er trug eine Art Holzfällerhemd, darüber eine ärmellose Lederweste. Die grobe, dunkle Cordhose vervollständigte das Ganze. Seine rundliche Figur berechtigte zu der Annahme, dass sich Frieses Laufwege grundsätzlich auf jene vom Haus, zum Auto und wieder zurück beschränkten. Ein paar Schritte an der Tanke oder gelegentlich an der Currywurstbude ergänzten vermutlich sein *Fitness-Programm*. Klaus Erdmann war eher der Gegenentwurf, wenngleich sie altersmäßig auf Augenhöhe unterwegs waren. In allen anderen Bereichen jedoch konnte von *Augenhöhe* keine Rede sein. Erdmann war ein langer, hagerer, blonder Schlacks, der selbst jetzt, da sich die beiden Männer am Tisch gegenübersaßen, locker über seinen Kollegen hinwegschauen konnte. Er gehörte auch zu jenem Typ, der bei einigen seiner Mitmenschen ganz unfreiwillig eine frustrierende, manchmal sogar deprimierende Wirkung auslöst. Der Mann konnte ganz offensichtlich zu jeder Tages- und Nachtzeit von Kuchen bis zum Eisbein mit Erbsenpüree und Sauerkraut alles verputzen – oft auch jene Mahlzeitreste der Freunde, die bereits pappsatt waren –, ohne auch nur ein einziges Gramm zuzunehmen. Er trug eine Jeans, einen schwarzen Pulli mit Rollkragen und eine schwarze Lederjacke.

„Guten Abend meine Herren, sind die beiden Stühle hier noch frei?" Seydlitz sah die beiden Taxifahrer fragend an.

„Im Moment ja – könnten aber noch zwei Freunde von uns kommen", Friese rutschte etwas nervös auf seinem Sitz hin und her. Rosi hatte schon, während ihr Freund die beiden Männer begrüßte, auf einem der Stühle Platz genommen.

„Wir bleiben auch nicht lange meine Herren. Ich bin Rosi Manthey und das ist mein Kollege Kriminaloberinspektor Seydlitz."

Nach dieser Ansage entstand sofort Unruhe am Tisch, die Abneigung der Pokerfreunde war zum Greifen spürbar.

„Kein Stress, Männer", Rosi legte jedem eine Hand beruhigend auf den Unterarm.

„Wir beide sind nur deshalb hier, weil wir einem Ihrer Freunde helfen wollen. Sie kennen doch sicher den Artikel in der *Bild-Zeitung*?"

Erdmann und Friese nickten stumm.

„Genau darum geht es. Können Sie sich noch an den 23. April erinnern? Sind Sie an diesem Abend mit Ihrem Taxi unterwegs gewesen? Haben Sie sich hier im *Pigalle* getroffen?"

Seydlitz hatte betont ruhig seine Fragen gestellt.

„Na denn kiek ick mal in mein schlauet Büchlein." Günther Friese zog aus seiner Weste eine Art Taschenkalender. „Jenau, der 23. war 'n Freitag. Ick hatte meine letzte Fuhre hierher zum *Nolli*. Kurz nach zehne war ick unjefähr da und hab dann Schluss jemacht. Bin direkt hierher zum *Pigalle* jefahrn. Ick war der Erste, aber denn bist du ooch jleich einjetrudelt", dabei blickte er seinen Kumpel Erdmann an.

„Günni hat recht. Mein letzter Kunde ist in der Fuggerstraße zwischen 22.15 und 22.30 Uhr ausgestiegen. Von dort bin ich dann auch unmittelbar hierher gefahren. Günni saß bereits am Tisch, als ich hier ankam. Wir wussten, dass Basti an diesem Abend spielfrei und Arno – der ist bei einem Taxi-Unternehmen angestellt ist – an besagtem Abend keinen Einsatz hatte. Deshalb sollte er Bruno abholen. Wir hatten eigentlich jede Minute damit gerechnet, dass die beiden hier eintreffen würden."

„Jenau", fuhr sein Kollege fort, „Arno hatte frei und kurz nach *halbelwe* (22.30 Uhr) waren se denn ooch da – war doch so Klausi ... oder?" Erdmann nickte kurz.

„Wissen Sie, wo die Herrn Bastian und Teschel heute sind?", wollte Rosi wissen.

„Arno musste kurzfristig für einen erkrankten Kollegen einspringen und Basti hat sich wegen des ganzen Rummels um seine Person für heute ausgeklinkt", Erdmann zuckte ein wenig traurig mit den Schultern.

„Meine Herrn", Rosi stand auf, „vielen Dank für das Gespräch. Dafür, dass wir Sie heute ein wenig gestört haben, gehen die nächsten beiden Bierchen auf unseren Deckel. Sie müssen allerdings morgen im Laufe des Vormittags noch ein mal kurz bei uns in der Keithstraße vorbeischauen und Ihre Aussagen unterschreiben. Ich bin überzeugt, dass demnächst Ihre Getränke von Herrn Bastian übernommen werden", fügte sie lachend hinzu.

Bevor sie das Nachtlokal verließen, ging Seydlitz an die Bar und erklärte Katja, dass er für die beiden Taxifahrer am Pokertisch eine Runde Pils bezahlen wolle. Die Barfrau gab ihm das Restgeld zurück und lächelte ihn ein wenig kokett an:

„Wäre doch jammerschade gewesen, wenn ich nicht alle Mitglieder der Mordkommission kennengelernt hätte."

Als er nach draußen trat, lehnte seine Freundin entspannt am Auto.

„Endlich frische Luft. Diese Mischung aus Zigarettenqualm und all den anderen Gerüchen, dazu noch diese schummerige Atmosphäre – das alles macht mich ganz nervös. Wie die Placher da jede Nacht arbeiten kann, ist mir schleierhaft. Übrigens … tut mir leid, dass ich da drin so gereizt reagiert habe … das war nicht so gemeint, mein Schatz."

„Na so ganz unrecht hast du ja nicht", reagierte Manni etwas kleinlaut. „Als wir uns damals über den Weg gelaufen sind, war für mich vom ersten Moment an klar: *die oder keine!* Aber ich bin ja nicht blöd und ein Spiegel hängt auch bei mir zu Hause an der Wand. Ich weiß, dass ich nicht unbedingt *der* Frauentyp bin … trotzdem bist du mit mir zusammen. Ich bin auch total glücklich, aber hin und wieder auch unsicher, ob das alles für dich vielleicht zu wenig sein könnte und dann … tja und dann stelle ich manchmal so komische Fragen", er zuckte ein wenig hilflos mit den Schultern, sah seine Freundin etwas verlegen an.

„Manni, genau diese kleine Psychomacke ist auf Dauer anstrengend. Sag's einfach – mach's einfach … und sollte mich irgendwann etwas stören – keine Sorge mein Schatz … ich melde mich pronto. So – jetzt aber wieder weiter im Text! Als du die Lage für unsere beiden *Droschkenkutscher* an der Bar bezahlt hast, habe ich schon mal die Taxi-Zentrale angerufen und gefragt, ob sie Arno Teschel erreichen können. Sollte er sich melden, müsse er sich sofort hierher in die Motzstraße begeben. Das hat bestens funktioniert. Der müsste hier jeden Moment aufkreuzen.“

Seydlitz blickte hinauf zum Nollendorfplatz, als er sich in Richtung Martin-Luther-Straße umwandte, bog gerade ein Wagen in die Motzstraße ein. Je näher das Auto kam, umso deutlicher konnte man erkennen, dass es ein Taxi war. In Höhe des *Pigalle* wendete es und hielt unmittelbar hinter ihrem Polizeifahrzeug. Die Fahrertür öffnete sich und ein Mann, Ende vierzig, stieg aus. Ein auf den ersten Blick attraktiver Typ. Kurz geschnittenes dichtes, graues Haar, markante Gesichtszüge. Das weiße Hemd, die schwarze Hose und hellfarbene Lederjacke verrieten einen guten Geschmack und waren vermutlich nicht billig gewesen. Er hatte eine lockere, lässige Art und Seydlitz beschlich – ungeachtet der aktuellen Ansage seiner Freundin – wieder mal das Gefühl *vielleicht findet Rosi den interessanter als mich*?. Als er sich dessen schlagartig bewusst wurde, musste er über sich selbst schmunzeln. Als hätte Rosi geahnt, was in ihrem Freund vorging, drehte sie sich lächelnd zu ihm um:

„Alles im grünen Bereich Manni?“

„Läuft alles bestens mein Engel.“

„Sind Sie Frau Manthey von der Kriminalpolizei?“

Arno Teschel ging auf die beiden Ermittler zu.

„Ich gehe mal davon aus, dass Sie Herr Teschel sind“, antwortete Seydlitz.

„Haben Sie mit meinen Freunden da drin", Teschel zeigte auf die Bar, „auch schon gesprochen?"

„Was wäre Ihnen denn sympathischer?"

Seydlitz schien an dem Fragespiel ohne die passenden Antworten Gefallen gefunden zu haben.

„Herr Teschel, wir können das auf diesem Niveau noch eine ganze Weile weitertreiben. Ich habe aber meine Zweifel, ob uns das in der Sache hilft? Ich denke nicht. Wenn Sie meine ganz persönliche Meinung hören wollen – mir reicht der Abend bis hierhin und ich würde absehbar gerne ins Bett."

Rosi hatte sich eingeschaltet und keinen Zweifel daran gelassen, dass ihr sein noch so cooler Auftritt zu dieser Zeit schnurzegal war.

„Tut mir leid, aber seit dem bescheuerten Artikel in der *Bild-Zeitung* liegen auch bei uns vieren die Nerven blank. Heute wollten wir uns eigentlich nach einer längeren Pause zum ersten Mal wieder treffen. Daraus geworden ist – wie Sie sehen – nichts. Ich musste für einen kranken Kollegen einspringen, Basti hat sich in seiner Zehlendorfer Hütte vergraben und Günni und Klausi haben mit Sicherheit auch die Schnauze voll. Sollte Sie die beiden irgendwann befragen, werden die nichts anderes sagen, als ich Ihnen jetzt erzähle. Ich habe Basti an dem besagten Freitag gegen 21 Uhr in der Regensburger Straße abgeholt. Anfangs war ich sauer, weil ich einen roten Citroen DS 19 auf der anderen Straßenseite sah und davon ausging, dass Basti mit seinem eigenen Schlitten dorthin gefahren war. Als er später zu mir ins Auto stieg und in dem anderen Wagen ein Streichholz oder ein Feuerzeug für kurze Zeit aufflammte, sah ich, dass dort ein Mann am Steuer saß. In diesem Moment war klar, dass ich mich geirrt hatte. Da Bruno und ich Hunger hatten und es im *Pigalle* nur Getränke gibt, haben wir einen kleinen Umweg über die Fuggerstraße gemacht und dort eine Kleinigkeit gegessen. Gegen 22.30 Uhr, kann auch paar Minuten später gewesen sein, sind wir dann im *Pigalle* gelandet und haben dort Günni und Klausi getroffen. Das war's."

„Vielen Dank, Herr Teschel. Sie müssen uns allerdings morgen irgendwann noch einmal besuchen und Ihre Aussage unterschreiben, dann ist das Thema für uns abgeschlossen", bedankte sich Seydlitz.

„Sollten Sie vielleicht eine kleine Pause machen wollen?", Rosi lächelte aufmunternd, „die Herren Friese und Erdmann würden sich bestimmt über Ihren Besuch freuen."

Der folgende Tag hatte es in sich. Trotz der Vorwarnung durch den Oberkommissar, war Frau Dr. Fischer wenig begeistert, als sie bei ihrer *Presseschau* auf die neue Schlagzeile der *Bild-Zeitung* stieß.

Citroen-Mörder schlägt erneut zu?

Unter der martialischen Schlagzeile das Foto eines roten Citroen DS 19 und *Gitti Granates* Artikel, in dem sie schreibt, dass ein bekannter Berliner Stadtstreicher, der den Mörder vom Tiergarten zur Tatzeit beobachtet hat, in der Nähe des *Großen Stern* ermordet aufgefunden worden sei. Auch in diesem Beitrag wies sie noch einmal darauf hin, dass der bekannte Schauspieler Bruno B. ein Automodel exakt gleichen Typs fahre ... usw. Diesmal kam der Oberkommissar seiner Chefin zuvor und ging ohne Umweg direkt zu ihrem Büro. Da ihre Sekretärin für einen Moment den Arbeitsplatz verlassen hatte, klopfte er sofort an ihre Tür.

„Kommen Sie rein Kramer!", kam es durch die geschlossene Tür. Langsam wurde sie ihm unheimlich. Erst die bühnenreife Pokernummer mit Bastian und jetzt schien sie auch noch durch Türen und Wände sehen zu können.

„Falls Sie glauben, ich könnte hellsehen … da muss ich Sie leider enttäuschen. Frau Krüger musste zwar dringend *für kleine Mädchen*, aber sie schaffte es immerhin noch, mich vor Ihrem Anmarsch zu warnen."

„Guten Morgen, Frau Doktor. Ich fing schon an mir Sorgen zu machen. Anderseits – eine Berliner Staatsanwältin mit seherischen Fähigkeiten – Sie wären ein Star und wir hätten eine sagenhafte Aufklärungsquote."

„Und Sie haben eine blühende Fantasie und ein sonniges Gemüt, Herr Oberkommissar. Ich habe allerdings erhebliche Zweifel, ob das auch so bleibt, wenn Sie den *gehaltvollen Artikel* unserer Freundin von der *Bild-Zeitung* gelesen haben", reagierte sie ironisch.

„Ich kannte sicher nicht den genauen Wortlaut, aber den wesentlichen Gehalt habe ich Ihnen ja schon gestern nach meinem Treffen mit Herrn Gerber mitgeteilt. Wichtig für uns ist doch allein die Tatsache, dass es der letzte störende Beitrag von Frau G. gewesen ist. Wir können uns endlich – neben der Ermittlungsarbeit – um das *Leck* hier im Haus kümmern. Dieses Problem ist der eigentliche Grund, warum ich heute Morgen sofort zu Ihnen gekommen bin."

„Sie haben recht. Der Gedanke, hier sitzt einer unter uns und gibt sensible Informationen an die Berliner Presse weiter, ist für mich unerträglich."

„Na mit diesem *Gefühl* sind Sie aber nicht alleine. Jeder von uns, das sind meine beiden Kollegen hier, aber es sind auch die absolut loyalen Mitarbeiter von Dr. Schneider und Martens, haben mit der gegenwärtigen Situation ein Problem – jeder misstraut zur Zeit dem anderen."

„Und jetzt? Was sollten wir Ihrer Meinung nach unternehmen?"

„Frau Dr. Fischer, Sie sollten heute Nachmittag zu einer spontanen Besprechung einladen, an der nur wir vier teilnehmen

– Sie, Dr. Schneider, Martens und ich. Dann legen wir gemeinsam fest, wie wir vorgehen wollen."

Auch Rosi und Seydlitz konnten nicht über Langeweile klagen, denn in unregelmäßigen Abständen trafen unsere drei von der Taxi-Fraktion ein, um die Protokolle mit ihren Aussagen zu unterschreiben. Als gegen 13 Uhr Katja Placher auftauchte, waren Manni und Rosi völlig verblüfft. Sie war ungeschminkt, trug eine dunkle Schirmmütze, eine etwas zu groß geratene braune Lederjacke und sehr merkwürdige schwarze Schlabberhosen. In dieser Aufmachung hätten Rosi und Manni die Barfrau bei einer zufälligen Begegnung auf der Straße nicht wiedererkannt. Katja war maulig, wirkte total übermüdet. Sie wollte auch keinen Kaffee, sondern nur schnell wieder nach Hause. Als sie wieder gegangen war, schüttelte Rosi ungläubig den Kopf.

„Wenn wir sie nicht beide gemeinsam gestern Abend erlebt hätten … ich glaube, jeder von uns würde bei der Beschreibung jener Katja Placher, die hier vor fünf Minuten gesessen hat, an eine Verwechslung denken."

Seydlitz hatte nur halb hingehört, denn ihn beschäftigte noch immer jener Anruf, den er kurz zuvor beendet hatte.

„Langsam versteh' ich gar nichts mehr. Gerade hat die Kfz-Zulassungsstelle angerufen und mitgeteilt, dass es bei einem von den beiden roten Citroen ergänzende Informationen gebe. In der Dienststelle sei erst heute die Information eingegangen, dass der Diebstahl des Wagens der Zahnärztin aus der Reichsstraße nicht von der Halterin, sondern von ihrem Ehemann angezeigt worden ist. Sie selbst habe sich zu dieser Zeit, gemeinsam mit ihrem Vater, an der Ostsee aufgehalten habe. Ich frage mich, wie aktuell und zuverlässig sind eigentlich die Angaben, auf deren Grundlage wir hier arbeiten. Das stimmt doch hinten und vorne nicht. Bastian hat nach den heutigen Aussagen ein bombensicheres Alibi und der Halter des zweiten in Betracht kommenden Autos ist eine Zahnärztin, die zur Tatzeit verreist war. Und weil das offensichtlich noch nicht reicht, wird der Wagen in der Tatnacht geklaut."

Seydlitz hatte sich richtig in Rage geredet.

„Es steht doch außer Zweifel, dass sich Sibylle Wagner und ihr Mörder kannten. Der Typ wäre doch völlig bescheuert, wenn er sich am Freitagabend für diese Spritztour …"

„Herr Kriminaloberinspektor", Rosi unterbrach mit gespielter Entrüstung den Monolog ihres Freundes, „Sie sollten bitte auf Ihre Wortwahl achtgeben!"

Seydlitz starrte sie verwirrt an, erst allmählich wurde ihm die Mehrdeutigkeit seines letzten Wortes bewusst.

„Rosi, ich wollte doch nur zum Ausdruck bringen", fuhr er unbeirrt fort, „dass es wohl außerhalb jeder Vorstellungskraft liegt, dass der Mörder eine Frau ist, sie aber für die Tat nicht in Betracht kommt, weil sie nicht in Berlin war und ihr Auto zudem noch geklaut worden ist. Kannst du dir vorstellen, dass sich der Mörder für diese Tat extra einen Wagen klauen würde? … Ich jedenfalls nicht!"

Genervt und frustriert schob er seinen Stuhl schwungvoll vom Schreibtisch weg. „Ich will nur noch nach Hause und ins Bett."

„Schatz, das ist doch mal ne klare Ansage. Ich könnte mir mit dir sogar viel Schönes dazu vorstellen, aber – das klingt jetzt bestimmt nach Spaßbremse – wir haben zurzeit noch zwei ungeklärte Morde vor der Brust. Außerdem gibt es hier im Haus eine undichte Stelle … mein Schatz – das Bett muss noch etwas warten. Manni vielleicht haben wir diesen Fall von Anfang an zu schmalspurig betrachtet. Der Kunde von Sibylle Wagner könnte doch auch ein Geschäftsmann aus der Bundesrepublik sein? Diese Variante hatten wir nie auf dem Schirm. Wir sollten noch einmal mit der Freundin, mit der Arendt, sprechen. Vielleicht bringt uns das weiter."

Zu 16 Uhr hatte Dr. Fischer die Führungskräfte ihres Ressorts zu sich eingeladen. Vier Tassen samt Untertassen, eine Kaffeekanne, ein Aschenbecher und eine Schale mit etwas Gebäck bildeten das dafür passende Stillleben auf ihrem runden Besprechungstisch. Kramer und Dr. Schneider trafen sich im Vorzimmer und wurden sofort in das Büro der Staatsanwältin weitergeleitet. Wenig später fand sich auch Klaus Martens ein. Nachdem Frau Dr. Fischer alle begrüßt, jeder eine volle Tasse vor sich stehen hatte, erteilte sie allen Raucherlaubnis. Von Kramers Pfeife über Martens Zigarillo und den Zigaretten der beiden anderen war alles am Start. Ohne sich lange mit einer lichtvollen und leicht verschwurbelten Einleitung aufzuhalten, kam Frau Dr. Fischer sofort zur Sache. Sie berichtete, dass der Redaktionsleiter der Berlin-Ausgabe der *Bild-Zeitung*, Heinz Gerber, in einem Gespräch mit dem Oberkommissar erklärt habe, dass die in den beiden Artikel verwerteten Ermittlungsergebnisse von einem Informanten stammten, der hier – im Zentrum der Kriminalpolizei – arbeite. Der Journalist habe dem Oberkommissar versprochen, dass er – sollte sich unser Mitarbeiter erneut bei der Zeitung melden – von dem Informanten ergänzende Hinweise zu den neuen Fakten einfordern würde. Herr Gerber würde sein Verhalten damit begründen, dass die Redaktion erst ihre Qualität überprüfen wolle. Anschließend würde der Journalist sofort Kramer über den Inhalt des Gesprächs unterrichten, damit wir die Chance hätten, schneller unseren Laden wieder dicht zu bekommen. Außerdem habe Herr Gerber versichert, dass der *Maulwurf* nicht in der Mordkommission zu suchen sei.

„Bleiben ja nur noch Ihre beiden Bereiche, Herr Dr. Schneider und Herr Martens, die für das *Leck* in Betracht kommen."

„Frau Dr. Fischer", der Pathologe reagierte als erster von den beiden Angesprochenen. „In der Gerichtsmedizin habe ich vier Mitarbeiter. Zwei arbeiten gemeinsam mit mir im Sektionsraum[13], der dritte ist im Labor und führt z. B. histologische

Untersuchungen durch. All diese Ergebnisse werden nach meinen Vorgaben von unserer Sekretärin in Berichtsform an Sie oder an Kramer weitergeleitet. Aus diesen Arbeitsabläufen wird meines Erachtens deutlich, dass sich meine, bzw. unsere Arbeit auf einen durchaus wichtigen, aber dennoch sehr begrenzten Sektor erstreckt. Alles, was außerhalb meines Zuständigkeitsbereiches ermittelt wird, erfahre nur ich, wenn ich mich mit den beiden Kollegen austausche. Meine drei Mitarbeiter erhalten keine Informationen dieser Art, weil diese für die Erledigung ihrer Aufgaben völlig unerheblich sind."

„Herr Dr. Schneider, das klingt für mich sehr überzeugend", die Staatsanwältin nickte zustimmend.

„Nach meiner persönlichen Einschätzung ist in den beiden kleineren Abteilungen, wie in der Gerichtsmedizin oder in der Mordkommission, die Gefahr eines Lecks nicht sehr groß. In der Kriminaltechnik hingegen, mit ihren relativ zahlreichen Mitarbeitern, sieht das schon etwas anders aus – oder? Wie schätzen Sie das ein, Herr Martens?"

„Das sehe ich leider auch so, Frau Dr. Fischer. Nach dem ersten Artikel hatte ich noch die Hoffnung, irgendjemand aus der Kfz-Zulassungsstelle hätte sich auf diese Weise etwas hinzuverdienen wolle. Jetzt, nach der zweiten Schlagzeile, war auch mir klar, dass es einer aus meiner Truppe gewesen sein muss, der mit der Zeitung gequatscht hat."

„Schon eine Idee, wer dieser *Maulwurf* sein könnte?"

„Das Angebot von Herrn Gerber sollten wir in jedem Fall nutzen. Ich habe jedoch eine gewisse Ahnung, aus welcher Gruppe der Anrufer kommen könnte. Es sind jene drei Kollegen, die ausschließlich die Spuren am Tat- bzw. Fundort auswerten. Der Mann, den ich konkret im Verdacht habe, ist seit ein paar Monaten geschieden und muss für seine Ex und die Tochter Unterhalt zahlen. Von seinem Gehalt – der Junge ist im *Mittleren Dienst* – bleibt ihm nicht viel. Wenn dann am Wochenende die Tochter bei ihm ist, will er natürlich mit dem Kind etwas unternehmen – mal mit ihr ins Kino, in den Zoo gehen … dem Mädchen etwas schenken. Ich weiß das alles nur, weil ich manchmal – eher zufällig – mitbekomme, wie er sich bei seinen beiden Kollegen über das fehlende Geld beklagt. Eigentlich tut er mir leid … es wäre von ihm jedoch absolut bescheuert, wenn er seine finanziellen Probleme ausgerechnet auf diesem Weg lösen wollte."

„Kramer, gibt es ein aktuelles Ermittlungsergebnis, dass wir Martens als Köder mitgeben können?" Dr. Fischer sah hinüber zum Oberkommissar.

„Chefin, suchen Sie sich etwas aus. Bastian hat ein bombensicheres Alibi und gilt damit nicht mehr als verdächtig. Der zweite rote Citroen DS 19, der auf eine Zahnärztin zugelassen ist, wurde allem Anschein nach in der Nacht vom 23. auf den 24. April gestohlen. Ob der Wagen inzwischen gefunden wurde – keine Ahnung."

„Ich denke, wir nehmen das Auto. Martens, Sie könnten sich zum Beispiel darüber auslassen, dass jener Wagen, der zur Tatzeit in der Nähe des Tatortes gesehen wurde, mit großer Wahrscheinlichkeit bereits in den Abendstunden gestohlen worden ist. Dann heißt es abwarten."

„Frau Doktor, bisher gab es in all den Jahren keinen einzigen Fall dieser Art. Ich habe deshalb den Eindruck, dass uns alle diese ungewöhnliche Situation sehr belastet. Ich denke, wir alle wären froh, wenn hier endlich wieder normale Verhältnisse einkehren würden."

Damit brachte Dr. Schneider die Befindlichkeit aller noch einmal auf den Punkt. Während der Gerichtsmediziner gesprochen hatte, war die *Fischerin* aufgestanden und zu ihrem Schreibtisch gegangen. Mit einer Flasche Scotch und vier Gläsern kehrte sie wieder zurück. So unkonventionell, wie sie die Besprechung eröffnet hatte, schien sie diese jetzt auch beenden zu wollen. Wortlos schenkte sie ein und schob jedem ein Glas über den

Tisch. Dann griff sie zu ihrem Glas: „Meine Herren, ich habe keine Zweifel, dass Sie unser kleines Problem lösen werden, und wünsche uns allen dabei viel Erfolg."

Alle prosteten einander zu und leerten ihre Gläser. Die Besprechung war zu Ende. Als der Oberkommissar in das Büro der Mordkommission zurückkehrte, warteten Rosi und Seydlitz schon ungeduldig darauf, zu welchem Ergebnis man in der Krisensitzung gekommen war. Ihr Chef berichtete ihnen kurz und knapp, dass der *Maulwurf* mit großer Wahrscheinlichkeit im Bereich der Kriminaltechnik zu suchen sei und dass Martens auch schon einen recht konkreten Verdacht habe.

„Sicher so'n armes Schwein, das seine familiären und finanziellen Probleme nicht in den Griff bekommt."

„Rosi, du überrascht mich immer wieder. Martens ist auch hin und her gerissen. Der Mann ist ein langjähriger Mitarbeiter, bei dem es fachlich überhaupt nichts zu meckern gibt. Er verfügt über sehr viel Erfahrung bei der Spurensicherung und ihrer Auswertung. Ob das fällige Disziplinarverfahren mit einem Verweis endet … da habe ich doch meine Zweifel. Anderseits ist unsere Chefin so unberechenbar – ich halte mich lieber mit Prognosen zurück."

„Ich darf mal höflich daran erinnern, dass hier noch keiner gefasst worden ist, während ihr beide schon mal das mögliche Strafmaß diskutiert", setzte Seydlitz der Diskussion ein Ende. Wieder etwas lockerer, fuhr er fort: „Rosi hat für unsere Ermittlungen einen völlig neuen Aspekt ins Spiel gebracht. Sollten wir ihrer Idee folgen, dann bedeutet das für uns, dass wir an den Anfang zurückgehen müssen. Bis jetzt gehen wir davon aus, dass der Täter aus West-Berlin kommt, es könnte aber auch ein Kunde der Ermordeten sein, der sich geschäftlich ab und zu hier in der Stadt aufhält. Deshalb sind wir beide zu dem Schluss gekommen, dass wir noch einmal mit der Freundin, Agnes Arendt, sprechen müssen."

„Leute, das Gespräch mit der Arendt … völlig richtig. Wenn es den zweiten Mord an *Beutel* nicht gäbe, würde ich dir, Rosi, durchaus zustimmen. Der Mörder ist aber – auf welchem Weg auch immer – an Insiderwissen gelangt und kannte sich im Tiergarten bestens aus. Deshalb bin ich weiterhin fest davon überzeugt, dass wir es mit einem Täter aus unserer Stadt zu tun haben. Bastian ist dank seines Alibis raus aus dem Fall, dennoch glaube ich, Rosi, dass Beutel dir keinen Scheiß erzählt hat. Er hat in der Nacht diesen roten Wagen mit Sicherheit beobachtet. Wir müssen noch einmal die Halter der beiden Wagen befragen, ob sie ihre Autos vielleicht im Bekannten- oder Freundeskreis verliehen haben oder ob sich ein anderer – ohne ihr Wissen – Zugang zu ihrem Fahrzeug verschafft haben könnte. Ich gebe zu, unser erster Ansatz, allein über das Ausschlussverfahren an den Täter heranzukommen, war offensichtlich zu einfach. Vielleicht haben wir uns alle durch die Theorie von Dr. Schneider, der Tod der jungen Frau im Tiergarten sei eher ein Unfall gewesen, zu sehr *einlullen* lassen. Jemand, der so viel kriminelle Energie aufwendet, um an interne Ergebnisse der Polizei heranzukommen und einen möglichen Belastungszeugen kaltblütig ausschaltet, den dürfen wir ab sofort nicht unterschätzen."

Gerade wollten Rosi und Seydlitz wieder an ihre Schreibtische zurückkehren, als Kramer seinen künftigen Nachbarn – Manfred Seydlitz – bat, einen Blick auf die vor ihm ausgebreitete Zeichnung zu werfen. Manni schob das Blatt einige Male hin und her, schien ein wenig nach Orientierung zu suchen.

„Klär mich bitte mal auf Kalle – im Moment fehlt mir etwas der Durchblick."

„Junge, das hier ist das Erdgeschoß – dort sind Gäste-WC und Küche und das hier, das wird der neue Wohnbereich. Ich habe bereits bei einer Glaserei neue Fenster für die Front zum Garten und zur Terrasse bestellt. Die Firma rückt nach den Pfingstfeiertagen an und führt den Umbau durch. Maggi und ich wünschen uns einen weiträumigen Wohnbereich. Deshalb soll die Trennwand zum sogenannten Esszimmer verschwinden – ist nur eine dünne Rigipswand."

„Sag das doch gleich. Ich soll dir helfen, diese Wand wegzuhauen?"

„Genau, Manni. Wenn wir beide das am Freitagnachmittag hinbekommen, dann kann ich am Samstag Decke und Wände verputzen. Vielleicht könntest du mir anschließend beim Fußboden noch einmal helfen. Ich weiß nämlich nicht, wie es in dem Bereich aussieht, wo bis dahin die Rigipswand stand."

Rosi war inzwischen auch an den Tisch getreten und blickte mäßig interessiert auf die Zeichnung.

„Hat Kalle schon das Pfingstfest verplant?"

„Sieht fast so aus, mein Schatz. Ich soll ihm helfen ne Wand einzureißen."

„Na toll, genau so habe ich mir das vorgestellt – Pfingstkonzert auf ner Baustelle."

Das Doppelleben von Sibylle

Am Freitagvormittag fuhren Rosi und Seydlitz noch einmal in die Regensburger Straße, um von Agnes Arendt vielleicht doch etwas mehr über ihre ermordete Freundin zu erfahren. Auch beim zweiten Mal blieb das Treppenhaus nicht ohne Wirkung auf die beiden, weil man hinter dem morbiden Charme der Fassade des Baus kein so kunstvolles bis ins Detail gepflegtes Innenleben erwartete. Anders als bei ihrem ersten Besuch war Frau Arendt heute mit Jeans und weißer Bluse eher lässig gekleidet. Sie führte sie wieder in den ihnen bereits vertrauten Salon. Nachdem die Getränkefrage schnell beantwortet war, verschwand Frau Arendt in Richtung Küche, um nur wenig später mit einem reich gefüllten Tablett wieder zurückzukehren. Auf dem Glastisch entstand aus einer kleinen silbernen Etagere, darauf etwas Gebäck, und den drei Gedecken, eine kleine, gemütliche Kaffeetafel.

„Warum sind Sie noch einmal vorbeigekommen, Frau Manthey, alles, was ich über Sibylle weiß, das habe ich Ihnen bereits erzählt?"

„Wie gut kannten Sie Ihre Freundin wirklich? Vieles spricht dafür, dass sie sich in den letzten Monaten noch einen zweiten Lebensbereich, neben dem, den sie hier mit Ihnen gestaltete, eingerichtet hatte. Zu ihrem Mörder muss sie offensichtlich über einen längeren Zeitraum Kontakt gehabt haben. Für uns stellt sich – das hängt zum Teil auch mit dem Auto zusammen, das in der Nähe des Tatortes gesehen wurde – eine neue Frage: Hatte sie nur Kunden aus West-Berlin oder hat sie sich gelegentlich auch mit Kunden aus dem Bundesgebiet getroffen?"

Rosi hielt hartnäckig an ihrer neue Theorie fest.

„Sie können sich kaum vorstellen, wie oft ich hier in den letzten Wochen gesessen und über all das immer und immer wieder nachgegrübelt habe. Ich habe mir sogar unsere Umsatzdaten des letzten halben Jahres angeschaut. Wer hat wie häufig das Studio genutzt? Im Ergebnis ist jedoch alles völlig normal gelaufen. Sibylle hat wie üblich ihren Beitrag zu unseren Lebenshaltungskosten geliefert. Sie hat das Studio auch nicht weniger genutzt als zuvor. Ich zermartere mir natürlich den Kopf, ob ich vielleicht etwas übersehen haben könnte. Einen Unterschied gab es jedoch zwischen uns beiden. Anders als ich suchte meine Freundin immer mal wieder so einen gewissen *Kick* …"

„Was muss man sich darunter vorstellen?", unterbrach sie Seydlitz.

„Sie hat an den Abenden, wenn wir Bars besuchten, ganz gezielt einen Typen angemacht und ist mit ihm nach einer Weile verschwunden. Es ging ihr dabei offensichtlich nur um den Sex. Ihr war völlig egal, ob das Ganze auf einer Toilette oder auf dem Parkplatz stattfand. Irgendwann habe ich ihr erklärt, dass ich derartige *Veranstaltungen* nicht mag. Von da an ist sie dann spontan alleine losgezogen. Es ist dann sicher auch vorgekommen, dass ich an dem einen oder anderen Abend mitbekam, wie sie plötzlich noch einmal die Wohnung verließ. Mein Gott … wir waren doch nicht verheiratet – jeder konnte sein Leben so gestalten, wie er es wollte. Deshalb wäre ich auch nie auf die Idee gekommen ihr nachzuspionieren, um vielleicht herauszufinden, wo geht sie hin, mit wem trifft sie sich."

„Hatte sie eigentlich einen eigenen Wagen?", wollte Rosi wissen.

„Nein – keiner von uns beiden hat bzw. hatte ein Auto. Wir sind immer Taxi gefahren."

„Okay, Frau Arendt – sollte Ihnen doch noch irgendetwas zu Ihrer Freundin einfallen oder Sie sich an ein Ereignis erinnern, das für uns interessant sein könnte, dann melden Sie sich bitte bei uns."

Seydlitz war bei den letzten Worten aufgestanden und beendete – aus Sicht seiner Kollegin – etwas überraschend den Besuch. Als sie wieder draußen auf der Straße waren, reagierte Rosi ungehalten:

„Kannst du mir mal erklären, warum du das Gespräch so plötzlich beendet hast? Vielleicht wäre ihr ja doch noch etwas eingefallen."

„Rosi, komm mal wieder runter. Ich glaube – genau wie Kalle – auch an einen Berliner Täter und der kommt mit Sicherheit aus dem Kreis der sogenannten Zufallsbekanntschaften von Sibylle. Bei irgendeinem dieser Männer ist sie hängengeblieben, hat sich immer wieder mit ihm getroffen. Wenn wir jetzt über die Taxi-Zentrale oder über unsere drei *Poker-Asse* herausbekommen könnten, wo sie sich in der letzten Zeit hat hinfahren lassen, wären wir einen großen Schritt weiter. Deshalb habe ich das Gespräch beendet."

Rosi war von seiner Theorie sichtlich beeindruckt und deutlich milder gestimmt. „Das klingt sehr überzeugend, Herr Oberinspektor. Die Idee mit den Taxis ..." sie nickte anerkennend und lächelte, „richtig Klasse, mein Großer."

Als sie in der Keithstraße ankamen und dem Oberkommissar von ihrem Gespräch mit Agnes Arendt und dem neuen Ermittlungsansatz berichten wollten, waren die Räume der Mordkommission verwaist. Manni fand auf seinem Schreibtisch ein DIN A4-Blatt:

Hallo ihr zwei,
bin heute etwas früher gegangen,
das Mauerprojekt wartet auf mich.
Manni ich zähle auf dich.
Gruß Kalle

„Okay – heute ist Freitag ... aber wir haben noch immer zwei ungeklärte Mordfälle. Vor ein paar Monaten wären die für ihn wichtiger gewesen als diese blöde Rigipswand", Rosi war fassungslos und sauer zugleich.

„Ja – irgendwo hast du recht, mein Engel, aber man muss auch verstehen, dass er den Um- und Einzug möglichst schnell hinter sich haben möchte und dass er mit Maggi und Paula endlich Haus und den Garten genießen will – meinst du nicht auch?"

„Natürlich verstehe ich das, aber er hat für diese Maueraktion drei Tage Zeit, da muss er hier nicht am Freitag schon mittags die Röcke raffen. Manni, Kalle ist vor allem Leiter der Mordkommission. Tut mir leid ... aber ich bin enttäuscht."

„Solange du nicht von mir enttäuscht bist, mein Engel, ist meine Welt in Ordnung. Bitte hör jetzt auf wegen Kalle rumzuzicken. Wir versuchen es jetzt mal mit der Taxi-Zentrale. Mal hören, ob und wie lange sie dort Aufzeichnungen über die Einsatzfahrten führen."

„Du hast ja Recht. Ich weiß auch nicht, warum mich das heute so nervt."

In den kommenden Wochen sollte sich dieser Dialog – so oder in ähnlicher Form – leider noch sehr oft wiederholen und der Kreis der Ratlosen und Enttäuschten größer werden.

Die Taxi-Zentrale Berlin, von Insidern auch kurz *Ackermann-Funk* genannt, verfügte über keinen eigenen Fuhrpark. Die größte Zahl der Berliner Taxi-Unternehmer hatte sich in dieser Genossenschaft zusammengeschlossen. Jedes Mitglied erhielt eine Taxi-Nummer und sicherte sich damit über die eingerichteten Funkkanäle eine feste Verbindung zur Zentrale. Diese legte für jeden Fahrer eine Karteikarte an, in die der vergebene Kundenauftrag – mit Datum, Name des Fahrgastes und die Fahrtroute – vermerkt wurde. Seydlitz kannte das System, Er hatte er vor kurzem rein zufällig mitbekommen, wie Martens mit einem Kollegen aus dem Raubdezernat sehr ausführlich darüber sprach. Jetzt hoffte er auf diesem Weg zu erfahren, wann und wohin sich Sibylle Wagner in den letzten Wochen vor ihrer Ermordung hatte fahren lassen. Sollte sie sich jedoch über eine Rufsäule in der Nähe der Regensburger Straße ein Taxi bestellt haben, würden die Nachforschungen erheblich komplizierter werden. Manni hatte Glück. Sibylle wählte stets die bekannte Telefonnummer *6902* – das war der *Ackermann-Funk* – und war damit immer in der Zentrale gelandet. In den letzten drei Wochen vor ihrem Tod fiel eine Adresse besonders auf – das *Hotel Hilton* in der Budapester Straße.

„Rosi, es hilft alles nichts – wir müssen nach Pfingsten noch einmal mit Frau Arendt sprechen und mit ihr diese Termine abgleichen. Dieses Fahrtziel taucht auch schon in einem sehr viel früheren Zeitraum mehrmals auf. Wenn ich mich recht erinnere, hat doch Frau Arendt bei unserem ersten Besuch ausgesagt, dass sie hin und wieder mit ihrer Freundin im *Kempi* das Restaurant und anschließend im *Hilton* den *Dachgarten* besucht hat."

Das Pfingstwochenende wurde von Kramers Baumaßnahmen beherrscht. Seydlitz half beim Entfernen der Trennwand im Wohnbereich, beim Abschleifen der Holzdielen und dem anschließenden Einölen des überarbeiteten Bodenbereichs. Die Frauen nutzten die sonnigen Phasen des für diese Jahreszeit viel zu kühlen Wetters, um Paula zu bespaßen oder für das leibliche Wohl der *Handwerker* zu sorgen. Am Nachmittag riss die Wolkendecke noch einmal auf und alle trafen sich auf der Seydlitz-Terrasse zum Pfingst-Kaffee. Maggi berichtete, dass bereits in der kommenden Woche die ersten neuen Möbel geliefert würden. Seit dem Hauskauf hatte sie sich allein um die künftige Einrichtung gekümmert. Aus ihrer alten Wohnung in Mariendorf würden nur das neue Ehebett, das Kinderbettchen von Paula und die Wickelkommode in Frohnau landen. Bei *Möbel-Hübner*, in dem auf der anderen Straßenseite gelegenen Einrichtungshaus *Steguweit* oder in dem nahe dem Innsbrucker Platz befindlichen Möbelhaus *Neue Wohnkultur*, begrüßte man sie inzwischen mit Handschlag, weil sie dort in den letzten Wochen sehr oft durch die Verkaufsräume gewandert war. Kramer, der ganz offensichtlich in seiner eigenen Wahrnehmung allein das *Große und Ganze* im Blick zu haben schien, stimmte allen Einrichtungsvorschlägen seiner Frau *blind* zu. Sein ausschließliches Interesse galt dem Umbau des Hauses, der Neugestaltung des Gartens samt Buddelkiste und Schaukel für Paula. Hatte Maggi zu Beginn sein Engagement noch bewundert, einige Zeit später eher amüsiert betrachtet, empfand sie jetzt seine sehr einseitige Ausrichtung als störend – manchmal auch als belastend. Sie sehnte deshalb den Umzug herbei, weil sie hoffte, dass sich ihr Mann dann endlich wieder für seine Familie und nicht nur für den Umbau des Hauses interessieren würde. Ihr großes Ziel war unverändert der Wiedereinstieg in den Kriminaldienst am 1. Juli.

Frau Brose und der rote Citroen

Am Dienstag nach den Pfingstfeiertagen fuhren Rosi und Seydlitz erneut zu Agnes Arendt. Als diese ihre Wohnungstür öffnete, war sie völlig überrascht.

„Wenn das so weitergeht, wäre es vielleicht einfacher, Sie würden bei mir einziehen", reagierte sie leicht genervt.

„Frau Arendt, es tut uns leid, aber wir brauchen noch einmal Ihre Hilfe. Als Sie bei unserem letzten Besuch erwähnten, dass Sie und Frau Wagner stets mit dem Taxi in der Stadt unterwegs gewesen seien, haben wir versucht aus den Fahrten, die von hier – bis einschließlich 23. April – ausgegangen sind, das Verhalten Ihrer Freundin zu rekonstruieren."

Seydlitz bemühte sich die Situation zu entspannen.

„Entschuldigung, kommen Sie bitte herein – ich bin seit dem Tod von Sibylle ziemlich durch den Wind."

Diesmal saßen sie in der Küche an einem großen, alten Holztisch. Rosi schob Frau Arendt die Liste mit den zusammengestellten Taxifahrten hinüber und bat sie, jene Termine zu markieren, an denen sie sich gemeinsam mit ihrer Freundin hatte abholen lassen.

„Ist Ihnen das auch aufgefallen? Am 23. hat sie gar kein Taxi in die Regensburger bestellt. Wie ist sie dann von hier weggekommen?"

Frau Arendt blickte die beiden Ermittler fragend an.

„Ja – natürlich sind wir auch darüber gestolpert. Die einzige Erklärung, die aus unserer Sicht einen Sinn ergibt: Sie wurde hier von jemandem abgeholt – vielleicht sogar von ihrem Mörder. Wir glauben nicht, dass sie von ihrer Wohnung aus zu einem

Taxistand gelaufen ist … aber auch das ist bisher nur eine These", erklärte Seydlitz.

„Mir fällt da gerade etwas ein – klingt für Sie vielleicht ein bisschen weit hergeholt", sie blickte die beiden Ermittler etwas unsicher an.

„Frau Arendt, in unserer Situation sind wir für alles, und mag es sich noch so schräg anhören, dankbar. Erzählen Sie einfach", ermunterte sie Rosi.

„Also gut – das muss am Montag gewesen sein … der Montag nach Sibylles Tod", sie machte eine kleine Pause, ein paar Tränen liefen über ihre Wangen. „Ich bin zu unserem Bäcker – vorne am Platz – gegangen. Als ich den Laden betrat, habe ich nur noch das Ende einer Unterhaltung mitbekommen. Eine der Kundinnen, Frau Brose, regte sich fürchterlich darüber auf, dass – es muss an dem Wochenende davor gewesen sein, den Tag hatte sie vermutlich genannt, bevor ich kam – jemand abends vor ihrem Haus bei laufenden Motor in seinem Auto gesessen habe. Sie hätte das Fenster zum Lüften geöffnet und *der Kerl habe die ganze Luft verpestet.* Erst als sie sich lautstark aus dem Fenster beschwerte, habe der Fahrer den Motor ausgeschaltet. Soweit sie das erkennen konnte, sei es ein großes, rotes Auto – auf keinen Fall ein deutsches Model – gewesen. Ich kenne Frau Brose nur deshalb, weil ihr verstorbener Mann früher unser Polizeirevier geleitet hat."

Rosi und Seydlitz sahen sich überrascht an.

„Frau Arendt – bei aller Zurückhaltung – das ist eine bemerkenswerte Information, die wir da von Ihnen heute erhalten. Überlegen Sie doch mal – seit Tagen beschäftigt dieses Phänomen *roter Citroen DS 19* nicht nur uns, die Kriminalpolizei, sondern auch die Presse und noch einige andere Personen. Es sind plötzlich Menschen in Verdacht geraten, obwohl sie mit dem Fall offensichtlich nichts zu tun haben – Bruno Bastian war zum Beispiel einer davon. Sollten die Beobachtungen von Frau

Brose in dieses Zeitfenster: *Freitag Abend zwischen 21 und 22 Uhr* passen, dann würde uns das bei unseren Ermittlungen deutlich voranbringen", Seydlitz schüttelte etwas verwirrt den Kopf.

„Manni, denk nach! Stimmt diese Version, dann passt sie doch haargenau zu dem, was uns Bastian und Teschel erzählt haben. Die beiden wollen, als der Taxifahrer Bastian hier in der Regensburger abgeholt hat, auch einen roten Citroen gesehen haben."

Frau Arendt versprach, sich am Mittwoch in der Mordkommission zu melden, um das Protokoll über ihre aktuellen Aussagen zu unterschreiben. Rosi und Seydlitz waren von sich selbst und ihren Ermittlungsergebnissen richtig begeistert und trafen wenig später bester Laune wieder in der Keithstraße ein. Als sie die Räume der Mordkommission betraten, bot sich ihnen der gleiche Anblick wie am Freitagmittag vor Pfingsten – einen Unterschied gab es: Kramers Nachricht auf Mannis Schreibtisch fehlte. Während ihre erste Reaktion war, *Kalle ist bestimmt bei Frau Dr. Fischer*, änderte sich diese Sicht in jenem Moment, als sie hinüber zu seinem Schreibtisch blickten. Der Arbeitsplatz des Chefs der Mordkommission sah unverändert aus, entsprach haargenau dem Stand von Freitagmittag. Rosi ließ sich enttäuscht und wütend zugleich auf ihren Stuhl fallen, Seydlitz ging routinemäßig in die Kaffeeküche. Er schaltete die Kaffeemaschine ein, schien noch immer nach einer logischen Erklärung für die Situation zu suchen. Sein lahmer Einwand – Paula oder Maggi könnte etwas passiert sein, sie hätten vielleicht einen Arzt oder das Krankenhaus aufsuchen müssen – überzeugten seine Kollegin nicht. Rosi rollte mit den Augen und tippte sich zugleich mit dem Zeigefinger gegen die Stirn. Seydlitz wollte gerade zum Telefon greifen, um in Frohnau die aktuelle Lage zu erkunden, als Frau Dr. Fischer das Büro betrat.

„Hallo ihr beiden! Na – Eure Stimmung war aber auch schon besser. Sag mal Rosi, haben Sie für mich noch eine Tasse Kaffee im Angebot?"

Während es sich die Staatsanwältin auf einem der Stühle bequem machte, sich eine Zigarette anzündete, ging Rosi wie ferngesteuert in den kleinen Nebenraum, wo die Kaffeemaschine stand. Wortlos stellte sie ihr die Tasse auf den Tisch.

„Solltet ihr euch vielleicht gewundert haben, dass der Oberkommissar nicht an seinem Platz ist, dann kann ich ein wenig für Aufklärung sorgen."

Aus ihrer Mimik war nicht eindeutig abzulesen, ob dieser Satz ironisch oder humorvoll gemeint war.

„Euer Chef hat mich heute früh angerufen und um ein paar Urlaubstage gebeten. Er müsse sich um seine Frau kümmern, da es ihr seit dem Wochenende gesundheitlich nicht so gut gehe. Außerdem würden in den kommenden zwei Tagen die neuen Möbel geliefert werden."

Rosi und Seydlitz tauschten verstohlen ratlose Blicke aus, Manni zuckte hilflos mit den Schultern.

„Keine Sorge – ich werde Sie beide mit meinen Nachfragen nicht in Verlegenheit bringen. Nur so viel … das Ganze klang für mich leider wenig überzeugend und nun … tja – jetzt geht es mir so ähnlich wie Ihnen, als ich vorhin hier hereinkam."

„Frau Dr. Fischer – Sie lieben es offen und ehrlich, so war das jedenfalls bisher, seitdem Sie unsere Chefin sind. Ich will deshalb auch gar nicht lange rumeiern. Ich bin jetzt auch nicht illoyal Kalle gegenüber – immerhin ist er mein Freund. Wir alle, das gilt übrigens auch für Maggi, haben in der letzten Zeit ein handfestes Problem mit ihm. Seit dem Kauf des Hauses ist Karl wie ausgewechselt. Er ist so darauf fixiert, dass er vieles andere übersieht, es einfach ausblendet. Wir alle haben keine Ahnung, welche Gedanken im Augenblick durch seinen Kopf geistern. Wir beide", dabei nickte er Rosi zu, „hoffen einfach darauf, dass sich mit Maggis Rückkehr in die Mordkommission seine Wahrnehmung ändert und hier wieder normale Verhältnisse einkehren."

Seydlitz hatte sich bemüht, sehr ruhig und sachlich zu sprechen, dennoch spürte man die Enttäuschung und Traurigkeit in seinen Worten.

„Okay Manni, Sie kennen Kramer am längsten von uns. Als seine Vorgesetzte kann ich gegenwärtig wenig tun. Er hat bisher erstklassig gearbeitet. Ich kann mir keinen besseren Leiter der Mordkommission vorstellen. Ich mag ihn auch als Typ – keine Frage. Dennoch … so einfach weiterlaufen lassen … nee – das geht gar nicht. Also – was glauben Sie – wie ist sein Plan?"

„Ich vermute mal, wenn der Umzug stattgefunden hat und die Familie in ihrem neuen Zuhause angekommen ist, dann kriegt der auch die Kurve … hoffe ich jedenfalls."

„Gut – dann lassen Sie uns wieder zu Ihrer Arbeit zurückkehren. Sie waren beide heute Vormittag im Einsatz – wie ist der aktuelle Ermittlungsstand?"

Rosi und Seydlitz berichteten nun ausführlich über ihre Gespräche mit Agnes Arendt und über das Ergebnis ihrer Recherche bei der Taxi-Zentrale. Anschließend würden sie dann Frau Brose aufsuchen, um nähere Einzelheiten über deren Beobachtungen am Abend des 23. April zu erfragen.

Eine Tagesschicht an der Rezeption des *Hilton* war mit Sicherheit abwechslungsreicher als die Nachtschicht, aber sie war auch anstrengender, weil man sich bei den vielen internationalen Gästen stärker konzentrieren musste. Jetzt lief er zum U-Bahnhof Wittenbergplatz und freute sich schon auf einen entspannten Feierabend. Da sich seine Frau am späten Nachmittag mit ihren Freundinnen am Ku'damm treffen würde, könnte er herrlich abschalten, musste auf nichts und niemanden Rücksicht nehmen. Er war so in Gedanken versunken, dass er zusammenzuckte, als plötzlich jemand seinen Namen rief. Als er sich suchend umschaute, entdeckte er seinen Fußballkumpel Heinz Ludwig, der – aus Richtung Tauentzien kommend – ebenfalls der

U-Bahn-Station zustrebte. Die beiden Männer begrüßten sich freudig und Ludwig berichtete, dass er im *KaDeWe* gewesen sei, um ein Geburtstagsgeschenk für seine Frau zu kaufen.

„Eigentlich hatte ich ja nen Plan, aber dann bin ich bei dem Riesenangebot völlig aus der Spur gekommen. *Vielleicht Parfum? Oder eher sexy Unterwäsche? Oder vielleicht dann doch etwas aus der Schmuckabteilung?* Und jetzt?… Jetzt hab ich gar nichts gekauft. Tja – muss ich wohl noch einmal los", Ludwig zuckte lachend mit den Schultern. „Sag mal, ist deine geklaute Kiste eigentlich wieder aufgetaucht?"

„Nee, bis heute hat sich keiner gemeldet, der Wagen scheint wie vom Erdboden verschwunden zu sein."

„Ich frage deshalb, weil zu dem roten Citroen fast jeden Tag 'n neue Scheißhausparole ausgegeben wird. Erst hatten sie den Schauspieler Bastian im Visier, dann der Mord an dem Penner, der das Auto in der Nähe des Tatortes beobachtet haben will, und jetzt kursiert die Version von der Witwe eines ehemaligen Revierleiters aus unserem Kiez. Sie behauptet, den Wagen in der Tatnacht bei uns in der Regensburger gesehen zu haben. Der Wagen scheint ein echtes Phantom zu sein."

„Seit wann wohnst du denn in der Regensburger, Heinz?"

„Na ja, nicht direkt dort – wir wohnen unmittelbar am Viktoria-Luise-Platz, aber wenn es um Brot und Brötchen geht, dann triffst du morgens alle aus unserem Kiez bei Bäcker Möller. Genau dort hat meine Frau die alte Brose getroffen. Ihr verstorbener Mann war auch bei der Polizei – hat bis zu seiner Pensionierung das Revier bei uns geleitet."

„Und was hat diese Frau Brose nun genau erzählt?"

„Also sie behauptet, dass am späten Abend des 23. April genau unter ihrem offenen Fenster ein großer, roter Wagen – wahrscheinlich französisches Fabrikat – geparkt habe. *Der Kerl habe den Motor ewig laufen lassen und die ganze Luft verpestet.* Erst nachdem sie ihm von oben aus ihrem Fenster den Marsch geblasen habe, hätte er den Motor abgestellt. Die Mitbewohner ihres Hauses haben sie eigentlich alle auf der Rübe, weil sie sich über jeden Scheißdreck beklagt. Als ihr Alter lebte, war sie noch 'n Zacken schärfer. Wenn einer am Abend zuvor mal ein bisschen ausgelassener gefeiert hatte, konnte er sicher sein, dass spätestens am nächsten Morgen das *Streifenmännchen* vor seiner Tür stand. Wenn de mich fragst, die Alte ist ne richtige Spaßbremse."

„Hast du denn diese Aussage der alten Dame an die Kripo weitergeleitet?"

„Ich mach mich doch bei denen nicht zum Affen. Wer weiß, was die alte Schachtel da an dem Abend gesehen hat. Die ist über siebzig und trägt ne Brille – nee mein Alter, die lachen sich in der Keithstraße tot, wenn ich mit so einer Nummer um die Ecke komme."

Sie hatten inzwischen den Bahnhof erreicht. Nachdem sie einander versicherten, auch dann zu den Spielen von Hertha zu gehen, sollte die Mannschaft tatsächlich aus der Bundesliga fliegen, trennten sich ihre Wege. Während er mit der *Ruhleben-Linie* direkt nach Neu-Westend gelangte, musste Ludwig mit einem anderen Zug Richtung Schlesisches Tor fahren und Nollendorfplatz umsteigen. Als er in der Bahn saß, war nach der Begegnung mit Heinz die schöne Feierabendstimmung schlagartig verschwunden. Das Beste an dieser neuen Situation war, dass sein Kumpel die Alte nicht mochte, deren Beobachtungen für eine ihrer üblichen Nörgeleien an anderen Menschen hielt und schon deshalb kein Grund sah, der Kripo einen Tipp zu geben. Er war sich jedoch absolut sicher, sollten die Ermittler etwas von Gerda Broses Geschichte erfahren, würden sie dieser genau so nachgehen, wie es auch im Fall des Obdachlosen geschehen war. Er musste, das war für ihn glasklar, unverzüglich handeln, damit die alte Hexe keine Möglichkeit erhielt, ihn in die Scheiße zu reiten. Er war so tief in diesem Thema verfangen, dass er fast an seiner Zielstation Neu-Westend vorbeigefahren wäre. Den Abend musste er nun – anders als erhofft – damit verbringen, einen Plan auszuhecken, den er gleich am folgenden Tag in die Tat umsetzen konnte. Das Ganze hinauszuschieben, war keine Option, denn das anstehende Pfingstfest würde weitere kostbare Zeit kosten. Als er am nächsten Morgen zur Frühschicht fuhr, stand der Ablauf seines Vorhabens fest. Er würde sich eine dieser Glanzmappen des Hotels besorgen, die für den Gast in jedem Zimmer bereit lagen und dem Berlinbesucher Information über das Hotel und zahlreiche Anregungen für den Besuch der West-Berliner Sehenswürdigkeiten boten. Die Mappe sah edel aus, war dekorativ und trug – das war für seine Aktion besonders wichtig – das Logo des *Hilton*. Im Büro, hinter der Rezeption, würde er auf einem Kopfbogen des Hotels eine Liste mit neun Fantasienamen und Adressen erstellen – der einzige reale Name würde der von Gerda Brose sein. Die Liste legte er in die Hotelmappe und diese in seine Aktentasche. Kurz nach 16 Uhr verließ er das Hotel und fuhr mit der U-Bahn zum Viktoria-Luise-Platz. Frau Brose wohnte in der ersten Etage des Nachbarhauses von Sibylle Wagner. Als er an der Wohnungstür klingelte, blieb drinnen alles ruhig. Seine Unruhe und Nervosität wuchsen, je länger er dort stand. Plötzlich hörte er jedoch Schritte, die sich der Tür näherten. Eine Sicherheitskette klapperte, dann wurde die Tür geöffnet. Vor ihm stand eine schlanke, ältere Frau, die ihn skeptisch musterte. Eine gepflegte Erscheinung, das gewellte, graue Haar hatte einen leichten violetten Schimmer, das Gesicht – wenn sie denn tatsächlich über siebzig war, wie Heinz behauptete –, zeigte nur wenige Falten. „Guten Tag Frau Brose – ich hoffe, ich habe Sie jetzt nicht gestört?"

Auftritte dieser Art gehörten zu seiner Berufsroutine, täglich an der Hotel-Rezeption erfolgreich antrainiert. Er zog seinen Mitarbeiterausweis aus der Manteltasche und hielt ihn ihr entgegen.

„Frau Brose, Sie kennen doch sicher das berühmte *Hotel Hilton* in der Budapester Straße?"

Sie setzte ihre Brille auf, die an einer schmalen Kette um ihren Hals hing, und warf einen prüfenden Blick auf den Ausweis.

„So, so junger Mann – Sie kommen also vom *Hilton*. Natürlich kenne ich das Hotel, bin ja oft genug am Ku'damm und Tauentzien."

„Frau Brose, unser Haus hat eine Kampagne gestartet, um auch den West-Berlinern unser Hotel ein bisschen näherzubringen. Wir wollen, dass nicht nur Gäste aus dem Ausland und aus Westdeutschland im *Hilton* wohnen und es schätzen lernen. Wir wollen, dass auch die West-Berliner selbst unser Haus besser kennenlernen. Wenn ich vielleicht hineinkommen dürfte? Ich würde Ihnen gerne zeigen, wie wir uns das vorgestellt haben. Ich kann Ihnen jetzt schon versprechen – Sie werden begeistert sein."

Frau Brose lächelte – noch immer ein wenig unsicher, aber dennoch neugierig, weil diese kleine Andeutung vielversprechend klang. Sie führte ihn in das Wohnzimmer und setzte sich in einen der beiden Sessel. Er zog sich einen der Stühle heran, die an dem Esstisch standen, um neben ihr sitzen zu können.

„Unsere Hoteldirektion hat aus dem Einwohnerregister unserer Stadt nach dem Zufallsprinzip fünfzig Berliner ausgewählt, denen wir die Möglichkeit geben, kostenlos ein Wochenende bei uns zu verbringen. Dieses Angebot enthält alle Leistungen unseres Hotels: das Zimmer, alle Mahlzeiten und ein gemütlicher Abend ganz oben im sogenannten *Dachgarten*. Na – wie klingt das für Sie?"

Frau Brose lächelte, schüttelte jedoch noch immer etwas ungläubig den Kopf. Er griff in seine Aktentasche und zog die Hotelmappe heraus.

„Schauen Sie mal. Das ist meine Liste der Glücklichen, die ich besuchen und informieren soll. Sehen Sie, einige von ihnen habe ich schon aufgesucht ... und dort – dort steht Ihr Name

Gerda Brose. Schauen Sie sich alles ganz in Ruhe an – wir haben genügend Zeit. Sie müssten nachher nur noch in der letzten Spalte – da, wo die Unterschriften (*sie waren selbstverständlich von ihm gefälscht*) der anderen stehen – unterschreiben. Die Hotelleitung will doch wissen, ob ich Sie unterrichtet habe. In einer Woche erhalten Sie dann von uns einen Brief mit der offiziellen Einladung und dem Gutschein für das Wochenende bei uns."

Die alte Dame nahm ihm die Mappe ab und legte die Teilnehmerliste auf den Couchtisch. Dann sah sie sich das Informationsmaterial näher an.

„Frau Brose lassen Sie sich bitte nicht stören. Ich gehe nur noch einmal schnell in die Diele, hab meinen Kugelschreiber in der Manteltasche vergessen."

Er stand auf, während sie weiter in den Prospekten blätterte. In der Diele zog er jedoch statt des Kugelschreibers einen Seidenschal aus der Manteltasche. Mit genau so einem hatte er vor zwei Wochen den Obdachlosen *Beutel* erwürgt. Leise trat er hinter den Sessel, in dem Frau Brose saß und ganz begeistert die Hochglanzfotos des Hotels betrachtete. Wie in der Nacht im Tiergarten ging auch jetzt alles blitzschnell. Kaltblütig, ohne das leiseste Mitgefühl für diese hilflose alte Frau, warf er ihr die Seidenschlinge um den Hals und zog sie brutal mit einem kräftigen Ruck zu. Bevor er den Schal löste, prüfte er völlig emotionslos ihren Puls. Als er absolut sicher war, dass dort vor ihm ein lebloser Körper im Sessel saß, zog er das Seidentuch von ihrem Hals und sammelte alle mitgebrachten Unterlagen ein.

Er schob sie in seine Aktentasche. Ruhig ging er in die Diele zurück, nahm seinen Mantel von der Garderobe und zog ihn an. Dann schlich er zur Wohnungstür und lauschte nach draußen ins Treppenhaus. Er spähte durch den Türspion und als nichts Verdächtiges zu erkennen war, im Treppenhaus alles ruhig blieb, öffnete er vorsichtig die Wohnungstür, schlüpfte hinaus und zog die Tür leise hinter sich zu. Er glaubte irgendwann einmal in einem Kriminalroman gelesen zu haben, dass man das Knarren von Holzstufen vermeiden könnte, wenn man sie außen – dort wo sie an der Wand endeten – betrat. In der Hoffnung, dass ihn seine Erinnerung nicht trog und diese Theorie auch in der Realität zutraf, lief er – immer den Kontakt der Wand suchend – die Treppe hinunter. Als er die Tür zur Straße erreichte, stellte er zufrieden fest, dass keine der Stufen geknarrt hatte. Er öffnete die Haustür einen kleinen Spalt und blickte hinaus auf die Straße. Jetzt war es kurz vor 18 Uhr und es herrschte normaler Feierabendverkehr. Nachdem einige Fußgänger das Haus passiert hatten, keine weiteren in Sicht waren, betrat er die Straße und lief nach rechts, nur wenige Zentimeter von der Hauswand entfernt, bis zur Einmündung der Ansbacher Straße. Dort bog er ein und lief, jetzt ganz normal den Bürgersteig nutzend, in Richtung *U-Bahnhof Wittenbergplatz*.

Eine Verkäuferin der *Bäckerei Möller* wunderte sich, dass ihre Stammkundin Gerda Brose schon seit Tagen nicht im Laden gewesen war, um Brot oder Brötchen zu kaufen. Als heute Wachtmeister Schulze, der zu jenem Revier gehörte, das der verstorbene Hauptwachtmeister Brose viele Jahre geleitet hatte, die Bäckerei betrat, weil er wegen seines Geburtstages ein paar Stücke Streuselkuchen für seine Revierkollegen einzukaufen wollte, sprach die Verkäuferin ihn an:

„Erwin, du kennst doch auch die Frau Brose oder? Ihr verstorbener Mann war viele Jahre lang euer Revierleiter. Ich mache mir Sorgen, weil sie - ganz gegen ihre Gewohnheit - hier seit Tagen nicht eingekauft hat."

Dieses kurze Gespräch in der Bäckerei führte dazu, dass Wachtmeister Schulze, nach Rücksprache im Revier, diesem Hinweis sofort nachging. Als Frau Brose auch nach mehrmaligen Klingeln nicht öffnete, ließ der Streifenpolizist vom Hauswart die Wohnungstür öffnen. Bereits eine Stunde später traf dort die

Kriminalpolizei in voller Mannschaftsstärke ein. In Martens Truppe fehlte ein Mitarbeiter. Es war jener, der in die Falle mit dem Auto getappt und als Informant der *Bild-Zeitung* enttarnt worden war. In Anbetracht ihrer schmalen Besetzung war nur Seydlitz in die Regensburger Straße gefahren, Rosi hielt im Büro die Stellung. Während der Kriminaloberinspektor im Hausflur wartete, versahen Dr. Schneider und die Kriminaltechniker innerhalb der Wohnung ihre Arbeit. Nach einigen Minuten kehrte der Gerichtsmediziner in das Treppenhaus zurück. Als er dort Seydlitz erblickte, schüttelte er nur den Kopf.

„Manni – das ist 'n richtiges *Déjà-vu*[14], nur … diesmal mussten wir nicht in die Botanik des Tiergartens – nee ganz zivilisiert", er stoppte kurz und verzog das Gesicht. „Wie man Mord und zivilisiert in einem Atemzug nennen kann – entschuldige, das muss irgendwie an meiner Arbeit liegen. Wie der olle *Beutel* ist auch diese alte Dame hinterrücks überrascht und dann, es war vermutlich wieder ein Seidenschal, stranguliert worden. Allerdings liegt die Tatzeit schon mehrere Tage zurück. Ich vermute mal, dass der Mörder am Freitagabend, spätestens in der ersten Tageshälfte des Samstags zugeschlagen hat. Ich gehe nicht davon aus, dass er sie im Tiergarten umgebracht und anschließend hier in den Sessel gesetzt hat."

„Sie meinen also, Fundort …"

„Richtig Manni, gut aufgepasst", Dr. Schneider fiel ihm ins Wort.

„Wenn Gerber von der *Bild* uns nicht seit 11 Uhr aufgehalten hätte, stünde Rosi jetzt vor der Tür von Frau Brose", stellte Seydlitz resigniert fest. „Wachtmeister Schulze ist uns halt ein paar Minuten zuvorgekommen."

„Weißt du, was mich in diesem Fall tierisch nervt? Nicht etwa die Tatsache, dass ich immer erst dann gerufen werde, wenn die Opfer bereits mausetot sind – das habe ich schon in dem Augenblick gewusst, als ich mich entschloss Pathologe zu werden.

Nicht normal ist, dass *ihr* ständig dem Mörder hinterherhechelt … heute musstet ihr euch sogar hinter einem *Streifenhörnchen* einreihen. Bis vor kurzem haben wir alle noch geglaubt, aus den Informationen unseres *Maulwurfs* würde der Täter sein Wissen ziehen. Jetzt ist unser Laden wieder dicht und trotzdem sind wir zum wiederholten Mal zweiter Sieger. Was macht ihr eigentlich den ganzen Tag?"

Seydlitz hatte den Gerichtsmediziner in all den Jahren noch nie so gereizt und sarkastisch erlebt.

„Wo ist eigentlich dein Chef? Der sollte doch hier auch auf der Matte stehen – oder?"

„Doktor, wollen Sie jetzt mit mir über Kramer diskutieren? Oder geht's nicht vielmehr um den Fall?"

Der Gerichtsmediziner winkte entschuldigend ab:

„Ja, Manni – tut mir leid, aber mir geht das hier alles ziemlich auf den Zeiger. Natürlich hast du recht – es geht um den Fall."

„Ich weiß", fuhr Seydlitz fort, „der Anfang war nicht einfach – schon deshalb nicht, weil uns die *Bild* mit ihren Artikeln zwei Mal dazwischengefunkt hat. Jetzt, nach den neuen Aussagen der Freundin Agnes Arendt, haben wir eine klare Vorstellung, wo wir unseren Täter suchen müssen. Frau Broses Beobachtungen an dem Abend des 23. April wären eine sehr hilfreiche Ergänzung für unsere These gewesen … deshalb wollte Rosi heute mit ihr sprechen. Warum der Mörder – obwohl diese letzte, aktuelle Information nur vier Leuten bekannt war – Frau Brose, der Arendt, Rosi und mir – diese Kenntnisse offensichtlich auch hatte … Dr. Schneider – ich stehe vor einem Rätsel."

„Ja, das ist tatsächlich sehr ungewöhnlich. Wo führt denn eure neue Spur hin?", der Pathologe blickte den jungen Ermittler neugierig an.

„Nach dem, was uns ihre Freundin beim letzten Mal berichtet hat, war das Privatleben von Sibylle Wagner schon – na ja – es war sehr speziell."

„Soll heißen?"

„Mann, Doktor – die hatte mehr Liebhaber, als Sie Haare auf'n Kopf haben. Sie hat in den Bars, die beide Frauen besucht haben, Typen aufgerissen und mit denen spontan auf der Toilette oder der Motorhaube eines Autos herumgevögelt. Mit einem dieser Kerle muss sie es in den letzten Wochen vor ihrem Tod regelmäßig getrieben haben. Wir gehen davon aus, dass dieser Mann sie am Freitagabend hier in der Regensburger Straße abgeholt und wenig später im Tiergarten ermordet hat."

„Na endlich, Manni – jetzt kommt ihr doch voran. Entschuldige, dass ich vorhin so frustriert reagiert habe."

Kein Zweifel, Manni Seydlitz und Rosi Manthey waren erstklassige Ermittler, die ihre ganze Energie und Leidenschaft für ihren Beruf einsetzten, um diesen Fall endlich zu lösen. Tatsache war aber auch, dass die zahlreichen Erfolge dieser Mordkommission seit 1960 nur deshalb möglich waren, weil sie stets aus vier Kräften bestanden hatte. Es war aber nicht allein die größere Mannschaftsstärke, die zu diesen guten Ergebnissen geführt hatte. Der Schlüssel zu ihrem Erfolg hatte in dem permanenten Gedankenaustausch, den hin und wieder auch sehr kontroversen Diskussionen untereinander gelegen. Dies alles zusammen hatten die Kreativität und Dynamik in ihrer Ermittlungsarbeit ausgelöst.

Der Abwärtstrend begann erst ganz allmählich und setzte sich dann mit einem Schlag radikal fort. Es war jener Moment gewesen, als Kramer sich völlig ansatzlos von seiner Aufgabe, eine Mordkommission zu leiten, verabschiedete und zum *Häuslebauer* mutierte. Er vernachlässigte rücksichtslos seine Pflichten als Kriminaloberkommissar und beschäftigte sich ausschließlich mit seinem zu renovierenden Haus. Kramer ließ, weil er ausschließlich seine Heimwerkeraufgaben im Blick hatte, nicht nur seine Familie, sondern auch seine beiden Kollegen hilflos zurück. Seydlitz litt unter diesen Veränderungen besonders stark, da er sich – jetzt ranghöchster Kriminalbeamter der Mordkommission – völlig unvorbereitet in der Führungsrolle und der Verantwortung für die Ermittlungsarbeit wiederfand. Er selbst war sich gar nicht bewusst, wie sehr er körperlich und mental angeschlagen war. Jetzt reagierte er in der einen oder anderen Situation verletzlich und sensibel. Als er am Donnerstag, dem 10. Juni, morgens auf das Titelblatt der *Berliner Morgenpost* blickte und eine Meldung las, ließen ihn seine gegenwärtige Gemütsverfassung, seine traurigen Erinnerungen an ein vier Jahre zurückliegendes Ereignis, plötzlich wie ein Häufchen Elend auf dem Stuhl zusammensinken. Rosi betrat nur wenige Minuten später das Büro und erschrak beim Anblick ihres Freundes. Sie lief sofort zu ihm und legte ihren Arm um ihn:

„Manni, was ist los? Ist etwas passiert?"

Seydlitz schob wortlos die Zeitung auf ihren Schreibtisch. Sie setzte sich und überflog die Meldungen. Bei einer stockte sie kurz:

„Gegen 1.00 Uhr gelingt es einem 22jährigen Mann in der Nähe der Oberbaumbrücke, die Spree zu durchschwimmen und das West-Berliner Ufer unbeschadet zu erreichen."

„Geht es um die geglückte Flucht an der Oberbaumbrücke?"

Seydlitz schluckte und nickte stumm, hob hilflos, vielleicht auch ein wenig entschuldigend die Schultern.

„Rosi, du verstehst das sicher nicht. Eigentlich sollte man sich doch bei einer solchen Nachricht freuen – es hat mal wieder einer geschafft – super. Bei mir jedoch war es, als ich diese Meldung las, schlagartig völlig anders. Plötzlich waren jene Tage und Stunden im September 1961 wieder da. Die Zeit der Angst und des Wartens nach dem 13. August, weil Koslowski und Maggi plötzlich in Ost-Berlin festsaßen und wir keinen Kontakt zu ihnen hatten. Und dann ... jener Tag, als der Anruf kam. In Staaken hatte es einen Fluchtversuch gegeben, bei dem einer der Flüchtenden – ein Mann – erschossen worden sei. Kurze

Zeit später hatten wir Gewissheit … dieser Mann war Kossi … mein Freund … unser Freund."

Jetzt liefen ihm Tränen übers Gesicht.

„Heute ist diese Scheißgrenze nahezu perfekt gesichert. Damals, im September, gab es in Staaken nur einen blöden Stacheldraht. Ich weiß, das klingt für dich total absurd. In dem Augenblick, als ich die Meldung las, empfand ich es plötzlich als total ungerecht, dass mein Freund an dieser Grenze starb – nur weil er an einem beschissenen Stacheldraht hängengeblieben war."

Er hielt kurz inne und murmelte dann leise:

„Tut mir leid – ich freu mich doch für den Mann … dass er es über die Grenze geschafft hat."

Rosi ging zu ihrem Freund hinüber, auch der war aufgestanden und beide nahmen einander fest in den Arm.

Während man sich in der Keithstraße in den Armen lag, war die Stimmung im nur zwanzig Kilometer entfernten Frohnau deutlich angespannter. Als Maggi am Donnerstagmorgen nach unten in die Küche kam, saß ihr Ehemann – zugleich Leiter der Berliner Mordkommission – unrasiert und in seinen abgeranzten Arbeitsklamotten am Küchentisch und schlürfte gemütlich seinen Morgenkaffee. Vor ihm lagen ausgebreitet einige Blätter, die er eingehend betrachtete.

„Guten Morgen Karl, kannst du mir mal erklären, warum du hier um diese Zeit und in diesem Aufzug herumsitzt? Ich dachte, du bist mit deinem Wagen Richtung Keithstraße unterwegs!"

„Schatz, ich weiß wirklich nicht, warum du dich so ereiferst – hab ich doch bereits alles wunderbar eingefädelt", dabei lehnte er sich zufrieden lächelnd auf seinem Stuhl zurück.

„Soll das etwa heißen, dass für dich bereits Anfang der Woche schon klar war, du würdest auch noch an den folgenden Tagen *blaumachen*? Meine angebliche Erkrankung … ph – alles nur erlogen!"

„Nun mach mal halblang Maggi. Was heißt denn hier *blaumachen*? Ich hab an den Feiertagen im Haus gearbeitet, hab dafür gesorgt, dass die neuen Terrassenfenster eingebaut worden sind, und habe – gemeinsam mit dir – unsere neuen Möbel aufgestellt und, und, und. Jetzt kommt gleich eine Firma, die wird Steinplatten für unsere neue Terrasse …"

Maggi unterbrach mit einer resoluten Handbewegung seinen Redefluss:

„Diese blöde Terrasse ist mir völlig schnurz. Wenn du nicht in zehn Minuten rasiert und normal gekleidet in deinem Auto sitzt, dann …"

„Was *dann*?", fuhr er verärgert dazwischen.

Maggi machte wortlos kehrt und lief die Treppe nach oben. Es waren keine zehn Minuten vergangen, da kam sie wieder herunter – diesmal nicht alleine. Sie hatte Paula auf dem Arm und eine große Tasche in der Hand.

„Wenn du verreisen willst, mein Engel, dann hättest du vorher ein Taxi bestellen sollen", kommentierte Kramer lakonisch ihren Auftritt. Er hatte ganz offensichtlich noch immer nicht den Ernst der Lage erkannt.

„Ich werde mich mit dir in Gegenwart unserer Tochter", dabei drückte sie Paula noch fester an ihre Brust, „nicht streiten Karl. Ich brauche auch kein Taxi – bis zu Mutter Seydlitz komme ich sehr gut zu Fuß. Karins Wohnung steht leer. Wir bleiben dort so lange, bis du dich wieder normal und verantwortungsbewusst verhältst."

Sie öffnete die *neue* Terrassentür und lief quer über den Rasen hinüber zum Nachbargrundstück. Kramer blickte ihr ungläubig hinterher. Er schlug mit der flachen Hand so erregt auf die Tischplatte, dass seine Kaffeetasse zu hüpfen begann.

„Undankbare Weiber – zicht nur rum, während ich mir hier den Arsch aufreiße – verdammte Scheiße", murmelte er wütend vor sich hin.

Als am Freitagmorgen Seydlitz und Maggi gemeinsam die Mordkommission betraten, war Rosi völlig irritiert. Zum einen freute sie sich, ihre Freundin hier in vertrauter Umgebung wiederzusehen, andererseits wusste sie, dass Maggis Rückkehr erst für den kommenden Monat geplant war. Angesichts der traurigen Verfassung ihrer Freundin war ihr jedoch schnell klar, dass es andere Gründe für diesen ungewöhnlichen *Dienstantritt* geben musste. Etwas lahm fiel dann auch ihre Begrüßung aus:

„Guten Morgen Maggi, schön dich wieder hier zu sehen",

„Hallo Rosi – *schön* ist zur Zeit anders", damit ließ sie sich müde auf einen der freien Stühle fallen. Während Seydlitz in der kleinen Kaffeeküche verschwand, berichtete Maggi über den Streit mit Kramer, seine Heimwerkermacke und seinen erschreckenden Realitätsverlust. Als sie erzählte, dass sie ausgezogen und in Karins leer stehende Wohnung bei Familie Seydlitz eingezogen sei, erklärte dies auch die gemeinsame Ankunft mit Manni.

„Rosi, es ist – vielleicht liegt's ja auch an mir – zurzeit nicht möglich, mit Kalle ein vernünftiges Gespräch zu führen. Seit diesem Hauskauf hat sich sein Verhalten – anfangs war es sogar noch witzig und amüsant – so stark verändert, dass ich mich tatsächlich manchmal frage, wen ich da überhaupt geheiratet habe. Er sieht nur noch dieses blöde Haus, hin und wieder auch mal Paula … aber mich … mich sieht der schon seit Wochen nicht mehr. Der hat nur noch irgendwelche bescheuerten Zeichnungen vor der Nase, telefoniert mit Gott und der Welt. Ich habe keine Ahnung, was das alles bisher gekostet hat – er redet einfach nicht mit mir darüber. Ich weiß ganz genau, was ich für unsere neuen Möbel bezahlt habe, aber was Kalles Aktionen: unser neues Bad, die riesige Fensterfront zum Garten und jetzt diese Terrassen-Nummer kosten werden … keinen Schimmer", sie zuckte ratlos mit den Schultern. Seydlitz hatte inzwischen allen eine Tasse mit frischem Kaffee hingestellt und sich zu den beiden Frauen gesetzt.

„Rosi, mir geht's genau wie Maggi. Was meinst du, wie oft ich in den letzten Wochen, besonders dann, wenn ich Kalle hin und wieder geholfen habe, mit ihm reden wollte. Jedes Gespräch mit ihm dreht sich ausschließlich um seine Bauvorhaben. Der hat kein einziges Mal nach unserem Fall gefragt, sich nicht ein Mal danach erkundigt, wie es dir und mir hier geht … null, nada, nichts."

Jeder von ihnen hing traurig und frustriert seinen eigenen Gedanken nach, stocherte lustlos mit dem Löffel in der Kaffeetasse herum. So bemerkten sie auch nicht, dass die Tür zur Mordkommission geöffnet wurde und Frau Dr. Fischer den Raum betrat.

„Wenn ich nicht wüsste, dass es hier Zeiten gab, in denen die Stimmung deutlich besser war, müsste ich mir wohl ernsthaft Gedanken machen. Hallo Maggi, schön Sie zu sehen."

Die drei blickten ihre Chefin etwas überrascht an. Diese ging mit einem leichten Kopfschütteln in die Kaffeeküche und kam wenig später mit einer Tasse Kaffee zurück.

„Kommt mal alle mit, wir setzen uns da drüben an euren Besprechungstisch."

Alle folgten ihr wortlos in den Nebenraum. Sie zog eine Packung Zigaretten aus ihrer Tasche.

„Früher – so erzählt man sich hier im Haus – hat der Oberkommissar bei solchen Anlässen immer ne Lage Zigaretten geschmissen … hat jemand Lust?"

Sie hielt die Packung demonstrativ in die Luft und legte sie anschließend mitten auf den Tisch. Maggi griff als Erste zu, Rosi und Seydlitz schlossen sich an.

„Manni, ich weiß inzwischen von Dr. Schneider, dass ihr beide in unserem Fall eine neue, aus meiner Sicht sehr überzeugende Spur verfolgt – richtig?"

Rosi und Seydlitz tauschten schnell einen Blick.

„Das ist richtig, Frau Doktor. Nach allem, was wir beide in den letzten Tagen herausgefunden haben, spricht vieles dafür, dass der Täter nicht aus dem Kreis ihrer Kunden stammt, sondern unter jenen Liebhabern zu finden ist, die sich Sibylle Wagner bei ihren Barbesuchen spontan ausgewählt und mit denen sie sich – das sagt jedenfalls ihre Freundin – ziemlich hemmungslos vergnügt hat."

„Es hat sich außerdem gezeigt", ergänzte Rosi seinen Bericht, „dass sich Frau Wagner sehr oft zum *Hotel Hilton* hat fahren lassen. Ob sie dort nur verabredet war oder vielleicht übernachtet hat und welche Rolle das Hotel darüber hinaus gespielt haben könnte – das alles wissen wir noch nicht."

„Verdammt, Frau Dr. Fischer, eines dürfte doch wohl klar sein, wenn nicht der liebe Gott oder Väterchen Zufall helfen, Rosi und Manni können es alleine nicht schaffen. Die beiden laufen doch jetzt schon auf der letzten Rille. Sollte einer von denen auch noch zusammenklappen … dann war's das … dann ist hier Feierabend", Maggi blickte sich traurig in der Runde um.

„Wo ist er jetzt? Was macht er gerade?", Frau Dr. Fischer sah Maggi fragend an.

„Verlegt zuhause seine neuen Terrassenplatten", antwortete sie ironisch.

„Gut", die Staatsanwältin leerte ihre Tasse und drückte die Zigarette im Aschenbecher aus.

„Wie ist die genaue Adresse?"

Die drei schauten sie verblüfft an. Seydlitz reagierte zuerst, kritzelte die Anschrift auf einen kleinen Zettel und schob ihn über den Tisch.

„Ach – die Gegend kenne ich, ein Kollege meines Mannes wohnt da in der Nähe."

Sie warf noch einmal einen Blick auf die Adresse, dann stand sie entschlossen auf. An der Tür drehte sie sich noch einmal kurz um und lächelte:

„Sollte jemand nach mir fragen – ich hab einen Außentermin."

Als sie draußen war, meinte Rosi ganz leise:

„Denkt ihr jetzt das Gleiche wie ich?"

Die beiden anderen nickten etwas unsicher. Was sich in den folgenden Stunden in Frohnau ereignete, wie das Gespräch zwischen Frau Dr. Fischer und dem Oberkommissar verlaufen und wie es ihr offensichtlich gelungen war, Kramer zurück in die Spur zu führen, blieb bis auf weiteres ein Geheimnis der beiden unmittelbar Beteiligten. Tatsächlich nahm der Leiter der Mordkommission am darauffolgenden Montagmorgen völlig unerwartet seinen Dienst wieder auf. Er gab keine Erklärungen ab, Rosi und Seydlitz stellten keine Fragen. Alle drei gaben sich die größte Mühe, mit der veränderten Situation ruhig, sachlich und professionell umzugehen. Kramer schien zu ahnen, was er mit seinem Verhalten während der letzten Wochen angerichtet hatte. Vertrauen schaffen – das braucht Zeit, es leichtfertig in Frage zu stellen – das kann sehr schnell gehen. Richtig ist aber auch, dass Liebe und wahre Freundschaft solche Belastungen nicht nur aushalten, sondern wieder in die Normalität und die ursprüngliche Vertrautheit zurückführen können.

Alles auf Anfang

Genau eine Woche nach Kramers überraschender Rückkehr – also früher als geplant – nahm auch Maggi ihre Arbeit in der MK 1 wieder auf. Ungewöhnlich war, dass die routinemäßigen Besuche von Frau Dr. Fischer in diesen ersten beiden Wochen ausblieben. War der Oberkommissar eher zurückhaltend freundlich begrüßt worden, löste Maggis Neustart große Begeisterung bei Rosi und Seydlitz aus. Dennoch – die Situation war sehr speziell, eine gewisse Spannung deutlich zu spüren. Während der Oberkommissar die Akten las, um sich auf den neuesten Ermittlungsstand zu bringen, fügte sich Maggi so nahtlos in das Ermittlerteam, als sei sie nicht einen Tag fort gewesen. Sie nahm sofort Kontakt zur Taxi-Zentrale auf. Der Plan war, auf diesem Weg Taxifahrer zu ermitteln, die Sibylle Wagner in ihrer letzten Lebensphase zu Hause abgeholt und zum *Hilton* gefahren hatten. Die Ermittler verbanden damit die Hoffnung, dass vielleicht einem der Fahrer etwas aufgefallen sein könnte, was ihnen weiterhelfen würde. Als Seydlitz vorschlug, das Personal im *Hilton* etwas näher unter die Lupe zu nehmen, bot Kramer an, sich an dieser Aktion zu beteiligen. Während Maggi sich wie selbstverständlich in das Tagesgeschäft der Mordkommission einfügte, fremdelte der Oberkommissar in seiner neuen, alten Rolle noch ein wenig. Die Recherche im Hotel würde sein erster operativer Einsatz nach langer Zeit sein. Sie fuhren zu dritt in die Budapester Straße. Rosi sollte die Mitarbeiter im Empfangsbereich, Seydlitz die Gruppe für den Service übernehmen. Kramer fuhr in die oberste Etage, wo im sogenannten Dachgarten die bekannte Bar des *Hilton* lag. Ihnen war klar, dass ein Besuch nicht ausreichen würde, denn im Hotel wurde in mehreren Schichten gearbeitet. Am Donnerstagmorgen saßen sie wieder alle gemeinsam an ihrem Besprechungstisch, um die Ergebnisse der letzten Tage auszuwerten. Maggi war es tatsächlich gelungen mit drei Taxifahrern zu sprechen, die Sibylle Wagner gefahren hatten. Alle Touren seien danach völlig unspektakulär verlaufen. Vor dem *Hilton* hatte Frau Wagner stets den Wagen verlassen und war auf dem direkten Weg in das Hotel hineingegangen. Niemand hatte vor dem Hotel auf sie gewartet, keiner sie hinein begleitet. Die Ergebnisse ihrer drei Kollegen sahen nicht besser aus. Es gab eine Reihe von Mitarbeitern, die sich an die attraktive Frau erinnerten, als sie das Foto sahen. Im Erdgeschoss – das bestätigten alle Befragten – habe sie stets den Eindruck vermittelt, als sei sie verabredet, würde auf jemanden warten. Dann sei sie plötzlich verschwunden, ohne dass einer der Beschäftigten mitbekommen habe, ob sie allein oder in Begleitung fortgegangen sei. Ein Mitarbeiter von der Rezeption berichtete, dass sie ihn eines Abends, sie hatte anscheinend vergeblich gewartet, unvermittelt angesprochen und ihn gebeten habe, noch einmal jenes Zimmer aufsuchen zu dürfen, in dem sie sich zuvor mit ihrer *Verabredung* aufgehalten hatte. *„Ich habe mein Zigarettenetui im Zimmer liegen lassen"*, so die Begründung. Er hätte sie dann zum Hotelzimmer begleitet, sie hineingelassen und selbst vor der Tür gewartet. Sie sei schnell wieder hinausgekommen und beide seien gemeinsam im Lift nach unten gefahren. Dort angekommen, habe sie sich bedankt und sofort das Haus verlassen. Auch der Oberkommissar war bei seinen Betragungen in der Bar keinen Schritt vorangekommen. Ja, man kannte sie – nein, niemand konnte sich an ihre männlichen Begleiter erinnern.

„Das ist wirklich wie verhext", der Oberkommissar stand jetzt vor der großen Pinntafel, die seitlich an der Wand hing. Dort hatte er, als er die Ermittlungsunterlagen studierte – wie bei ihren früheren Fällen –, eine Art Organigramm aus den Fotos der Opfer, den Fundorten der Leichen und allen anderen Hinweisen zum aktuellen Fall erstellt. Im Zentrum die Fotos der drei Ermordeten und das des roten Citroen DS 19.

„Ich denke, wir sind uns alle darin einig, dass die Verbindung zwischen diesen Bildern unser Täter sein muss. Die Lösung finden wir meiner Meinung nach in dem bis heute verschwundenen Auto. Sollten wir den Wagen finden, werden wir auch wissen, wo wir den Mörder dieser drei Menschen zu suchen haben."

„Alles richtig Karl", bestätigte Maggi, „aber nicht weniger wichtig – und darum sollten wir uns genau so intensiv kümmern, ist doch die Frage: Wie war es dem Täter möglich, so zeitnah an jene Informationen zu gelangen, dass er die Zeugen *Beutel* und Brose so schnell ausschalten konnte. Unser mitteilsamer Kollege aus der Kriminaltechnik und die Artikel der *Bild-Zeitung* waren es ganz bestimmt nicht – er muss noch eine andere Quelle gehabt haben – und – genau diese gilt es zu finden."

„Karl, ich teile Maggis Ansicht. Ob und wann das Auto wieder auftauchen wird – darauf haben wir keinen Einfluss. Wer jedoch dieser Informant ist, das ist genau unser Ding. Hier sollten wir ansetzen, das Auto kommt irgendwann … vielleicht aber auch nicht", schloss sich Rosi ihrer Freundin an.

„Ich muss den Frauen Recht geben, Kalle, der Informant muss unser Ziel sein. Der Wagen ist seit Wochen verschwunden, ich will mir gar nicht vorstellen, in welchem Zustand der heute ist … unsere Techniker werden sich vor Begeisterung kaum einkriegen", stimmte auch Seydlitz seinen beiden Kolleginnen zu.

„Okay – ihr habt recht – aber nicht deshalb, weil ihr zu dritt seid, sondern weil ihr mich überzeugt habt. Wir müssen seine Nachrichtenquelle finden. Maggi, jetzt mal ehrlich – so wie ich dich kenne – du hast doch schon ne Idee, oder?" Kramer sah seine Frau lächelnd an.

„Karl, du weißt ganz genau, dass ich über ungelegte Eier nicht rede, – aber es stimmt … eine Idee habe ich schon."

Alle kannten Maggi nur zu gut und wussten, dass es wenig Sinn machte, sie weiter zu bedrängen.

Die Suche nach dem Informanten

Am Freitagfrüh – seit ihrem Einzug bei Familie Seydlitz nahm Manni sie morgens auf seiner *Vespa 125* mit – ging Maggi sofort in die Fahrbereitschaft und ließ sich einen Dienstwagen geben. Sie fuhr zum Viktoria-Luise-Platz und parkte nur wenige Meter von der *Bäckerei Möller* entfernt. Zu dieser Zeit – es war kurz vor 8 Uhr – herrschte in dem Geschäft reger Betrieb. Für das Frühstück zuhause oder als Pausenbrot am Arbeitsplatz, alle wollten frische *Schrippen*. Die beiden Verkäuferinnen hatten im wahrsten Sinne des Wortes alle *Hände voll zu tun*. Maggi stieg aus, lehnte sich an das Auto und zündete sich eine Zigarette an.

Ihre *sogenannte Idee* bestand darin, mit jener Verkäuferin zu sprechen, die an besagtem Montagmorgen hinter der Ladentheke gestanden hatte, als sich Gerda Brose über die Belästigung eines Autofahrers am Vorabend beklagte. Die letzte Aussage von Agnes Arendt über diese Szene in der Bäckerei gab Anlass zu der Vermutung, dass auch noch andere Kunden den Bericht der Brose mitbekommen haben mussten. Inzwischen war der Ansturm auf frische Backware offensichtlich beendet, denn soeben verließ die aktuell letzte Kundin das Geschäft. Maggi nutzte sofort diese Verkaufsflaute und betrat die Bäckerei.

„Guten Morgen meine Damen, ich heiße Margarete Kramer und ich arbeite bei der Berliner Mordkommission."

Während der Begrüßung zog sie ihren Dienstausweis aus der Tasche und legte ihn auf die Ladentheke. Die beiden Verkäuferinnen zuckten bei dieser Vorstellung etwas verunsichert zusammen und blickten vorsichtig auf das vor ihnen liegende Ausweispapier.

„Keine Sorge meine Damen", Maggi lächelte die Frauen entspannt an, „hier bei Ihnen ist alles in bester Ordnung."

Hinter dem Ladentisch entspannte sich die Lage deutlich.

„Der Grund, warum ich heute Morgen hierher zu Ihnen gekommen bin? – Ich hoffe, Sie können mir vielleicht helfen. Wer von Ihnen hat hier an jenem Montagmorgen bedient, als sich die inzwischen ermordete Frau Brose über die nächtliche Störung durch einen Autofahrer beklagte?"

„Das war ich – ich hab an diesem Morgen hier hinter dem Ladentisch gestanden."

Eine kräftige Frau, Anfang vierzig, das freundliche Gesicht von Sommersprossen übersät, ihre roten Haare hatte sie mit ein paar Kämmen hochgesteckt, trat nach vorne. Sie hieß Marlies Matschke und arbeitete seit zwanzig Jahren für die Möllers. Sie war es auch, die den Streifenpolizisten Schulze auf Frau Brose aufmerksam gemacht hatte.

„Frau Matschke können Sie sich vielleicht noch daran erinnern, welche anderen Kunden die Beschwerde von Frau Brose mit angehört haben? Sie haben ja nahezu nur Stammkundschaft – oder?"

„Ja das stimmt. Klar – kommt auch schon mal der eine oder andere Laufkunde rein, aber sonst – fast alles nur Stammkunden. Tja – ich denke – zu der Zeit, als Gerda, also Frau Brose, hier war, standen noch zwei andere Damen im Laden. Ach ja, dann kam noch eine dritte dazu, war, glaube ich, Frau Arendt ... genau die Arendt war das. Die beiden anderen", Frau Matschke dachte angestrengt nach. „Also eine war Erna – Erna Bauschke ... und die andere ... jenau, dett war die Frau Ludwig. Soweit ich weiß, ist der Mann von ihr auch bei der Polizei, arbeitet wie Wachtmeister Schulze auf'm Revier – aber nicht hier bei uns. Ick glaub, der sitzt im Hansa-Viertel ... oder so."

„Alle Achtung, Frau Matschke, das nenn' ich mal Erinnerungsvermögen – Klasse."

„Wenn Se hier so lange wie ich hinterm Ladentisch stehen – irgendwann kennen Se Ihre Leute – kommt ganz automatisch", entgegnete sie bescheiden.

Als Maggi wieder in den Wagen stieg, war sie davon überzeugt, dass ihre *Idee*, wie der Oberkommissar ihr Vorhaben bezeichnet hatte, sie in die richtige Richtung führte. Bei dem Namen Ludwig und dem Hinweis auf die berufliche Tätigkeit des Mannes schrillten plötzlich alle Alarmglocken. Ihre drei Kollegen hatten das Aussageprotokoll von Agnes Arendt auch gelesen, dennoch war ihnen diese Möglichkeit nicht in den Sinn gekommen. Als sie kurz nach 10 Uhr die Mordkommission betrat, nahm jedoch kaum einer Notiz von ihr. Der Anruf eines Forstbeamten in den Vormittagsstunden schien alle aufgescheucht zu haben. Der Beamte hatte bei einem routinemäßigen Waldrundgang einen roten Citroen auf einem sehr selten benutzten Seitenweg entdeckt, der von der Havelchaussee tief in den Grunewald führt. Klaus

Martens von der Kriminaltechnik, ganz offensichtlich frei von jedem Zweifel, rief sofort Kramer an und berichtete ihm, dass *der Wagen* endlich gefunden worden sei. Der Oberkommissar ließ sofort alles stehen und liegen und fuhr gemeinsam mit Seydlitz in Richtung Wannsee. Diesmal ging es über die Heerstraße. Am Postfenn bogen sie links ab und folgten dem Straßenverlauf, bis sie auf die Havelchaussee stießen. Dort bogen sie erneut links ab in Richtung Schildhorn. Sie waren nur wenige Minuten gefahren, als sie schon die Einsatzfahrtzeuge rechts und links der Straße stehen sahen. Nachdem Kramer seinen R 4 noch so gerade in eine Lücke zwischen zwei Polizeiwagen quetschen konnte, stiegen sie aus und liefen hinüber zu dem abgesperrten Forstweg. Immer tiefer, abseits der üblichen Spazier- und Wanderpfade drangen sie weiter in den Grunewald vor. Mannis Spruch vor ein paar Tagen, die Kriminaltechniker würden sich – sofern das Auto jemals gefunden würde – „vor Begeisterung kaum einkriegen", traf die Realität nur andeutungsweise. Die vielen kleinen possierlichen Tierchen wie Käfer, Ameisen und zahlreiche Piepmätze waren das eher kleinere Problem. Vieles deutete darauf hin, dass sich eine größere Zahl von Wildschweinen an dem Wagen ausgetobt hatte. Der Begriff *Spurenlage*, selbst eine vorsichtige Frage, die Ähnliches andeuten würde, hätte unter den anwesenden Experten entweder unbändige Heiterkeit oder unkalkulierbare Aggressivität ausgelöst. Martens kam den beiden entgegen und schüttelte fassungslos den Kopf.

„Es ist tatsächlich der gesuchte Citroen, aber ihr könnt trotzdem gleich wieder umdrehen und nachhause fahren. Hier gibt es im Moment rein gar nichts zu sehen. Nach so langer Zeit hier Spuren im Wald finden – kannste vergessen. Wir lassen das Fahrzeug abtransportieren. Bei uns in der Halle werden wir dann sehen, ob noch etwas zu retten ist."

Der Oberkommissar wirkte ziemlich enttäuscht, hatte er doch so viele Hoffnungen in das Auffinden des Citroens gesetzt. Als sie in Keithstraße zurückkehrten, waren sie erstaunt, dass die Stimmungslage von Rosi und Maggi, verglichen mit ihrer eigenen, auffallend gut war.

„Ihr seid nur deshalb so gut gelaunt, weil ihr das Elend im Grunewald nicht mit ansehen musstet", maulte Seydlitz.

Kramer wollte erst einmal abschalten und zog sich samt Pfeife in sein Büro zurück.

„Sagt mal, wollt ihr denn gar nicht wissen, wo ich heute Morgen war? Nur weil das mit dem Auto nicht so gelaufen ist, wie ihr beide euch das vorgestellt habt, geht doch unsere Arbeit trotzdem weiter."

„Maggi, seit heute Vormittag läuft hier ne Riesenwelle durchs Haus, nur weil der bekloppte Wagen wieder aufgetaucht ist. Ich hatte gleich gewarnt. Wenn ein Auto so lange verschwunden war, dann lässt ein solches Wrack die Herzen der Kriminaltechniker ganz bestimmt nicht höher schlagen."

„Na los, wir setzen uns an den Besprechungstisch, dann muss ich meine Geschichte nur ein Mal erzählen."

Maggi stand auf und ging hinüber in Kramers Büro. Als sich alle versammelt hatten, berichtete sie von ihrem morgendlichen Besuch der Bäckerei Möller am Viktoria-Luise-Platz. Sie habe in der Aussage von Agnes Arendt, in der diese eine Unterhaltung in der Bäckerei Möller zwischen Gerda Brose und anderen Kunden beschreibt, eine Chance gesehen, der Informationsquelle des Mörders auf die Spur zu kommen. Ihre Hoffnungen seien nicht enttäuscht worden. Frau Matschke, eine der Verkäuferinnen, konnte sich ungewöhnlich gut erinnern. Es sei dieser tatsächlich gelungen, den Kreis jener Kunden zu beschreiben, in deren Gegenwart Gerda Brose sich über den Autofahrer beklagte, weil jener sie am Vorabend mit dem laufenden Motor seines Wagens gestört hatte. Schaute man sich die Namen dieser Kunden genauer an, fiel einer sofort auf. Claudia Ludwig, Ehefrau des Polizeioberwachtmeisters Heinz Ludwig, seit Jahren in der Wache am Hansaplatz stationiert. Maggi war überzeugt, dass er der Mann war, der dem Täter – bewusst oder unbewusst – Hinweise auf die Zeugen gegeben hatte. Nach der optischen Pleite im Grunewald war Maggis Bericht nicht nur ein echter Stimmungsaufheller, sondern kam einer kleinen Sensation gleich.

„Ich habe doch geahnt, dass dir – im Gegensatz zu uns – mal wieder etwas Wichtiges aufgefallen war", der Oberkommissar lächelte anerkennend.

„Manni, warum ist uns das nicht aufgefallen? Wir haben mit der Arendt gesprochen und ich hab auch noch dieses blöde Protokoll getippt", Rosi schüttelte enttäuscht den Kopf.

„Rosi, eure Situation war damals nicht leicht. Ihr seid zu zweit gewesen, das war alles zu viel für euch – dann passieren manchmal solche Dinge – nicht schön … aber nicht zuletzt auch wieder menschlich", ihr Chef nickte ihnen verständnisvoll und aufmunternd zu.

„Ich denke, wir warten jetzt erst einmal ab, was Martens mit seiner Truppe noch liefern kann. Eines dürfte allen klar sein: ein Frontalangriff, also eine Verhaftung – das wird nur dann sinnvoll sein, wenn wir mehr als nur ein paar schwache Indizien und n Sack voller Vermutungen in der Hand haben. Ich denke, so planvoll und zugleich radikal wie der Mörder bisher reagiert hat – zwei tote Zeugen sollten reichen. Wir müssen sein Umfeld ganz vorsichtig ausleuchten, keinen Verdacht erregen. Das ist in unserem Fall so, als würden wir uns in einem Minenfeld bewegen. Ein falscher Schritt und wir stehen unter Umständen vor der nächsten Leiche – wie bei unseren beiden toten Zeugen. Keine unterschriebenen Aussageprotokolle, keine Zeugen vor Gericht in einem künftigen Prozess. In einem späteren Strafverfahren verbessert das nicht unbedingt unsere Position. Maggi und Rosi, ihr kümmert euch bitte um die Ehefrau. Mir ist völlig egal, mit wem ihr sprecht; wichtig ist nur, dass es euch gelingt, so viel wie möglich über das private Umfeld des Ehepaares zu erfahren. Wer sind ihre Freunde, welche Hobbys haben sie etc. Manni und ich werden uns um die Polizeiwache kümmern. Wir konzentrieren uns nur auf den Revierleiter. Am Ende des Tages brauchen wir ein schriftliches Geständnis von dem Ludwig, in dem er sich zu seiner Rolle als Nachrichtenquelle des Mörders bekennt."

Sie waren soeben im Begriff ihre Runde aufzulösen, als Frau Dr. Fischer nach einer gefühlten Ewigkeit die Mordkommission betrat. Sie war locker und freundlich wie immer, nichts deutete darauf hin, dass es ihr in einer sehr schwierigen Phase gelungen war, den Leiter dieser Mordkommission wieder zurück in die Realität seiner eigentlichen Kernaufgabe zu lenken. Das Verhältnis zwischen Kramer und der Staatsanwältin wirkte auch auf Außenstehende völlig unbelastet.

„Wie ich sehe, seid Ihr gerade im Aufbruch!? Aber für ne Tasse Kaffee habt ihr noch Zeit oder?"

„Frau Doktor, für Sie haben wir doch immer Zeit", bemühte sich Seydlitz die ungastliche Unruhe ihres Aufbruchs zu entschärfen.

„Netter Versuch Manni. Wenn ich hier unangemeldet reinplatze, dann muss ich mit solchen Situationen rechnen. Ich will euch auch nicht lange aufhalten, aber ich wollte euch doch die frohe Botschaft selbst verkünden."

„Mit 'n bisschen Glitzer im Haar und dann noch dieser Spruch … man erwischt sich dabei nach Ihren beiden Engelsflügeln zu suchen. Ist denn bald Weihnachten, Frau Doktor."

„Rosi, nicht wirklich. Wenn Sie die Karre vor zwei Tagen im Grunewald gesehen hätten, dann wüssten Sie, wie weit wir in der Tat von *Oh du Fröhliche* entfernt sind. Martens und seine Jungs haben akribisch gearbeitet und tatsächlich etwas gefunden. Die Techniker gehen davon aus, dass man mit den herausgerissenen Kabeln den Eindruck vermitteln wollte, der Wagen wäre zum Starten kurzgeschlossen worden. An keinem der dafür erforderlichen Kabelenden seien jene typischen Rückstände nachgewiesen worden, die bei einem solchen Zündvorgang entstehen. In dem Fußraum zwischen Beifahrersitz und Rückbank lagen außerdem ein paar Ohrringe. Ich habe sofort die Arendt hierher bringen lassen und die Frau hat bestätigt, dass der Ohrschmuck ihrer Freundin Sibylle Wagner gehörte. Das beweist natürlich nur, das Auto wurde von jemandem gefahren, der den Zündschlüssel besaß, und dass die Frau in dem Auto gesessen hat. Es sagt uns aber nicht, wann das gewesen sein könnte."

„War noch Benzin im Tank? Haben die Techniker den Tacho überprüft?"

Der Oberkommissar reagierte ungeduldig.

„Kramer – ich habe telefoniert – ich habe nicht selbst an der Schrottlaube herumgeschraubt. Wenn Sie also noch die eine oder andere erhellende Eingebung haben … nur zu … Sie kennen sich doch hier im Hause aus – hat sich nichts inzwischen verändert!?", antwortete sie trocken.

„Sie entschuldigen mich bitte", der Oberkommissar hatte entweder diese kleine subtile Anspielung auf seine *Auszeit* überhört oder er hielt es für klüger, nicht darauf zu reagieren. Er griff nach seiner Jacke, nickte in die Runde und rannte aus dem Büro.

„Ich hoffe nicht, dass ich nach meiner nächsten Frage hier ganz alleine sitzen bleibe", die Staatsanwältin blickte die drei anderen Ermittler amüsiert an.

„Frau Doktor, egal wie Ihre Frage auch ausfällt, hier läuft keiner weg", Seydlitz machte eine einladende Handbewegung.

„Zum einen, ich würde ich mich sehr über einen Kaffee freuen und zum anderen würde ich von Ihnen, Maggi, gerne erfahren, wo Sie heute Morgen hingefahren sind. Nur damit hier kein falscher Eindruck entsteht – ich pflege nicht morgens am Fenster zu stehen und das Treiben meiner Mitarbeiter zu beobachten. Ich fuhr gerade auf den Hof, als Sie mir in einem Dienstwagen entgegenkamen", erklärte sie lächelnd dem im ersten Moment etwas verblüfft dreinschauenden Trio.

„Unser Chef setzt auf das Auto, Sie haben ja selbst gesehen, wie er gerade reagiert hat. Wir hingegen wollen alle Energie darauf verwenden, den Informanten des Mörders zu finden. Wenn wir ihn kennen, wissen wir auch, wer der Täter ist", erklärte Rosi.

Maggi wiederholte noch einmal ihren Tagesbericht, den sie vor wenigen Minuten ihren Kollegen gegeben hatte. Ihre Chefin hörte sehr aufmerksam zu, schien ganz bewusst auf Zwischenfragen zu verzichten.

„Ich gebe zu, ich bin ein wenig voreingenommen, weil ich gestern diese Ruine von Auto dort im Grunewald gesehen habe", sie schüttelte lachend den Kopf, als sie wieder daran dachte – „trotzdem – mir gefällt Ihr Ansatz mit dem Informanten deutlich besser."

Am Montag, dem 21. Juni war Sommeranfang. Über der Stadt wölbte sich strahlend blauer Himmel und das Thermometer zeigte angenehme 25 Grad. Nach den eher durchwachsenen Pfingstfeiertagen, an denen man den Sonnenstrahlen, wann immer sie sich zeigten – und das war selten genug – spontan hinterherhetzte, wurde bei dieser Wetterlage schlagartig alles *auf Sommer gedreht.* Für den männlichen Teil der Bevölkerung bot das zarte Geschlecht nun bei diesen Temperaturen sehr viel Schönes. Die Männer – nicht selten an Überschätzung leidend – lieferten hingegen mit ihrem über Jahrtausende gewachsenen, unerschütterlichen Selbstbewusstsein im Straßenbild eher die lustigen Einlagen. Die Kombination Söckchen und Sandalen, dazu ein paar Hosen, von denen der Träger überzeugt war, echte Bermudas zu tragen, werden durch Oberteile ergänzt, die dem Einfallsreichtum offensichtlich keine Grenze setzen. Das beginnt beim schmucklosen Unterhemd aus Feinripp und endet bei sogenannten grellbunten – beim längeren Betrachten können durchaus Sehstörungen auftreten – Hawaiihemden.

Kramer und Seydlitz waren weder Anhänger dieser Komikertruppe noch gehörten sie zur Fraktion der Modegecks. Dennoch machten sie heute Morgen aus Sicht ihrer Damen *Bella Figura*. Die leichte, helle Leinenhose, dazu ein am Kragen offenes Flanellhemd, ein helles Sommersakko – das war's. Der Oberkommissar veredelte das Ganze mit einem *Medfield Seagras Sommerhut*[15] aus dem Hause Stetson. Der Oberinspektor konnte seinerseits mit einem *Fedora von Borsalino*[16] durchaus Schritt halten. Dieser Hut verdankte seinen Namen und seine Popularität allein Sarah Bernhardts Rolle in Sardous Schauspiel „Fedora". Kramer parkte den R 4 in der *Straße des 17. Juni*. Von dort schlenderten die beiden Ermittler die Klopstockstraße in Richtung Hansaplatz hinauf. Der Oberkommissar hatte den Leiter des Reviers, Polizeihauptwachtmeister Norbert Schuster, zuvor angerufen und ihn gebeten, sich mit ihnen außerhalb seiner Dienststelle, im Restaurant *Giraffe*, zu treffen. Bei der sommerlichen Atmosphäre fiel die Wahl leicht und sie entschieden sich für einen Tisch draußen in dem gemütlichen Biergarten. Ein aufmerksamer Ober hatte schon einmal zwei Tassen Kaffee serviert, Kramer hatte soeben genussvoll eine Pfeife angezündet, als der Revierleiter auf ihren Tisch zusteuerte. Nachdem auch Hauptwachtmeister Schuster seinen Kaffee erhalten hatte, saßen die drei Männer entspannt rauchend in der Sommersonne. Auf den Revierleiter traf das mit der Entspannung nur bedingt zu, denn er empfand die Verabredung mit den beiden Beamten der Berliner Mordkommission eher als ein konspiratives Treffen, dessen Sinn er sich bis zu diesem Moment noch nicht so recht erklären konnte. Der Oberkommissar spürte die leichte Unruhe des Hauptwachtmeisters und kam deshalb – ohne große Umschweife – auf den Grund ihrer Zusammenkunft zu sprechen.

„Herr Schuster, wir arbeiten seit April an der Aufklärung von drei aktuellen Mordfällen in unserer Stadt. Zwei der Opfer – eine junge Frau und ein Obdachloser – wurden hier im Tiergarten umgebracht. Wir sind davon überzeugt, dass auch für die letzte Tat kurz vor Pfingsten derselbe Täter in Betracht kommt. Der Obdachlose und die alte Dame aus der Regensburger Straße waren wichtige Zeugen für uns. Sie haben das Auto, mit dem – nach heutigem Kenntnisstand – der Mörder unseres ersten Opfers in der Tatnacht unterwegs gewesen ist, eindeutig identifiziert. Wenige Stunden bevor diese beiden Zeugen ihre Aussageprotokolle unterschreiben konnten, hat der Mörder zugeschlagen und sie ausgeschaltet. Die Tatsache, dass nur wenige innerhalb der Polizei von unseren Ermittlungen und den beiden Zeugen Kenntnis hatten, weist darauf hin, dass irgendein Angehöriger der Berliner Polizei – bewusst oder unbewusst – diese Informationen weitergegeben hat. Bei unseren Ermittlungen in dem letzten Mordfall sind wir auf eine Verbindung zu Polizeioberwachtmeister Heinz Ludwig gestoßen. Warum, wieso, weshalb – Herr Schuster – das sollte im Augenblick für Sie nicht so entscheidend sein."

Als Kramer den Namen Ludwig erwähnte, reagierte der Revierleiter noch nervöser als zu Beginn des Gesprächs.

„Wir haben uns deshalb mit Ihnen hier getroffen, weil wir in Ihrem Revier keine Unruhe aufkommen lassen wollen. Aber … es gibt nun mal diese Hinweise, die zu Ludwig führen."

Der Oberkommissar machte eine kleine Pause, damit sich Schuster wieder etwas sammeln konnte.

„Wir wollen ganz einfach von Ihnen erfahren, was ist Heinz Ludwig für ein Typ? Hat er Freunde, über die Sie Näheres wissen? Ist er vielleicht Mitglied in irgendeinem Verein? Für uns ist alles wichtig, was wir über Ihren Kollegen erfahren können. Diese Informationen führen vielleicht auch dazu, dass wir den Oberwachtmeister aus dem Kreis der Verdächtigen streichen müssen … deshalb gehen wir ja auch so unauffällig wie möglich mit diesem Thema um."

„Herr Oberkommissar … das … das, was Sie da gerade als Verdacht gegen Oberwachtmeister Ludwig angedeutete haben

– das ist für mich im Moment nicht leicht zu verdauen. Ich kenne den Mann seit fast zehn Jahren. Er ist ein zuverlässiges Mitglied meiner Truppe, hat bisher einwandfreie Arbeit abgeliefert, nie irgendwelchen Scheiß gebaut."

Er leerte seine Tasse und schüttelte nachdenklich den Kopf.

„Okay – Ludwig ist 'n Dampfplauderer, regt sich hin und wieder über interne Maßnahmen auf, weil er glaubt, es besser zu wissen. Aber solche Leute findest du doch in fast jeder Truppe … kleine Klugscheißer – im Prinzip völlig harmlos."

„Herr Schuster", Seydlitz schaltete sich an dieser Stelle ein, „mein Chef hat ja zu Beginn nicht ohne Grund darauf hingewiesen, dass mögliche interne Infos *bewusst*, vielleicht aber auch *ganz unbewusst* weitergegeben wurden. Wir unterstellen dem Oberwachtmeister Ludwig nicht, dass er ein Komplize des Täters ist und in voller Absicht auf die beiden Zeugen aufmerksam gemacht hat. Ist er denn zurzeit im Dienst?"

„Nein, Ludwig ist im Urlaub und tritt erst wieder am 5. Juli bei uns seinen Dienst an. Seine Frau hat – glaube ich jedenfalls – in dieser Woche Geburtstag. Die beiden wollten für ein paar Tage verreisen."

Nachdem der Revierleiter noch einmal versichert hatte, über das Gespräch absolutes Stillschweigen zu bewahren, trennten sich die drei Polizisten.

„Kalle, ich habe den Eindruck, Schuster hat seinen Kollegen ganz gut beschrieben. Genau so könnte es gelaufen sein. Ludwig macht im Freundeskreis beruflich auf *dicke Hose* und gibt – weil er keine Ahnung hat, dass sich unter den Zuhörern ein Mörder befindet – interne Informationen weiter. Sollte der Täter jedoch mitbekommen, dass wir den Ludwig im Visier haben, dann ist der Mann genau so gefährdet wie *Beutel* und die Brose."

„Absolut richtig, Manni. Schlecht ist, dass wir noch immer nicht wissen, vor wem wir ihn dann schützen müssen … und das fühlt sich ehrlich gesagt beschissen an."

Als sie die Räume der MK 1 betraten, saßen Maggi und Rosi nicht an ihren Schreibtischen, sondern erwarteten sie gut gelaunt bereits am Besprechungstisch. Sie hatten, während sich Kramer und Seydlitz in der *Giraffe* mit Schuster trafen, die *Bäckerei Möller* am Viktoria-Luise-Platz aufgesucht. Von der Verkäuferin Marlies Matschke erfuhren sie, dass die Ludwigs den Geburtstag der Ehefrau zum Anlass genommen hatten, um für ein paar Tage in den Frankenwald zu fahren. Obwohl diese Nachricht nur das bestätigte, was der Revierleiter dem Oberkommissar und Manni erzählt hatte, waren die beiden Frauen bei ihren Ermittlungen anscheinend einen wichtigen Schritt weitergekommen.

„Maggi – Rosi, ich hatte gleich den Eindruck, als ich euch hier sitzen sah, dass ihr auf etwas Neues gestoßen seid. Kommt – macht es nicht so spannend, was habt ihr entdeckt?"

„Wir sind noch einmal alle Berichte und Meldungen durchgegangen, in denen es um den Citroen geht."

„Schau mal Maggi, wie er strahlt", unterbrach Rosi ihre Kollegin, „des Meisters Superspur: DAS AUTO!"

Maggi grinste, fuhr dann aber ruhig und sachlich fort:

„Der Wagen aus dem Grunewald ist auf die Zahnärztin Dr. Susanne Faber zugelassen, die gemeinsam mit ihrem Vater eine große Praxis in der Reichstraße führt. Ihre Familie ist vermögend, besitzt mehrere Immobilien in der Stadt. Als das Auto gestohlen wurde, war sie mit ihrem Vater auf der Ostsee segeln. Den Diebstahl hat ihr Ehemann Edgar Faber bei der Polizei gemeldet. Jetzt wird's jedoch interessant. Die Anzeige erfolgte auf dem Revier am Hansaplatz und wurde von Polizeioberwachtmeister Heinz Ludwig entgegengenommen. Ich halte das für sehr bemerkenswert. Warum meldet man, wenn man in Neu-Westend wohnt, einen Diebstahl bei einer Polizeiwache im Tiergarten? Rosi konnte sich außerdem daran erinnern, dass sie bei einem eurer Besuche im *Hotel Hilton* mit einem Herrn Faber gesprochen hat. Der Mann arbeitet dort an der Rezeption und er war auch derjenige, der davon berichtet hatte, dass Sibylle Wagner ihn eines Abends gebeten habe, ihr noch einmal Zugang zu einem bestimmten Zimmer zu gewähren, weil sie dort ihr Zigarettenetui vergessen hätte. Na? – Was sagt ihr jetzt?"

„Mist, ich habe doch auch den ganzen Käse x-mal durchgelesen, warum ist mir das nicht auch aufgefallen?", der Oberkommissar schüttelte ungläubig den Kopf,

Rosi hob lächelnd beide Hände – sollte wohl heißen: *„Ich sag dazu nichts!"* Auch Maggi und Seydlitz schienen keine große Lust zu haben, Kramers Selbstkritik zu kommentieren. Ob der Oberkommissar die Reaktion seiner Mitarbeiter richtig deutete? Er ließ sich zumindest nichts anmerken.

„Ist ja egal – Hauptsache ist doch, dass es immer wieder einen unter uns gibt, der über solche Dinge stolpert. Mädels – das habt ihr super gemacht. Wenn wir jetzt noch herausbekommen, dass sich Faber und Ludwig kennen … dann … dann sind wir ganz dicht dran."

„Im Augenblick können wir nur warten, bis die Ludwigs aus dem Urlaub zurück sind", beendete Maggi ihren Bericht.

Im U-Bahn-Tunnel

Am Montagnachmittag, es war der 28. Juni, trafen Heinz und Claudia Ludwig wieder in Berlin ein. Sie hatten eine schöne, entspannte Urlaubszeit in einer kleinen Familienpension in Bad Steben verbracht. Jetzt wollten sie die restlichen Urlaubstage von Heinz hier in Berlin genießen. Nach dem Geburtstag von Ehefrau Claudia stand am Samstag, dem 10. Juli, mit dem *Fünfzigsten* seiner Schwiegermutter schon die nächste Familienfeier an. Da Ludwig am 5. Juli seinen Dienst wieder aufnehmen musste, entschloss er sich am Mittwochvormittag zu seinem Revier am Hansaplatz zu fahren. Dort wollte er sich informieren, wie sein Dienstplan in der ersten Arbeitswoche aussah und ob er unter Umständen am Wochenende seine Schicht tauschen müsste, damit er an der geplanten Feier teilnehmen konnte. Claudia begleitete ihren Mann, weil die beiden anschließend vom U-Bahnhof Zoologischer Garten aus über den Tauentzien zum KaDeWe bummeln wollten. Dort sollte sie sich – Heinz konnte sich vor kurzem bei einem Besuch des Kaufhauses nicht so recht entscheiden – ihr Geburtstagsgeschenk selbst auswählen dürfen. Kurz nach 10.30 Uhr bestieg das Ehepaar Ludwig – Heinz entschied sich spontan für den ersten Waggon - den bereits eingefahrenen Zug. Beide waren bester Laune, freuten sich schon auf den gemeinsamen Einkaufsbummel am Nachmittag. Um 10.35 Uhr, etwas später als es der Fahrplan vorsah, verließ der Zug den Bahnhof in Richtung Hansaplatz. Nach gut einer Minute – er hatte inzwischen eine Geschwindigkeit von über 60 km/Std erreicht – prallte er ungebremst auf den letzten Wagen jenes Zugs, der nur wenige Minuten zuvor, um 10.29 Uhr, die Station Bahnhof Zoo verlassen hatte. Dieser war in einer Kurve mit blockierten Bremsen auf dem Gleis liegen geblieben. Wie ein Geschoß aus über einhundert Tonnen Eisen und Stahl bohrte sich der fahrende Zug mit unvorstellbarer Wucht in den blockierten hinein. Der Aufprall glich einer Explosion, deren dumpfer, ohrenbetäubender Knall durch das Tunnelgewölbe um ein Vielfaches verstärkt wurde. Funkenregen, Glassplitter, Qualm und dann nur Sekunden später das Stöhnen, die Schmerzens- und Panikschreie der eingeklemmten und verletzten Fahrgäste. Welche Szenen sich in diesen Momenten dort in den ineinander verkeilten Waggons abgespielt haben – sie sich vorzustellen – ist nur schwer zu ertragen, sie in Worte zu fassen, sie auch nur annähernd zu beschreiben, unmöglich. An diesem 30. Juni ereignete sich in weniger als einer Minute das grauenvollste U-Bahn-unglück Berlins seit 1908. Eine Fahrt, die an einem sonnigen, sommerlichen Vormittag begonnen hatte, endete in einer der schrecklichsten Verkehrskatastrophen mit fast einhundert – zum Teil schwer – Verletzten, von denen einer kurz darauf verstarb. Bis die ersten Rettungskräfte, Sanitäter, Feuerwehrleute zu den Eingeklemmten und Verletzten vordrangen, verging eine gefühlte Ewigkeit. Die Zahl jener Fahrgäste, die sofort einer stationären Behandlung zugeführt werden mussten, war so groß, dass die Unfallopfer auf mehrere Berliner Krankenhäuser verteilt wurden.

Erneut war es Marlies Matschke, die sich wieder einmal beunruhigt zeigte, als eine ihrer Stammkundinnen auch am Donnerstag nicht in der Bäckerei erschien. Noch am Dienstagvormittag, die Ludwigs waren am Tag zuvor nach West-Berlin zurückgekehrt, hatte ihr Claudia von den harmonischen und glücklichen Urlaubstagen im Frankenwald ausführlich vorgeschwärmt. Diesmal sprach die Verkäuferin nicht den Streifenpolizisten Wachtmeister Schulze an, sondern wählte sofort Maggis Rufnummer. Maggi versprach ihr, sich des Falles sogleich anzunehmen. Sie ging, nachdem sie den Hörer aufgelegt hatte, hinüber in Kramers Büro.

„Maggi, der Mann hat noch eine Woche Urlaub. Vielleicht haben die noch ne Laube irgendwo. Nur weil Frau Ludwig jetzt ein paar Tage keine Brötchen gekauft hat ...", der Oberkommissar hielt das Ganze für leicht übertrieben.

„Karl, Frau Matschke hat im Fall Brose auch richtig reagiert", Maggi blieb beharrlich.

„Also gut, ich rufe jetzt den Revierleiter Schuster an und frage ihn, ob sich Heinz Ludwig bei ihm gemeldet hat – zufrieden?"

Nach dem Anruf im Revier am Hansaplatz war die Lockerheit des Oberkommissars einer tiefen Besorgnis gewichen. Schuster berichtete, dass Ludwig ihn am Mittwochvormittag angerufen habe, um sich nach der Dienstschicht zu erkundigen. Er versprach, dass er einen kleinen Abstecher zum Revier machen würde, weil er mit seiner Frau ohnehin einen Ku'damm-Bummel geplant hätte. Er wollte die Samstagsschicht tauschen, da an diesem Tag eine große Familienfeier aus Anlass des *Fünfzigsten* seiner Schwiegermutter stattfinden sollte. Das Ehepaar Ludwig ist an diesem Tag nicht am Hansaplatz angekommen, der Polizeioberwachtmeister hatte sich auch bis heute dort nicht mehr gemeldet. In diesen Tagen, da der furchtbare U-Bahn-Unfall das beherrschende Stadtgespräch war, wurde jede vermisste Person fast reflexartig mit diesem Ereignis in Verbindung gebracht. Rosi rief die Leitstelle der Berliner Feuerwehr an, um zu erfahren, in welche Krankenhäuser die Verletzten gebracht worden waren. Schon nach den ersten beiden Anrufen bei zwei der genannten Kliniken war ihr klar, dass ihre Nachfrage viel zu früh kam. Ärzte und Schwestern hatten aktuell ganz andere, sehr viel größere Probleme, als sich mit dem Erstellen von Patientenlisten zu beschäftigen.

„Karl, das bringt heute nichts. Ich denke, wenn wir am kommenden Montag damit beginnen, dann erhalten wir auch die gewünschten Informationen."

„Du hast recht, Rosi – seit dem Unfall ist gerade mal ein Tag vergangen."

Seydlitz war ganz offensichtlich mit anderen Dingen beschäftigt, denn er beteiligte sich an diesen Gesprächen zu dem Unfallgeschehen überhaupt nicht.

„Sag mal Manni, berührt dich das U-Bahn-Unglück gar nicht?", reagierte Maggi gereizt.

„Natürlich Maggi – Kalle … hast du mal fünf Minuten!" Kramer blickte von seinem Schreibtisch auf, kam dann langsam hinüber zu den anderen.

„Also … nicht nur das Ehepaar Ludwig war im Urlaub, auch Susanne und Edgar Faber sind verreist."

„Woher weißt du das?" der Oberkommissar sah ihn überrascht an.

„Ich habe zuerst in der Praxis angerufen und mich als Patient ausgegeben. Wollte einen Termin bei Frau Dr. Faber. Die

Sprechstundenhilfe hat mir erklärt, dass zurzeit nur Dr. Heinrich – das ist Susannes Vater – Termine vergebe, da die Zahnärztin im Urlaub sei – mehr war von ihr nicht zu erfahren. Ich habe anschließend im *Hotel Hilton …*"

„Sag mal Manni, hast du sie noch alle!", unterbrach ihn sein Chef.

„Kalle, kein Stress – bleib mal ganz geschmeidig", Seydlitz lächelte entspannt. „Ich habe mich natürlich nicht als *Oberinspektor Seydlitz von der Mordkommission*, sondern als der *gute Kumpel Heinz Ludwig* vorgestellt. Hab mich mit der Rezeption verbinden lassen. Der Kollege dort war mehr zum Plaudern aufgelegt als die etwas reservierte Dame aus der Zahnarztpraxis. Faber ist mit seiner Frau für zwei Wochen nach Trebeurden in die Bretagne gefahren. Die kommen erst am 10. Juli wieder nach Berlin zurück."

Trebeurden ist ein kleiner Ort am nördlichen Küstenabschnitt der Bretagne, den man auch als Rosengranit-Küste bezeichnet. Diesen Namen verdankt sie den bizarren Felsformationen aus rötlichem Granit. Die Gegend vermittelt den Eindruck, als hätten dort in grauer Vorzeit ein paar Riesen Kegeln gespielt. Riesige Felsbrocken liegen im Meer und lassen in unserer Fantasie lustige Gnome und wundersame Wesen aus den Wellen wachsen. Die gewaltigen Unterschiede zwischen den Gezeiten führen dazu, dass bei Ebbe eine völlig neue Landschaft entsteht und man vom Ufer aus zu kleinen, weit vor der Küste liegenden Inseln wandern kann. Die Bretonen nutzen diese Phase, um, ausgerüstet mit Angeln, Reusen und anderen, speziell für genau diesen Zweck angefertigten Geräten, nach Meerestieren aller Art zu suchen. Aus diesen Früchten des Meeres zaubern sie anschließend sehr köstliche Mahlzeiten. Wirkt die Bretagne auf den ersten Blick auch etwas schroff, so versteht man beim Blick in die bretonische Küche, die geflügelten Worte – leben wie Gott in Frankreich – sofort.

„Für mich ist die Vorstellung, dass dort ein Mann, der vermutlich drei Menschen kaltblütig ermordet hat, entspannt am Meer in der Sonne sitzt und Austern schlürft, während hier zur gleichen Zeit viele Opfer eines furchtbaren Verkehrsunfalls unter ihren schweren Verletzungen an Leib und Seele leiden, nur schwer zu ertragen", Maggi schüttelte traurig den Kopf.

„Ja – geht mir auch so. Aber … ist vielleicht ein kleiner Trost –, deshalb gibt es uns. Wir werden nicht zulassen, dass ein Mann wie Faber ungestraft davonkommt. Der Kerl hat im Moment nur ne kleine Schonfrist. Sobald er wieder hier ist … glaub mir … wir schnappen uns den Mann."

Der Oberkommissar klang sehr ruhig, dafür umso entschlossener.

Am Montag der folgenden Woche begannen Maggi und Rosi erneut die Krankenhausliste abzuarbeiten. Diesmal liefen ihre Anrufe nicht ins Leere. Alle Notaufnahmen verfügten inzwischen über vollständige Aufzeichnungen zur Identität der Unfallopfer, die bei ihnen eingeliefert worden waren. Als Rosi im Westend-Krankenhaus anrief, war die Suche abgeschlossen. Das Ehepaar Ludwig lag dort schwer verletzt auf der Unfall-Chirurgie. Da sie im ersten Waggon des auffahrenden Zuges gesessen hatten, war ihr Zustand besonders ernst. Während Frau Ludwig – im Vergleich zu ihrem Mann - nur Brüche und Prellungen davongetragen hatte, lag Heinz Ludwig mit lebensbedrohlichen Kopfverletzungen auf der Intensivstation, seine Überlebenschancen wurden als äußerst gering eingeschätzt. Sah man einmal von dem traurigen, persönlichen Schicksal des Paares ab, schwanden die Aussichten der MK 1, an wichtige Informationen zur Aufklärung von drei Mordfällen zu gelangen, mit jeder Stunde.

„Ich fahre gemeinsam mit Dr. Schneider ins Westend. Er kennt den behandelnden Arzt", der Oberkommissar stand auf und ging hinüber zu seinem Schreibtisch.

„Karl, das ist doch völlig sinnlos. Heinz Ludwig wird in absehbarer Zeit nicht mit uns sprechen können – vielleicht wird er in diesem Leben mit niemandem mehr reden können."

„Darum geht es auch nicht, Maggi. Bisher kennen nur wir seinen Zustand und dabei soll es auch bleiben. Gut, wir werden natürlich nicht verhindern können, dass die Eltern von Claudia Ludwig Auskunft vom Krankenhaus über die Lage ihrer Tochter erhalten wollen. Ich hoffe aber, dass wir den Arzt davon überzeugen können, sich im Fall des Ehemannes zurückzuhalten."

Seine drei Mitarbeiter sahen ihn verständnislos an.

„Kalle, was willst du damit erreichen?", nicht nur Seydlitz wirkte etwas ratlos.

„Ich habe gesagt, Faber wird für seine Morde bezahlen – dafür werde ich … dafür werden wir sorgen. Sollten wir mit Ludwig unseren letzten Zeugen verlieren, hätte der Kerl wahrscheinlich gewonnen, denn wir können ihm keine seiner Taten nachweisen. Wenn er aber davon ausgehen muss, dass sein Freund noch lebt und in absehbarer Zeit in der Lage sein wird, Fragen der Polizei zu beantworten, dann – ich hoffe das jedenfalls – wird Edgar Faber nervös werden und Fehler machen – das ist unsere Chance."

„Das klingt ja fast so, als wolltest du den armen Kerl als Lockvogel benutzen?", Seydlitz schien mit der Strategie seines Chefs Probleme zu haben.

„Deshalb fahre ich mit Schneider ins Krankenhaus. Ludwig soll absolut sicher untergebracht werden. In dem Bett seines offiziellen Krankenzimmers werde notfalls ich selbst liegen, auf keinen Fall aber Heinz Ludwig. Wir müssen Faber unter Druck setzen. Das Auto, die Ohrringe der Wagner, die Aussage der Brose, von der auch die Ludwigs etwas mitbekommen haben, und die Aussagen seiner Kollegen im Hotel. Für alle Tatzeiten hat er kein Alibi. Na klar – das ist alles zu wenig, um ihn vor Gericht zu bringen. Tragischerweise auch deshalb, weil all unsere Zeugen inzwischen ermordet worden sind. Jeder halbwegs clevere Anwalt würde uns damit gnadenlos auflaufen lassen. Faber hingegen ist kein erfahrener Strafverteidiger. Ich denke, er ist auch keiner, der Lust am Töten empfindet. Faber mordet, weil er davon überzeugt ist, auf diesem Weg sein eigenes lausiges Leben zu retten."

„Karl, da gebe ich dir in allen Punkten recht. Sicher ist deine Beurteilung Fabers richtig. Auch deine Annahme, dass ein Täter, der so in die Enge getrieben wird, wahrscheinlich Fehler macht, teile ich. Aber – und darin unterscheiden wir uns beide – der verhält sich nicht rational und deshalb ist der Mann unberechenbar und kreuzgefährlich. Bei all dem, was du vorhast – denk bitte daran."

Maggi hatte ganz ruhig, jedoch sehr eindringlich gesprochen.

Der Oberkommissar und Dr. Schneider fanden gemeinsam mit den Ärzten des Westend-Krankenhauses eine Lösung, die allen gerecht wurde. Ludwig wechselte in ein Zimmer, abseits der Unfallchirurgie, das sich hervorragend bewachen ließ und seine medizinische Versorgung absolut gewährleistete. Seine Schwiegereltern sollten jedoch nichts von diesen Veränderungen erfahren. Das offizielle Krankenbett hüteten im Wechsel zwei Bereitschaftspolizisten aus der Kaserne in Schulzendorf.

Als das Ehepaar Faber am 10. Juli aus Frankreich nach Berlin zurückkehrte, begann für alle Beteiligte der finale Akt. Kramer startete ganz subtil und unverfänglich mit der Mitteilung an Frau Dr. Faber, dass ihr am 13. April gestohlener roter Citroen DS 19 inzwischen gefunden worden sei und dass sie sich deshalb umgehend mit der Polizei in Verbindung setzen sollte. Die Zahnärztin war eine dunkelhaarige, eher zierliche junge Frau, von der man nicht unbedingt vermutet hätte, dass sie die Kraft und Ausdauer einer hervorragenden Hochsee-Seglerin besaß. Sie hatte eine angenehme, sanfte Stimme, die ihren Patienten ganz sicher half – ungeachtet ihrer fachlichen Kompetenz – etwas entspannter auf dem Behandlungsstuhl Platz zu nehmen. Als sie die kümmerlichen Reste ihres Wagens in der Halle der Kriminaltechnik sah, war sie im ersten Moment geschockt, ordnete das Ganze aber nur wenig später überraschend locker und humorvoll ein. Der Oberkommissar, der sich mit ihr unterhalten und sie hinunter in die Halle begleitet hatte, musste sich eingestehen, dass sie eine Frau war, deren Gesellschaft man unter anderen Umständen gerne gesucht hätte. Die Situation war bizarr, als in seinen Gedanken neben dieser attraktiven, sympathischen Frau das Bild jenes Mannes auftauchte, der mit großer Wahrscheinlichkeit drei Menschen ermordet hatte. Erst jetzt, realisierte Frau Dr. Faber, dass sie sich in den Räumen der Mordkommission befand.

„Jetzt bin ich doch ein wenig irritiert, Herr Kramer – was hat mein gestohlenes Auto mit Ihrer Arbeit hier in der Mordkommission zu tun?"

Der Oberkommissar führte sie zu dem Besprechungstisch und ließ sie dort Platz nehmen.

„Darf ich Ihnen einen Kaffee anbieten, Frau Dr. Faber?"

„Nein Danke, ich erwarte nur eine Antwort auf meine Frage", reagierte sie leicht gereizt.

„Gut … wir haben den begründeten Verdacht, dass Ihr Auto Tatwerkzeug in einem aktuellen Mordfall ist. Genau an jenem Tag, als Ihr Wagen gestohlen wurde, ist im Tiergarten eine junge Frau ermordet worden. Das Fahrzeug ist von mehreren Zeugen an diesem Abend sowohl in der Nähe der Wohnung des Opfers als auch unweit des Tatortes gesehen worden. Wir haben außerdem im Innenraum Ihres Citroen Ohrringe gefunden, die dem Opfer gehört haben."

Frau Dr. Faber wirkte im Moment ein wenig verwirrt, fing sich aber schnell wieder.

„Ich war zu diesem Zeitpunkt gar nicht in Berlin – ich war mit meinem Vater auf der Ostsee segeln."

„Ja, das ist uns bekannt. Dennoch müssen wir klären, wer den Wagen gefahren haben könnte. Wir müssen von Ihnen und Ihrem Mann Fingerabdrücke nehmen, damit wir sie von den anderen, die unsere Kriminaltechnik im Fahrzeug gefunden hat, ausschließen können."

„Natürlich hätte mein Mann den Wagen nutzen können, aber der hat ne Monatskarte der BVG, weil er zu seinem Arbeitsplatz im *Hotel Hilton* ausschließlich mit der U-Bahn fährt. Ist für ihn perfekt, steigt bei uns am Theodor-Heuss-Platz ein und fährt die sechs Stationen bis Wittenbergplatz. Genau in dieser Zeit muss mein Wagen gestohlen worden sein. Er hat den Diebstahl sofort am folgenden Tag zur Anzeige gebracht."

„Wissen Sie, warum er ihn bei einem Revier am Hansaplatz gemeldet hat?"

„Sicher – sein Freund ist Polizist und arbeitet dort."

„Gut Frau Dr. Faber. Vielen Dank, dass Sie sich so schnell bei uns gemeldet haben. Ein Kollege wird Sie jetzt zum Erkennungsdienst begleiten und denken Sie bitte daran, dass sich auch Ihr Mann bei uns meldet."

Kramer griff zum Telefon und wenig später betrat ein junger Polizist das Büro, der die Zahnärztin bat, ihn zu begleiten. Frau Dr. Faber hatte kaum die Tür hinter sich geschlossen, der Oberkommissar soeben zu seiner Pfeife gegriffen, als seine drei Kollegen in geschlossener Formation vor seinem Schreibtisch auftauchten. Lächelnd stand er auf und alle setzten sich an ihren Besprechungstisch.

„Eigentlich tut mir die Frau richtig leid. Würde man ihr unter anderen Umständen begegnen ... na ja, was soll's."

Er machte eine kleine Pause und schüttelte nachdenklich den Kopf.

„Sie hat völlig normal reagiert, ist davon überzeugt, dass weder ihr Mann noch sie selbst etwas mit dem Fall am Hut haben. Ich habe ihr jedoch die eine oder andere Information mit auf den Weg gegeben, von der ich hoffe, dass sie auch bei ihrem Mann ankommt. Hab ihr gesagt, dass wir ihren Wagen als Tatwerkzeug einstufen und dass wir im Innenraum die Ohrringe des Mordopfers gefunden haben. Sie weiß offenbar, dass ihr Mann mit einem Polizisten befreundet ist, der auf dem Revier am Hansaplatz arbeitet. Sie empfand es als völlig normal, dass er den Diebstahl ihres Autos dort angezeigt hat. Ich denke, nach dem Gespräch mit seiner Frau wird Edgar Faber genau den Druck spüren, den wir bei ihm aufbauen wollen."

„Karl, du solltest den Revierleiter Schuster anrufen, um zu hören, ob sich Faber dort nach seinem Kumpel Heinz Ludwig erkundigt hat. Wir müssen den Mann ab sofort fast lückenlos im Auge behalten. Einen vierten Toten darf es auf keinen Fall geben!" Seydlitz blickte seinen Chef sehr ernst an.

„Du hast Recht Manni. Rosi, du holst dir bitte einen Wagen von der Fahrbereitschaft. Fahre morgen früh direkt zum Viktoria-Luise-Platz und beobachte das Haus der Ludwigs – vielleicht taucht Faber dort auf. Ich glaube nicht, dass er Kontakt zu Claudias Eltern hatte und sich dort melden wird."

Am nächsten Morgen rief der Oberkommissar den Revierleiter an und erfuhr, dass sich Faber tatsächlich dort gemeldet und nach seinem Freund erkundigt hatte. Schuster verhielt sich wie mit ihm abgesprochen. Er hatte dem Anrufer erklärt, dass der Polizeioberwachtmeister Ludwig zurzeit noch im Urlaub sei. Rosi war heute früh direkt zum Viktoria-Luise-Platz gefahren und parkte ihren Wagen an einer Stelle, von der aus sie den Eingang des Hauses, in dem die Ludwigs wohnten, gut beobachten konnte. Es ging bereits auf 13 Uhr zu, als sie Faber, aus Richtung der U-Bahnstation kommend, auf den Hauseingang zugehen sah. Wenige Minuten später trat er wieder auf die Straße, blieb ein wenig unschlüssig stehen und lief dann wieder zurück zum U-Bahnhof.

Edgar Faber hatte äußerlich sehr gelassen reagiert, als seine Frau ihm vom Besuch in der Keithstraße, dem Zustand ihres wiedergefunden Autos und dem furchtbaren Verdacht, den der Kriminaloberkommissar ausgesprochen hatte, berichtete. Erst als sie nach unten in ihre Praxis gegangen und er wieder alleine war, fiel diese Fassade. Die aufkeimende Angst und seine Wut waren so groß, dass er am liebsten alles kurz und klein geschlagen hätte. Nach einigen chaotischen Minuten hatte er sich jedoch wieder unter Kontrolle. Die Zeugen, von denen dieser Kramer gesprochen hatte, gab es nicht mehr. Er war davon überzeugt – dazu musste man nach seiner Einschätzung kein erfolgreiches Jurastudium abgeschlossen haben –, dass all diese Behauptungen in einem Gerichtsverfahren wie ein Kartenhaus in sich zusammenfallen würden. Die Kripo hatte nichts, rein gar nichts gegen ihn in der Hand. Der Kerl hatte nur geblufft, einfach mal blind in die Gegend geballert. Wenn Oberkommissar glaubte, er würde ihn damit aus der Deckung locken, dann hatte er sich geirrt. Die einzige denkbare Schwachstelle in seinem System könnte Heinz Ludwig sein. Sie waren zwar gute Kumpels, aber einander bewusst geholfen, in schwierigen Situationen zur Seite gestanden – nein, das hatten sie nie.

Wie würde Heinz reagieren, wenn die Kripo ihm Fragen stellte, bei denen er vielleicht ins Grübeln käme? Wenn er den aus seiner Sicht bisher belanglosen Gesprächen mit seinem Spezi Faber plötzlich eine andere Bedeutung beimaß? Die Basis ihrer sogenannten Freundschaft bildete ihre Leidenschaft für den Fußball und für einen bestimmten Fußballverein – mehr nicht. Es gab kein außergewöhnliches Ereignis, das sie zusammengebracht hatte. Es fehlte jede Grundlage, um daraus eine enge Freundschaft wachsen zu lassen. Keine langjährige

Verbundenheit aus den gemeinsamen Zeiten in Kindergarten oder Schule. In einer Krisensituation würden – genau wie bei ihm selbst – Ehefrau, Familie und die eigene Existenz sehr viel wichtiger sein als die Probleme des *Fußballkumpels*. Er hatte in Heinz – nüchtern betrachtet – den *nützlichen Idioten* gesehen und dessen lockeren, eher fahrlässigen Umgang mit internen Ermittlungsergebnissen der Polizei eiskalt genutzt. Es war ihm ausschließlich um jene Informationen gegangen, die es ihm ermöglichten, gefährliche Zeugen auszuschalten. Heinz Ludwig war jetzt nur noch eine Person, die für ihn – wie der Obdachlose und die alte Frau Brose – absehbar gefährlich werden könnte. Die aktuelle Situation sprach ganz eindeutig dafür. Die Auskunft des Revierleiters Schuster, Ludwig sei noch im Urlaub, hielt er für ein durchschaubares Ablenkungsmanöver. Als er vor seiner geplanten Frankreichreise das letzte Mal mit Heinz sprach, gab es bei den Ludwigs keine Reisepläne. Die beiden haben vielleicht eine Wochenendtour unternommen – mehr aber auch nicht. In seiner Wohnung hatte er ihn auch nicht angetroffen. Für Faber war klar: *Heinz Ludwig ist abgetaucht, weil er selbst nicht in Schwierigkeiten geraten will!* Die Frage war nur: Wo ist der Kerl geblieben? Auch die Ehefrau Claudia – er war ihr vielleicht zwei, drei Mal begegnet – blieb verschwunden. Wen konnte er fragen? Wo vielleicht Informationen über die beiden erhalten? Er hatte geglaubt, mit der alten Brose alle Probleme gelöst zu haben – jetzt hatte sich die Lage für ihn unerwartet verändert. Er beschloss, sich noch einmal in der Nähe des Reviers auf die Lauer zu legen. Vielleicht konnte er dort einen jener Kollegen von Ludwig abfangen, die er von gemeinsamen Fußballspielbesuchen her kannte. Faber hatte vor etwa einer Stunde unweit des Reviers Stellung bezogen. Soeben wollte er sein Vorhaben abbrechen, als er sah, dass Wachtmeister Klaus Pollak das Revier verließ. Er ging dem jungen Polizisten langsam entgegen und als er ihn fast erreicht hatte, sprach er ihn an:

„Hallo Klaus, schon Feierabend?"

Der Angesprochene stutzte, sah ihn überrascht an, dann lächelte er:

„Hallo Eddi, lange nicht gesehen."

„Ja, ich war im Urlaub und wollte eigentlich Heinz einen kleinen Besuch abstatten. Ist er im Dienst?"

„Nee, na ja, du hast wahrscheinlich nichts von der U-Bahnkatastrophe hier in Berlin mitbekommen – oder?"

„Nee, wir waren in der Bretagne, da sieht's mit Berliner Zeitungen ganz dünn aus."

„Also am Vormittag des 30. Juni sind zwei U-Bahnzüge zwischen Bahnhof Zoo und Hansaplatz ineinandergekracht. Heinz und seine Frau saßen in einem der beiden. Sie wurden – soweit ich das gehört habe – sehr schwer verletzt. Das Ehepaar Ludwig liegt jetzt im Krankenhaus."

„Mensch Klaus, das ist ja furchtbar. Weißt du, wo die beiden liegen, würde sie natürlich gerne besuchen?"

„Nee Eddi – ich weiß nur, dass sie im Krankenhaus sind."

Revierleiter Schuster stand zufällig am Fenster seines Büros und beobachtete das Gespräch der beiden Männer. Da er Faber erkannt hatte, griff er sofort nach seiner Dienstmütze und verließ eilig sein Büro. Als er auf die Straße trat, waren die beiden nicht mehr zu sehen. Er wusste jedoch, dass Pollak zur U-Bahn wollte, und rannte sofort los. Kurz vor dem Eingang zur Station hatte er ihn fast erreicht.

„Hey Klaus – warte mal!"

Der junge Polizist dreht sich erschrocken um:

„Sie Chef??? Ist was passiert? Hab ich etwas vergessen?"

„Nee Klaus, haste nicht. Sag mal, mit wem hast du dich gerade vorm Revier unterhalten?"

Pollak sah seinen Revierleiter leicht verwirrt an.

„Das war'n Kumpel von Heinz – Eddi – Edgar Faber. Ich kenn ihn vom gemeinsamen Hertha-Besuchen."

„Was wollte Faber von dir?"

„Na ja, eigentlich wollte er zu Heinz. Hab ihm aber erklärt, dass Heinz und seine Frau bei dem U-Bahnunglück verletzt worden sind und jetzt im Krankenhaus liegen."

„Hast du ihm gesagt, in welchem Krankenhaus sie liegen?"

„Nee – ich weiß ja selber nicht, wo Heinz liegt. Was ist denn eigentlich los Chef?"

Schuster atmete ein paar Mal kräftigt durch, spürte erst jetzt die Folgen des strammen Laufs vor wenigen Minuten.

„Klaus, ich kann dir das nicht alles erklären, aber – nach allem, was ich weiß und mehr musst auch du nicht wissen – darf niemand erfahren, wo sich Heinz Ludwig zur Zeit befindet! Klaus – das ist keine Bitte, das ist ne Anweisung, klar?"

„Nee, geht klar Chef. Wissen die anderen auch Bescheid?"

„Nein Klaus. Ich denke, es reicht völlig aus, wenn du informiert bist. Also pass auf dich auf. Schönen Feierabend."

Schuster war erleichtert, dass er die Angelegenheit mit Pollak klären konnte, und kehrte zum Revier zurück. In seinem Büro angekommen, griff er sofort zum Telefon und rief den Oberkommissar an. Er berichtete, dass Faber ihm die Sache mit dem Urlaub offensichtlich nicht abgenommen und dieser sich deshalb vor ein paar Minuten an den Kollegen Pollak herangemacht habe. Der Revierleiter wunderte sich ein wenig, dass Kramer seine Nachricht unerwartet gelassen aufnahm. Schusters Eindruck, den Oberkommissar würde diese Information nicht besonders interessieren, war jedoch falsch. Der Oberkommissar hatte im Gespräch mit Schuster tatsächlich sehr ruhig gewirkt, entsprachen doch Verhalten und Reaktion des Verdächtigen genau seinen Erwartungen. Dennoch – die Anspannung wuchs auch bei ihm mit jedem Tag, mit jeder Aktion. Wie bei einem Duell, so gab es auch hier zwei Gegner, die einander kannten und die Absicht des anderen erahnten. Die Devise: Möglichst in Deckung bleiben, den anderen aufmerksam beobachteten. Jeder darauf lauernd, dass der andere einen Fehler begeht, den man dann sofort eiskalt ausnutzen konnte. Kramer legte auf und ging zu seinen drei Kollegen nach nebenan. Er berichtet ihnen, was Schuster soeben vor seinem Revier beobachtet und was ihm der junge Polizist Pollak erzählt hatte.

„Wenn Faber offensichtlich so misstrauisch ist, dass er an Schuster vorbei die Kollegen anbaggert, dann wird es nicht …"

„Ist schon geschehen", unterbrach ihn Maggi. „Ich habe Frau Matschke bei meinem letzten Gespräch darauf vorbereitet, dass wir vermuten, Faber könnte im privaten Umfeld der Ludwigs nach Informationen suchen. Habe ihr gesagt, sie solle unverändert bei der Urlaubsversion bleiben und Faber damit auflaufen lassen. Sie wird sich, sollte der Kerl bei ihr auftauchen, sofort bei mir melden. Das hast du doch gemeint, oder?"

Sie sah ihren Mann lächelnd an.

„Entschuldige bitte. Eigentlich hätte ich es wissen müssen – danke mein Schatz, sehr schön."

Nicht nur Maggi, auch Rosi und Seydlitz konnten sich kaum daran erinnern, dass Kramer seine Frau in der letzten Zeit mit *mein Schatz* angesprochen hatte. Nach Kramers unerwartetem *Gefühlsausbruch* – Maggis Auszug aus dem gemeinsamen Haus in Frohnau war der eindeutige Beweis für ihre handfeste Ehekrise – entstand eine kleine Pause. Diese zwei Worte, völlig normal zwischen Ehepartnern, kamen aus dem Nichts, wirkten jedoch in diesem Moment fast ein wenig grotesk. Alle blickten etwas verlegen aneinander vorbei. Wäre in diesem Moment Staatsanwältin Dr. Fischer in einem Can-Can Kostüm durch ihr Büro gewirbelt, der Effekt hätte nicht peinlicher sein können. Rosi spürte, dass diese verkorkste Situation möglichst schnell aufgelöst werden musste, und reagierte wie immer spontan:

„Wer hat sich eigentlich in den letzten Tagen mal nach dem Gesundheitszustand der Ludwigs erkundigt?"

Die anderen drei sahen sie dankbar an, jeder war erleichtert, endlich wieder reden zu können.

„Ich habe Dr. Schneider gebeten, das für uns zu übernehmen. Er kennt den behandelnden Arzt und kann die medizinischen Untersuchungsergebnisse am besten einschätzen. Die Ehefrau macht Fortschritte, wird aber demnächst vom Krankenhaus direkt an eine Kur- und Reha-Einrichtung weiterüberwiesen. Sie ist – wenn auch absehbar – erst einmal ein Pflegefall. Bei Heinz hat sich am Zustand nichts geändert, er liegt noch immer im Koma", beantwortete der Oberkommissar – sichtlich erleichtert – ihre Frage betont ausführlich.

Am Nachmittag rief Frau Matschke an. Wie erwartet, hatte es Faber auch bei ihr versucht, war jedoch, wie mit Maggi abgesprochen, wieder auf die Urlaubsversion gestoßen.

„Der Kerl hat mich nur höhnisch angegrinst und ist dann wortlos wieder hinausgegangen."

„Ehrlich gesagt, so richtig verstehen kann ich sein Verhalten nicht", Seydlitz sah seine beiden Kolleginnen kopfschüttelnd an. „Dem Kerl muss doch klar sein, dass wir ihn auf dem Schirm haben – trotzdem trampelt er absolut unsensibel durch die Landschaft."

„Manni, der ist so sehr davon überzeugt, dass wir nichts gegen ihn in der Hand haben und deshalb tritt er völlig selbstbewusst auf. Vielleicht ahnt er auch, dass wir genau diese Reaktion von ihm erwarten. Mich beunruhigt das Ganze eher, weil alles so vorhersehbar abläuft. Meine Sorge ist, dass wir seine nächsten Schritte nicht mitbekommen werden", antwortete Rosi sehr ernst.

Tatort Westend-Krankenhaus

Was hatte er erwartet? Sie verdächtigten ihn, für drei Morde verantwortlich zu sein und gleichzeitig sollten sie ihm helfen, jemanden zu finden, dessen Aussagen ihn als Täter überführen könnten. Eine groteske Vorstellung. Seine Nachforschungen in den letzten Tagen betrachtete er als Teilerfolg, denn er wusste jetzt, dass Heinz Ludwig nicht vor ihm abgetaucht war, sondern schwer verletzt in einem West-Berliner Krankenhaus lag. Diese neue Erkenntnis änderte jedoch nichts an seiner Entscheidung. Ludwig war in einer bestimmten Phase wichtig gewesen, weil er interne Polizeiinformationen lieferte, an die er ohne ihn niemals herangekommen wäre. War er bei den Zeugen *Beutel* und Brose der Polizei stets einen Schritt voraus, konnte deren Zusammenarbeit mit der Kripo im letzten Moment verhindern, war es im Fall Ludwig genau anders herum. Die Bullen schirmten Heinz vor ihm ab und es musste ihm trotzdem gelingen, ihn auszuschalten.

Die Nachschicht im *Hilton* war heute sehr ruhig verlaufen, keine guten Voraussetzungen, um für ein paar Stunden auf andere Gedanken zu kommen, einfach mal abschalten, die Anspannung abbauen zu können. Eins war für ihn inzwischen glasklar, die *Arztmasche* war der einzige Weg, um durch das Sicherheitsgeflecht der Polizei hindurchzukommen. Die Namen *Dr. Faber* und *Dr. Heinric*h aus seiner Familie waren *verbrannt*, diese Varianten konnte er vergessen. Er musste sich Zugang zur Wohnung der Ludwigs verschaffen und herausfinden, bei welchem Hausarzt sie bis zu ihrem Unfall in Behandlung gewesen waren. Wenn er dann unter diesem Namen in den Krankenhäusern anrief, würde wohl niemand Verdacht schöpfen. Den Einbruch plante er für die Vormittagsstunden, weil sich zu dieser Tageszeit häufig fremde Personen in den Treppenhäusern aufhielten. Unklar war nur, ob die Polizei das Haus der Ludwigs observierte. Vielleicht konnte man von der Welserstraße aus über den Hof in das Wohnhaus der Ludwigs gelangen. Er beschloss, sich heute Nachmittag ein genaues Bild von den örtlichen Gegebenheiten zu machen und einen Kostümverleih in Schöneberg aufzusuchen.

Er fuhr zuerst nach Schöneberg. Faber entschied sich für eine Briefträgeruniform. Da es sowohl den klassischen Brief- als auch den Geldbriefträger gab – letzteren sah man nicht so regelmäßig –, würde sein Auftritt in dieser Maskerade nicht unbedingt Verwirrung auslösen. Er fuhr mit der U-Bahn zurück zum Wittenbergplatz. Faber war sich absolut sicher, dass man ihn beobachtete. Es war ein Gefühl, keine Gewissheit, denn er wusste nicht, wer ihm auf den Fersen war. Er bestieg den Zug nach Ruhleben und blieb in der Nähe der Tür stehen. Kurz bevor sich diese automatisch schloss, der Zug anfuhr, sprang er zurück auf den Bahnsteig und wechselte hinüber zur Linie Richtung Krumme Lanke. Sollte es einen Verfolger gegeben haben, hätte er ihn ganz sicher auf diese Weise abgehängt.

Nach nur einer Station, am Bahnhof Augsburger Straße, stieg er aus und lief zur Welserstraße. Er ging entschlossen auf das vorletzte Haus zu. Es war gut dreißig Meter von jenem Bereich entfernt, wo diese Straße auf den Viktoria-Luise-Platz traf. Er gelangte ohne Probleme durch den Hausflur auf den großen Innenhof. Die ordnende, pflegende Hand eines Gärtners hatte dieses grüne Areal ganz offensichtlich seit dem Ende des Krieges nicht mehr gespürt. In der Mitte standen drei große, alte Kastanienbäume; ob es dort vielleicht eine Buddelkiste oder andere Spielmöglichkeiten für Kinder gab, war nicht zu erkennen. Kräuter, Gräser und Wiesenblumen hatten sich eher zufällig ausgebreitet. Ein riesiger Flieder- und ein deutlich kleinerer Holunderbusch vervollständigten das Ganze. Allein die Natur hatte, da hier seit Jahren niemand eingriff, entschieden, was, wann und an welcher Stelle wachsen sollte. Glaubte man dem lebhaften Vogelgezwitscher, war aus Sicht der gefiederten

Freunde hier alles in bester Ordnung. Er blickte über diese grüne Insel zwischen den Häusern auf die Rückseite jenes Wohnblocks, der unmittelbar am Platz lag. Ein wenig hatte der Mensch dann doch eingegriffen und parallel zu den Häusern einen schmalen Fußweg um diesen grünen Wildwuchs herum angelegt. Für jeden Wohnblock waren zudem – dort hatte man die wild wuchernde Natur zurückgedrängt – Stellplätze für die Mülltonnen der Mieter angelegt. Der kleine gepflasterte Weg bog nach links ab. Faber entschied sich für den zweiten Eingang zum Treppenhaus. Als er den *stillen Portier* im Hausflur überflog, fehlte der Name Ludwig. Faber ging schnell wieder zurück und wählte die nächste Hoftür. Hier war er genau richtig, denn im zweiten Stock lag die Wohnung des Ehepaares Ludwig. Die dritte Etage wäre aus seiner Sicht perfekt gewesen, weil man sich nur auf jene Leute konzentrieren musste, die von unten ins Treppenhaus hineinkamen. Im Fall der Wohnung Ludwig, sollte man auch die darüberliegende Etage im Auge behalten. Nachdem er einen prüfenden Blick auf das Schloss der Wohnungstür geworfen hatte, nickte er zufrieden und verließ den Wohnkomplex auf demselben Weg, der ihn hierher geführt hatte. Morgen würde er – diesmal in der Uniform eines Briefträgers – wiederkommen, das Türschloss stellte für ihn keine große Herausforderung dar.

Es waren weniger als 24 Stunden vergangen, da stand Faber erneut unten in jenem Treppenhaus. Im KaDeWe hatte er vor einer Stunde das Kundengewirr und den Sichtschutz der Kleiderständer genutzt, um in einer Umkleidekabine der Abteilung für Herrenoberbekleidung des Kaufhauses zu verschwinden. Dort zog er die Briefträgeruniform an und mischte sich anschließend wieder unter die zahlreichen Kauflustigen. Die leere Tragetüte, in der er die Uniform transportiert hatte, ließ er in einer etwas unübersichtlichen Ecke einfach liegen. Faber war sich auch diesmal sicher, dass er seine möglichen Verfolger überlistet hatte. Er trug eine schmale, schwarze Umhängetasche, wie er sie von den

Geldbriefträgern kannte. In seiner Tasche waren jedoch keine Geldscheine, sondern mehrere Ausführungen eines Dietrichs und zwei Schraubenzieher. Diese Ausrüstung hielt er für völlig ausreichend.

Jetzt, hier im Haus, war alles ruhig. Er ging nach oben in die zweite Etage. Auf dem letzten Treppenabsatz blieb er stehen, lauschte, ob jemand das Treppenhaus betrat. Er griff in seine Umhängetasche, zog einen Dietrich heraus und trat an die Wohnungstür. Ein kurzes Zögern, dann führte er das Werkzeug in das Türschloss ein, suchte vorsichtig nach dem kleinen Widerstand, um den Dietrich drehen und die Tür öffnen zu können. Ein kurzer Druck und das Schloss sprang auf. Vorsichtig schob er die Wohnungstür auf, alles blieb ruhig. Faber schlüpfte durch die halb geöffnete Tür und zog sie wieder behutsam hinter sich zu. Einen Moment blieb er in der Diele regungslos stehen und sah sich um. Im Halbdunkel erblickte er ein kleines Tischchen, das seitlich an der Wand stand, darauf das Telefon. Er lächelte, denn gleich daneben lag ein kleines, rotes Buch – etwa so groß wie ein Taschenkalender. Seine Vermutung traf zu, es war das handgeschriebene Verzeichnis aller wichtigen privaten Telefonnummern der Ludwigs. Gleich auf der zweiten Seite die Überschrift *Ärzte*. Der erste Eintrag: Dr. Lohmann, darunter HNO-Arzt, Frauenarzt und Zahnarzt. Dr. Lohmann, das würde er noch einmal überprüfen, war mit Sicherheit Allgemeinmediziner und damit der Hausarzt der Ludwigs. Ihm genügte diese Information, ein Herumstöbern in der Wohnung würde nur auffallen, könnte unter Umständen andere Leute zu lästigem Nachdenken bringen. Er legte das Ohr an die Wohnungstür und horchte angestrengt nach draußen. Im Erdgeschoß fiel eine Tür laut ins Schloss, danach war es wieder still, kein Mensch zu hören. Vorsichtig öffnete er die Wohnungstür, alles blieb ruhig. Blitzschnell stand er wieder im Hausflur und schloss leise die Tür. Entspannt und ohne besondere Eile lief er die Treppe hinunter.

Faber ging wieder nach hinten zum Hof hinaus. In der Welserstraße verließ er den Häuserkomplex und schlug den Weg in
Richtung U-Bahnhof ein.

Heute Vormittag herrschte in der MK1 keine gute Stimmung.
Sie hatten sich vor wenigen Minuten um ihren Besprechungstisch versammelt, als Frau Dr. Fischer das Büro betrat. Seydlitz
stand sofort auf. Er ging ihr entgegen, begrüßte sie. Dann lief
er in ihre Kaffeeküche, kam mit einer Tasse Kaffee an den Tisch
zurück und servierte ihn seiner Chefin, die dort inzwischen
Platz genommen hatte.

„Der Service hier ist ganz hervorragend, eure Stimmung
scheint das weniger zu sein – oder täuscht das nur Herr
Oberkommissar?"

Kramer lächelte etwas gequält:

„Guten Morgen, Frau Doktor – Sie haben recht – sie war schon
besser. Eigentlich lief es bisher ganz gut. Wir hatten Faber stets
im Griff, wussten, wo er war, mit wem er sprach. In den letzten beiden Tagen hat uns der Kerl allerdings jedes Mal sauber
abgehängt. Das erste Mal, vorgestern auf dem U-Bahnhof Wittenbergplatz und gestern im KaDeWe. Deshalb hält sich unsere
Begeisterung gerade in überschaubaren Grenzen."

Der Oberkommissar stand verärgert auf, ging zu seinem
Schreibtisch und kam wenig später mit einer rauchenden Pfeife
zurück.

„Frau Doktor Fischer, wir sind nicht zu blöd, um einen Verdächtigen zu beschatten – nee – wir sind einfach zu wenig Leute.
Der Kerl ahnt, dass wir ihn auf dem Schirm haben, sonst würde
er sich nicht so verhalten. Auf Bahnhöfen oder in großen Kauf-
häusern müssten wir ein halbes Dutzend einsetzen, damit wir uns
untereinander – bei halbwegs gutem Sichtkontakt – verständigen
können. Bei ein, zwei Leuten – tja, da geht es manchmal in die
Hose … leider."

Frau Dr. Fischer streifte nachdenklich die Asche ihrer Zigarette am Aschenbecher ab.

„Ja, Kramer, ich gebe Ihnen recht, in bestimmten Situationen ist Observation auch ein bisschen Glückssache. Glauben Sie mir – ich schau auch nicht jeden Tag in die Glaskugel. Klar ist, dass wir auf Dauer das von Ihnen beklagte Problem nicht allein mit einem noch größeren Aufgebot an Ermittlern lösen können. Ich bin mir ziemlich sicher, irgendwann werden wir jedoch die geeigneten technischen Möglichkeiten zur Verfügung haben."

Sie machte eine Pause und sah alle vier eindringlich an.

„Aber bis dahin können wir natürlich nicht warten. Denken Sie an Ihre jüngsten Erfolge – die haben Sie zu viert und nicht mit Hilfe einer Hundertschaft erzielt. Die beiden letzten Tage waren beschissen – sofort abhaken. Sie müssen diesem Typ nicht hinterherdackeln … nee, Sie müssen sich in ihn hineindenken und dann bereits dort sein, wo der Kerl gerade hinwill. Leute, nutzt eure Talente, denkt nach, kombiniert, spekuliert – hört auf zu jammern und Frust zu schieben. Ich bin von euch und euren Fähigkeiten überzeugt. Wenn ihr das auch seid, dann werdet ihr – dann werden wir – auch Erfolg haben. Drei Morde – das ist ne echte Aufgabe." Sie unterbrach erneut, weil sie ihre Worte wirken lassen wollte. „Waren eure früheren Fälle kleiner, einfacher? Ich denke nicht. Macht das, was ihr immer gemacht habt … setzt euren Intellekt, eure Fantasie ein."

Ihre Chefin stand auf und verließ die MK1 genau so spontan, wie sie hier aufgetaucht war. Die vier blieben nachdenklich zurück. Rosi schüttelte als Erste die bleierne Stimmung ab und nahm den Gedanken der Staatsanwältin auf.

„Die Fischerin hat recht. Bisher lief es deshalb so gut, weil sich Faber genau nach Kalles Theorie bewegt und verhalten hat. Wir müssen aber wie Faber denken und planen – dann rennen wir zumindest nicht mehr hinterher."

Kramer nickte zustimmend und gab Seydlitz einen kurzen Wink.

„Manni, hol uns bitte eine Kanne mit frischem Kaffee."

Dann stand er auf und heftete ein großes, weißes, leeres Blatt an die Pinnwand.

„Wir alle wissen, Faber ist auf der Suche nach Ludwig. Der Revierleiter hat uns von dem Gespräch berichtet, bei dem der Mann den jungen Kollegen Pollak ausgefragt hat. Jetzt weiß Faber, dass Ludwig verletzt in einem West-Berliner Krankenhaus liegt. Er muss also herauszufinden, in welchem Krankenhaus Heinz Ludwig liegt. Wie will er das anstellen? Los Vorschläge – nicht groß nachdenken, einfach raus damit. Über Sinn oder Unsinn denken wir anschließend nach."

Kramer blieb mit dem Stift in der Hand vor der Pinnwand stehen und blickte seine drei Kollegen erwartungsvoll an.

„Wenn du von einem Krankenhaus Auskünfte erhalten willst, dann gibt es meines Erachtens nur drei Möglichkeiten. Erstens: Du bist ein naher Familienangehöriger, zweitens: Du bist – wie wir – bei der Kriminalpolizei und drittens: Du bist selber Arzt. Das würde mir spontan dazu einfallen."

Maggi sah die anderen an.

„Genau, das haben wir doch selbst erfahren, als wir nach dem U-Bahn-Unglück in den Krankenhäusern nachgefragt haben. Ich denke, Maggi liegt mit ihrer Einschätzung richtig", stimmte Rosi der These ihrer Freundin zu.

„Kalle, Familie und Kripo können wir streichen. In Anbetracht der besonderen Umstände und der Tatsache, dass wir mit Ludwig diesen Aufwand treiben, wissen die Mitarbeiter im Krankenhaus ganz genau, wer Familie ist und wer zur Polizei gehört. Ich kann mir nicht vorstellen, dass Faber dieses Risiko eingeht", ergänzte Seydlitz.

„Also … wenn ich euch folge, dann bleibt nur noch die Möglichkeit, dass er sich dort als Arzt ausgibt."

„Das muss aber auch zusammenpassen", gab Rosi zu bedenken. „Der kann doch nicht als Arzt – ohne Bezug zum Ehepaar Ludwig – da einfach aufschlagen und erwarten, dass man dort mit ihm redet, ihm über den Zustand der beiden Patienten Auskunft erteilt."

„Gut, ich rufe gleich mal bei Schneider an und frage ihn, welchen Ärzten ein Krankenhaus Auskünfte über ihre Patienten erteilen würde."

Der Oberkommissar ging an seinen Schreibtisch und griff zum Telefon. Nach dem Gespräch mit dem Pathologen kehrte er wieder zurück.

„Schneider will noch einmal mit seinem Kollegen im Westend telefonieren. Er glaubt jedoch, dass es nur zwei Varianten gibt. Sollte sich dort jener Unfallarzt melden, der nach dem Unfall die Erstversorgung der Verletzten geleitet hat, würde er mit Sicherheit Informationen erhalten können. Die zweite Möglichkeit – der Hausarzt der Ludwigs. Das ist schon deshalb sehr wahrscheinlich, weil Frau Ludwig demnächst in eine Reha-Klinik verlegt werden soll. Unser Doktor wird sich aber nach seinem Anruf im Krankenhaus sofort bei uns melden."

Rosi war, als ihr Chef zu seinem Schreibtisch ging, ebenfalls aufgestanden. Jetzt kam sie wieder in die Besprechungsrunde zurück.

„Ich habe – während du mit Schneider telefoniert hast – mal bei der Berliner Ärztekammer nachgefragt, ob wir eine Liste der Allgemeinmediziner erhalten können, die im Bezirk Schöneberg zugelassen sind. Haben wir morgen in der Post. Das sind fast hundert Arztpraxen, deshalb habe ich gar nicht erst den Versuch unternommen, mir am Telefon die Namen durchgeben zu lassen."

„Rosi, gute Idee – aber vielleicht geht es ja auch schneller, falls Schneider etwas im Gespräch mit seinem Kollegen in Erfahrung bringt."

Am nächsten Tag erhielten sie die Liste der Ärztekammer. Im unmittelbaren Einzugsgebiet des Viktoria-Luise-Platzes gab es drei praktizierende Allgemeinmediziner und zwei Internisten.

„Ihr könnt sicher sein, dass euch bei jedem Anruf sofort reflexartig die ärztliche Schweigepflicht entgegenspringt. Damit ist aus Sicht der Praxis das Gespräch automatisch beendet."

„Manni, hast du noch mehr von diesen motivierenden Sprüchen auf Lager? Wenn du das so siehst, dann brauchen wir gar nicht erst anzufangen", reagierte Rosi gereizt. Noch ehe Seydlitz etwas erklären, sich rechtfertigen konnte, betrat der Oberkommissar schwungvoll die Mordkommission.

„Hatteste heute Morgen n' paar Glückskekse in deinem Müsli? Du bist ja unanständig gut drauf, Kalle", Seydlitz blickte seinem Chef skeptisch hinterher. Kramer ließ sich in seinem Büro auffallend viel Zeit, steckte sich seine Pfeife genüsslich an und griff anschließend ungeniert nach Mannis Kaffeetasse.

„Guten Morgen zusammen. Ich habe vor wenigen Minuten unseren Doktor getroffen und der hatte gute Neuigkeiten für uns. Der Hausarzt des Ehepaares Ludwig heißt Dr. Waldemar Lohmann. Wie Schneider bereits gestern vermutete, hatten sie im Westend relativ zeitig Kontakt zu dem Hausarzt. Er hat auch Claudia Ludwig einige Male besucht und arbeitet mit dem Krankenhaus bei der Suche nach einer geeigneten Reha-Klinik eng zusammen."

„Für Faber bedeutet das, er hat keine Chance, sich im Westend als Dr. Lohmann auszugeben – oder?", brachte Maggi die Nachricht auf den Punkt.

„Stimmt so nicht ganz", antwortete Kramer ein wenig kryptisch.

„Nee Karl – das hast du nicht ernsthaft vor. Sag, dass ich nicht Recht habe", Maggi war sichtlich erregt. Der Oberkommissar wirkte jetzt sehr ernst, er setzte sich zu ihnen.

„Das ist unsere Chance, den Verdächtigen auf frischer Tat zu überführen. Ich gebe zu, der Plan ist noch nicht ausgereift, aber im Grunde steht er."

Keiner sagte etwas, alle hörten zu, nur Maggi schüttelte leicht den Kopf.

„Ich mache das natürlich selbst. Ich liege als Heinz Ludwig in dem Krankenbett. Wir haben mit allen beteiligten Medizinern einen großen Raum gewählt, der zwei Nebengelasse hat – wahlweise Technik- oder Sanitärbereich. Dort werdet ihr zu meinem Schutz Position beziehen. Die ganze Station ist mit Bereitschaftspolizisten besetzt, alle als Pfleger oder Ärzte getarnt. Faber wird keine Waffe benutzen, um Ludwig zu töten, er wird mit großer Wahrscheinlichkeit die lebenserhaltenden Maschinen abschalten. Auch das ist Mord. Für mich selbst sehe ich keine Gefahr. Der wird von meinem Gesicht in Anbetracht der Verbände und Schläuche kaum etwas erkennen können, zumal die Beleuchtung sehr gedämpft sein wird."

„Karl, ich bin davon überzeugt, dass Faber sich anders verhalten wird, als du uns das gerade beschrieben hast. Der wird – wie in den anderen Fällen – eine Waffe benutzen. Das wir sicher kein Seidenschal sein, aber der wird nicht einfach nur die Maschinen abdrehen. Karl, selbst wenn ich dir inzwischen gleich gültig bin … deine Tochter sollte es nicht sein."

Maggis Gesicht war blass und sie wirkte müde. Sie stand ganz ruhig auf und verließ entschlossen das Büro.

„Mensch Kalle, du musst doch hier nicht den James Bond für Arme mimen – ehrlich Mann. Den Job im Bett kann ein kampferprobter junger Polizist der BePo (*Bereitschaftspolizei*) übernehmen. Maggi hat vollkommen recht, wenn sie sagt, dass Fabers Verhalten nicht von uns vorausgesehen werden kann. In einem Krankenzimmer – selbst wenn es etwas größer sein sollte – steht alles Mögliche herum, da kann es bei einem Einsatz schon mal unübersichtlich und gefährlich werden. Die Verständigung zwischen den einzelnen Einsatzgruppen ist auch nur begrenzt möglich. Wenn das Timing innerhalb der Polizei dann nicht stimmt, läuft so eine Aktion auch mal ganz schnell aus dem Ruder … an die Folgen will ich im Moment gar nicht denken", Seydlitz hatte besorgt und eindringlich zugleich auf seinen Freund und Chef eingesprochen.

Kramer schien von Maggis Reaktion und Mannis Argumentation beeindruckt.

„Ich hab doch gesagt, dass die Aktion in den Einzelheiten noch abgesprochen werden muss – Dr. Fischer hat hier ohnehin das letzte Wort."

Er hatte es genau richtig eingeschätzt, Dr. Lohmann war Allgemeinmediziner und Hausarzt der Ludwigs. Das fand er leichter heraus, als er sich das vorgestellt hatte. Vor zwei Tagen hatte er in der Praxis angerufen und sich als *Heinz Ludwig* ausgegeben. Er bat um einen neuen Termin. Faber fragte ganz beiläufig, wann Ludwig das letzte Mal in der Sprechstunde gewesen sei, und erfuhr, dass es zu Beginn des Jahres gewesen war. Jetzt kam es darauf an. Wie würde man im Westend-Krankenhaus auf seinen Anruf reagieren? Faber war klar, dass er mit seinem geringen medizinischen Fachchinesisch, das er bei Gesprächen zwischen seiner Frau und seinem Schwiegervater über die Jahre hinweg aufgesammelt hatte, nicht weit kommen würde. Es ist schon ein Unterschied, ob man sich über Parodontose und Abbindekontraktion austauscht oder ob die Folgen eines Schädel-Hirn-Traumas bzw. andere komplexe Unfallverletzungen zu besprechen sind. Es half nichts, bevor er dort anrief, musste er sich erst einmal ein paar medizinische Kenntnisse anlesen, um mit den zutreffenden Fachbegriffen richtig umgehen zu können. Die Stadtbücherei Charlottenburg – ein Teil davon befand sich im Rathaus – war seine erst Anlaufstelle. Gegenüber der Bibliothekarin gab er vor, sich beruflich weiter qualifizieren und im kommenden Jahr ein Medizinstudium beginnen zu wollen. Bei so viel Idealismus und Ehrgeiz, charmant war er außerdem, lief die Dame zu großer Form auf und versorgte ihn mit der gesamten im Haus verfügbaren Fachliteratur. Einmal losgelassen, war die Bibliothekarin nicht zu bremsen. In einer Leseecke der Bibliothek sichtete er den ansehnlichen Stapel an Fachliteratur und wählte zwei Bücher aus, von denen er hoffte, seine Wissenslücken damit etwas verschleiern zu können.

Der Monat Juli neigte sich seinem Ende entgegen. Blickte man auf den Kalender, dann war Hochsommer, das Wetter hingegen schien das nicht zu stören. Temperaturen, die sich geschmeidig an der 20 Gradmarke entlangschlängelten, bescherten keine lauen Sommerabende im Garten oder an einem der Berliner Seen. Die Atmosphäre in der MK1 entsprach dem Klima draußen in der Stadt – sie war spürbar kühl. Der Grund dafür war die erheblich voneinander abweichende Beurteilung der Lage und die daraus folgende Strategie. Die drei Mitarbeiter des Oberkommissars teilten keineswegs die optimistische und forsche Herangehensweise ihres Chefs. Faber war, darin waren sie sich einig, kein Berufskiller, kein typischer Serienmörder. Genau diese Anzeichen ließen ihn für Seydlitz und seine beiden Kolleginnen so unberechenbar, so gefährlich erscheinen. Plötzlich, jeder ging mal wieder seinen eigenen Gedanken nach, wurde die Tür schwungvoll geöffnet und Dr. Schneider rauschte herein.

„Morgen alle zusammen!", der Pathologe stutzte, bemerkte erst jetzt die maue Stimmung unter den vieren.

„Hier war es aber schon mal deutlich fröhlicher, was ist denn los mit euch?"

Keiner der vier verspürte jedoch im Moment große Lust, den Pathologen über ihre aktuellen internen Spannungen aufzuklären, weil sie nicht erneut eine Grundsatzdebatte zum Thema Faber auslösen wollten. Rosi und Seydlitz zuckten deshalb ein wenig hilflos mit den Schultern, Kramer schien den Gerichtsmediziner noch gar nicht bemerkt zu haben, stand Pfeife rauchend am Fenster.

„Wie sieht's denn mit Kaffee aus? Oder ist der euch auch ausgegangen?"

„Nee, ganz so schlimm ist es noch nicht, Doktor", Rosi stand lächelnd auf und ging in ihre kleine Küche.

„Los Kinder, kommt mit – es gibt Neuigkeiten."

Er ging nach nebenan und setzte sich an den Besprechungstisch. Der Oberkommissar drehte sich fast erschrocken um, so stark hatte ihn seine Grübelei abgelenkt.

„Morgen Doktor, hab gar nicht mitbekommen, dass Sie hereingekommen sind."

„Sagen Sie mal, Kramer, meditiert ihr hier neuerdings? Oder ist nur eure Stimmung so mies?"

„Weder das Eine noch das Andere", entgegnete dieser lachend. Inzwischen hatten alle am Tisch Platz genommen.

„Mich hat vor ein paar Minuten Dr. Schauer vom Westend-Krankenhaus angerufen", begann der Pathologe seinen Bericht. „Er ist Neuro-Chirurg und verantwortlich für alle medizinischen Maßnahmen, die Heinz Ludwig betreffen. Schauer und Lohmann haben Kontakt, weil der Hausarzt schon einige Male im Krankenhaus war. Dr. Lohmann war völlig überrascht, als ihm vor zwei Tagen seine Sprechstundenhilfe berichtete, dass Heinz Ludwig in der Praxis angerufen und um einen Termin gebeten habe. Das ist natürlich völlig absurd, weil der Mann seit Wochen im Koma liegt. Der Anruf kann demnach nur bedeuten, dass Faber noch immer nach einem Weg sucht, um an Ludwig heranzukommen. Der Hausarzt ist auch der Ansicht, dass es Faber nicht allein um Heinz Ludwig geht. Unser mutmaßlicher Täter muss doch davon ausgehen, dass sich die Eheleute über ihn unterhalten haben und auch Claudia Ludwig einiges weiß, dass für ihn – sollte ihr Ehemann ermordet werden – brandgefährlich werden könnte. Wir – also Schauer und ich – vermuten, dass der Kerl im Krankenhaus anrufen wird, um den genauen Aufenthalt des Ehepaares zu erfahren. Möglich ist aber auch, dass er spontan im Krankenhaus auftaucht und seine eigenen Nachforschungen anstellt. Jetzt sind natürlich alle dort alarmiert und noch aufmerksamer, als sie es bisher schon waren."

„Dr. Schneider, diese Entwicklung kommt ja nicht ganz unerwartet", Seydlitz sprach das aus, was alle anderen der MK1 auch dachten.

„Das ist richtig, Manni, aber Faber zwingt uns damit, schneller, als wir es vermutet haben, einen konkreten Plan, eine Strategie zu entwickeln", wandte der Pathologe ein. „Es muss ein Plan her, wie wir ihn endgültig ausschalten können. Unser Konzept muss – abweichend von euren früheren Überlegungen – auch den Schutz von Frau Ludwig berücksichtigen."

„Ich denke, auf Zeit zu spielen, ihn mit irgendwelchen taktischen Manövern hinzuhalten, wäre der falsche Ansatz", stellte Maggi klar. „Wir dürfen ihm keine Gelegenheit geben, sich auf einen eigenen gut durchdachten Plan vorbereiten zu können. *Wir* müssen den Takt vorgeben. Wir dürfen uns nicht wieder in die Lage bringen, dass wir nur auf seine Aktionen warten und dann reagieren."

„Ja, Maggi hat recht. Wir müssen ihn unter Druck setzen. Das Problem ist nur – wenn der Kerl improvisieren muss –, dann wird es für uns nicht gerade leichter", der Oberkommissar wirkte ungewöhnlich nachdenklich, denn bisher war er es, der eine eher forsche, nahezu riskante Strategie vertreten hatte.

Faber hielt die beiden medizinischen Fachbücher, die er in der Bibliothek ausgeliehen hatte, stets in seiner Aktentasche unter Verschluss, weil es – hätte er darin zu Hause gelesen – für sein ungewöhnliches Interesse keine überzeugende Erklärung gegeben hätte. Als er sich am Dienstag in der Garderobe des Hotels für seine Schicht umzog, rutschten die beiden Fachbücher aus seiner Tasche und fielen auf den Boden. Kollege Schirmer, der ein Spind unmittelbar neben dem seinen hatte und seinen Dienst soeben beendete, stutzte, als er die Bücher sah.

„Hast du vor, die Branche zu wechseln?", bemerkte er lächelnd.

Faber fühlte sich ertappt und grinste verlegen.

„Na ja, so schnell geht das ja nicht, aber Medizin hat mich schon immer fasziniert. Könnte sein, dass ich mich im nächsten Jahr bei der Uni anmelde."

„Donnerwetter, das wäre eine ganz schöne Herausforderung für dich. Kann mir vorstellen, dass deine Frau richtig stolz auf dich ist – ist ja schließlich Ärztin."

„Ja, könnte sein – ich hab ihr aber noch nichts von meinen Plänen erzählt."

„Mensch, Eddi, wenn man seine Frau liebt, dann spricht man doch über so eine bedeutsam Karriereplanung – ist doch so in einer guten Ehe – oder?"

Er hatte diese kleine Episode schon fast wieder vergessen, als ihn die Aussage seines Kollegen, *„Wenn man seine Frau liebt, dann spricht man doch über so wichtige Entscheidungen"*, völlig unerwartet einholte. Seine Gedanken an diesen Satz lösten nicht etwa ein schlechtes Gewissen gegenüber seiner Frau aus, sondern führten vielmehr dazu, dass sich – erst ganz undeutlich, dann jedoch umso heftiger – ein Gefühl von Angst in ihm ausbreitete. Bisher hatten sich seine Befürchtungen ausschließlich auf Heinz Ludwig konzentriert. Wenn Schirmer jedoch Recht hatte und Ehepartner Dinge miteinander besprachen, dann konnte er jetzt nicht mehr ausschließen, dass Heinz mit seiner Frau über jene Informationen gesprochen hatte, die er – ohne deren Konsequenzen zu erkennen – an ihn, Faber, weitergeben hatte. Als er bei dieser Schlussfolgerung an gelangt war, hätte er – wären da nicht die zahlreichen Hotelgäste in der Lobby gewesen – laut aufschreien und mit seinen Fäusten auf das Pult der Rezeption schlagen wollen. Es war, als würde er über einen immer höher hinauf führenden Bergpfad einen Gipfel besteigen. Nach jeder Wegbiegung hoffte er endlich oben angekommen zu sein. Doch dann – dann ging es weiter bis zur nächsten Kurve und dann wieder zur nächsten. *Beutel*, die Brose, demnächst Heinz und jetzt auch noch seine Frau Claudia – wie sollte das alles weitergehen? Hinter welcher *Kurve* lauerte die nächste unangenehme Überraschung?

So wie sein Leben bisher verlaufen war, hatte er – davon war er restlos überzeugt – das Recht, den Anspruch erworben, dass seine gegenwärtige Situation unangetastet blieb. In seiner Vorstellung müssen sich die schlechten und die guten Phasen in einem Leben unbedingt die Waage halten. Der **schlechte Anteil** *nach dieser Lebensphilosophie lag bereits hinter ihm. Ohne jeden Zweifel war das seine grauenvolle Kindheit gewesen. Der Vater, ein Psychopath, der seine Mutter regelmäßig verprügelte, bis er die Familie von einem Tag auf den anderen sitzen ließ. Und seine Mutter – sie ertränkte ihren Frust und ihre Hilflosigkeit im Alkohol – torkelte lallend und sturzbetrunken täglich durch die Wohnung. Immer wieder schleppte sie irgendwelche Kerle an und vergnügte sich hemmungslos mit ihnen – ohne Rücksicht darauf, dass ihr kleiner Sohn diese Exzesse der Mutter mitbekam. In Anbetracht dieser häuslichen Verwahrlosung – er war inzwischen vier Jahre alt – entzog man seiner Mutter das Sorgerecht und steckte ihn in ein Kinderheim. Wenn er jedoch an die täglichen Demütigungen durch die bösartigen, herzlosen Pflegeschwestern dachte, riefen die Erinnerungen an diese Zeit noch immer Albträume bei ihm hervor. Seine so genannte Schicksalswaage neigte sich das erste Mal* **zum Guten**, *als er nach einem Jahr vom Kinderheim in die Obhut einer Pflegefamilie wechseln durfte. Wärme, Zuwendung und Liebe erfuhr er jedoch erst, als er Susanne kennenlernte und sie nur kurze Zeit später heiratete. Von diesem Moment an hatten sich das* **Schlechte** *und das* **Gute** *in seinem Leben endlich ausgeglichen.*

Nach all dem, was er bisher in seinem Leben erfahren musste, hatte er nun ein Recht darauf, dass sich an diesem gegenwärtigen Gleichstand nichts veränderte. Genau deshalb konnte er auch nicht zulassen, dass ein Beutel, eine Brose oder ein Ludwig diese gewonnene Balance störten.

„Hallo … Hallo, Herr Faber!? Könnten Sie uns zwei Karten für das Theater des Westens reservieren lassen?"

Erschrocken blickte er auf, denn vor ihm an der Rezeption stand das ältere Ehepaar aus Hamburg von Zimmer 420 und sah ihn fragend an. Schnell drängte er all seine wirren Gedanken zurück, versuchte in die Realität des Hotelbetriebs zurückzufinden.

„Äh … entschuldigen Sie bitte – Herr und Frau Carstens aus Hamburg – richtig?"

Das Ehepaar aus dem Norden nickte freundlich.

„Selbstverständlich kümmere ich mich sofort darum. Könnte sogar sein, dass uns die Karten ins *Hilton* gebracht werden. Ich gebe Ihnen dann umgehend Bescheid."

Als die beiden gegangen waren, ärgerte er sich darüber, dass seine Probleme inzwischen so massiv seinen Alltag bestimmten und die Konzentration auf seine Arbeit beeinträchtigten. Er musste endlich daran gehen, diese *Störfaktoren* zu beseitigen, damit sein Leben wieder in geordneten Bahnen verlief. Keine bescheuerten Fachbücher, keine lästigen Gedanken an Heinz und Claudia Ludwig, das musste sein Ziel sein.

„Doktor, wenn das so weitergeht, dann sollten wir Ihnen hier bei uns einen Arbeitsplatz einrichten", der Oberkommissar machte eine einladende Handbewegung, die sagen sollte:

„*Suchen Sie sich etwas Passendes aus, Dr. Schneider*".

Die anderen drei der MK1 betrachteten amüsiert die Szene. Der Auslöser zu Kramers launigem Spruch war, dass der Gerichtsmediziner – wie schon am Tag zuvor – bereits kurz nach 8 Uhr ihr Büro betreten hatte.

„Jetzt fehlt nur noch Frau Dr. Fischer, dann sind wir fast vollzählig versammelt", ergänzte Rosi etwas genervt und servierte dem Pathologen eine Tasse mit frisch gefiltertem Kaffee. Sie hatte ihre leicht ironische Bemerkung kaum ausgesprochen, Schneider noch nicht zu seiner Tasse gegriffen, als die Tür zur Mordkommission erneut geöffnet wurde und sich Rosis Prognose augenblicklich in Realität verwandelte.

„Guten Morgen zusammen! Schön Herr Dr. Schneider, dass Sie auch hier sind, dann kann ich mir schon mal den Weg zu Ihnen sparen."

Als die Tür aufging und Frau Dr. Fischer erschien, war Seydlitz reflexartig in die Richtung Kaffeeküche verschwunden. Maggi und Rosi stießen sich gegenseitig an und hatten große Mühe, nicht laut loszuprusten. Der Oberkommissar nahm das Ganze gelassen zur Kenntnis, lud Gäste und Kollegen freundlich ein, an ihrem Besprechungstisch Platz zu nehmen.

„Da Sie uns beide heute Morgen etwas überraschend die Ehre geben, habe ich selbstverständlich keine Ahnung, warum wir jetzt hier zusammensitzen? Bitte verstehen Sie mich nicht falsch – wir freuen uns über jeden Ihrer Besuche, nur heute … also wir haben nicht wirklich mit Ihnen gerechnet."

„Könnte doch sein, dass Schneider und ich aus demselben Grund hierhergekommen sind!?"

Der Gerichtsmediziner blickte die Staatsanwältin etwas irritiert an.

„Also ich bin deshalb hier, weil ich gestern Nachmittag noch ein längeres Gespräch mit meinem Kollegen aus dem Westend-Krankenhaus hatte. Als wir hier gestern zusammensaßen, waren wir uns einig, dass wir nicht lange abwarten, Faber eher unter Druck setzen sollten. Das Krankenhaus hat jetzt darum gebeten, dass wir bei unserer Planung auch ihre aktuelle Situation berücksichtigen mögen. Die Ärzte und Pflegekräfte dort, deren eigentliche Aufgabe darin besteht, Patienten zu behandeln, ihnen zu helfen, wieder gesund zu werden, haben in der letzten Zeit zunehmend den Eindruck, dass wir von ihnen vor allem kriminalistische Leistungen erwarten. Alle dort fühlen sich im Moment total überfordert und haben außerdem die Sorge, dass ihnen auf einem dieser Gebiete Fehler unterlaufen könnten."

„Sehen Sie Schneider, dann hatte ich doch recht, als ich zu Beginn sagte, wir sind vielleicht aus demselben Grund hier", unterbrach Dr. Fischer den Gerichtsmediziner.

„Auch ich hatte gestern ein längeres Gespräch mit dem medizinischen Leiter des Westend. Er trug dieselben Bedenken und Sorgen vor, die Sie gerade beschrieben haben. Konkret hat er mich darum gebeten, dass wir – bevor wir uns Faber vornehmen – erst einmal die Verlegung von Claudia Ludwig in eine Reha-Einrichtung abwarten sollten. Die Frau fragt immer wieder nach ihrem Mann, will wissen, wie es ihm geht und sie möchte ihn natürlich sehen. In ihrem Zustand kann man das aus medizinischer Sicht zurzeit nicht verantworten, die Folgen wären eine Katastrophe, ihre eigene Gesundheit stünde – angesichts ihres labilen Gemütszustandes – in Gefahr. Ärzte und Schwestern sind deshalb ständig damit beschäftigt, Ausreden zu erfinden, sie zu beruhigen und von dem Thema wieder abzubringen. Frau Ludwig benötigt also viel Zuwendung, für Ärzte und Schwestern hingegen bedeutet das viel zusätzliche Zeit und Kraft. Sobald mit der Verlegung von Frau Ludwig die räumliche Trennung erreicht ist, können sich alle ausschließlich auf das Problem Faber-Ludwig konzentrieren. Für uns heißt das, die zu schützenden Personen befinden sich für einige Tage an zwei unterschiedlichen Orten."

„Gibt es denn bereits einen konkreten Zeitplan? Wann soll Frau Ludwig verlegt werden?" Maggi sah ihre Chefin und den Pathologen fragend an.

„Ja, den gibt es", bestätigte der Gerichtsmediziner. „Dr. Lohmann und seine Frau – auch sie ist Ärztin – werden am kommenden Sonntag Claudia Ludwig für ein paar Tage in ihrem Haus am Elvirasteig in Zehlendorf aufnehmen und sie auf die dann folgende Kur vorbereiten. Das Ärztehepaar wird sie persönlich nach Bad Bernburg im Fichtelgebirge fahren. Dr. Lohmann selbst hat gute Kontakte zu der Kurklinik dort. Er sagt, in der privaten Atmosphäre seines Hauses könne die Patientin besser abschalten als im Krankenhaus. Außerdem würde er die Fahrt der körperlichen Verfassung seiner Patientin sehr viel besser anpassen können, als das bei einem klassischen Krankentransport möglich wäre."

„Das bedeutet für uns aber, dass wir nicht nur den Aufenthalt von Heinz Ludwig im Westend überwachen, ihn schützen müssen, sondern mit dem Haus von Dr. Lohmann eine zweite *Baustelle* bekommen", Seydlitz wirkte in diesem Moment leicht überfordert.

„Manni, ja das wird für ein paar Tage wohl so sein", Frau Dr. Fischer hatte seine Reaktion sofort bemerkt. „Kramer, ich hoffe nicht, dass Sie zunehmend den Eindruck gewinnen, über Sie und Ihre Leute wird ständig hinweg entschieden. Das war auch der Grund, gleich heute früh hierher zu kommen. Denn – Manni hat das schon richtig erkannt – wir müssen im Haus Lohmann für unmittelbaren Schutz sorgen. Mein Vorschlag dazu wäre, dass Maggi und Rosi als *Pflegekräfte* dort für ein paar Tage einziehen. Frau Ludwig würde sicher keinen Verdacht schöpfen. Bei Faber sieht das etwas anders aus, der hat Rosi bei euren Besuchen im *Hilton* gesehen."

„Das ist richtig, aber Faber wird wohl kaum am Tage dort aufkreuzen. Sollte er – davon gehe ich jedenfalls aus – abends oder nachts in das Haus eindringen, dann wird der Kerl mich mit Sicherheit nicht erkennen. Und wenn doch … es wird in diesem Moment seine letzte Gelegenheit gewesen sein, sich an mich zu erinnern – ich gehe bei dem kein Risiko ein", Rosi klang ganz ruhig, aber auch sehr entschlossen.

„Im Augenblick ist mein Problem, dass bei dieser Variante das Gefährdungspotential allein bei meinen beiden Kolleginnen liegt und das gefällt mir absolut gar nicht", der Oberkommissar war ganz offensichtlich von dem Vorschlag seiner Chefin wenig begeistert. „Ich halte einen zusätzlichen Schutz außerhalb des Hauses für absolut notwendig. Damit würde zum einen verhindert, dass Faber ungehindert flüchten kann und wir darüber hinaus im Falle einer Auseinandersetzung innerhalb des Hauses sofort eingreifen können. Genau deshalb müssen Maggi und Rosi die nötige Rückendeckung bekommen. Es muss jemand sein, der sich tagsüber ganz normal – ohne dass Faber Verdacht schöpft – auf dem Grundstück bewegen kann. Manni, du fällst raus, weil er dich auch aus den Ermittlungen im Hotel kennt. Ich denke, ich selbst könnte diese Rolle übernehmen, mit Gartenarbeit kenne ich mich inzwischen gut aus, zudem – der Mann kennt mich nicht."

„Ja, Sie haben recht Kramer. Ich hätte auch kein gutes Gefühl, wenn die beiden Frauen auf sich allein gestellt sind. Also, wenn Sie mir versprechen, bei den Lohmanns nicht auch noch die *Terrasse neu verlegen* zu wollen, dann bin ich damit einverstanden."

Die Spitze mit der *Terrasse* saß und niemand lachte, denn allen – Dr. Schneider ausgenommen – war klar, was Dr. Fischer damit andeuten wollte. Sie selbst hatte damals, als der Oberkommissar beruflich und privat unerwartet die Orientierung verlor, erfolgreich eingegriffen. Nur sie und Kramer wussten, was an diesem Nachmittag in Frohnau geschehen und wie es ihr gelungen war, ihn wieder in die Spur zu bringen. Sie hatte ihm seine beruflichen Eskapaden vergeben – vergessen hatte sie diese jedoch nicht. Die kleine Anspielung seiner Chefin war für den Oberkommissar das geringste Problem, er litt viel mehr darunter, dass er Maggi damals mit seinem Verhalten tief verletzt und ihre Ehe schweren Schaden genommen hatte. Ohne sich etwas anmerken zu lassen, nickte er kurz.

„Ich werde mich mit Dr. Lohmann persönlich in Verbindung setzen und die Details unseres Einsatzes mit ihm absprechen."

Bereits am Freitagnachmittag zog der Oberkommissar bei den Lohmanns ein. Als *Gärtner* getarnt, durfte er sich in einer kleinen Holzlaube – sie lag ganz hinten in einer Ecke des Grundstücks – einrichten. Die Hütte war nicht gerade kuschelig, bot aber den Vorteil, dass Kramer von dort die Rückseite des Hauses und die Terrasse gut im Blick hatte. Sollte im Haus der befürchtete Ernstfall eintreten, wäre es nur einer kurzer Weg für ihn, um dort unterstützend eingreifen zu können.

An diesem Morgen fuhr er nicht mit der U-Bahn zu seiner Frühschicht ins *Hilton*, sondern nahm den Wagen, um später in das Westend-Krankenhaus zu fahren. Er hatte sich für dieses Krankenhaus entschieden, da nach seiner Kenntnis die überwiegende Zahl der Verletzten bei dem U-Bahnunglück dorthin gebracht worden war. Aus den drei anderen Kliniken, die er zuvor überprüft hatte, waren inzwischen alle Opfer dieser Katastrophe bereits entlassen worden. Die Wahrscheinlichkeit war daher sehr groß, dass die Ludwigs hier im *Westend* lagen. Susanne hatte damals entschieden, kurz nachdem sie das Wrack ihres roten Citroen bei der Polizei sah, dass ihr neues Auto auch wieder ein DS 19 – diesmal jedoch in Silbergrau – sein sollte. Rot war jetzt der kleine Mini Cooper, den allein sie fuhr, wenn sie mal in der Stadt unterwegs war. Mit dem großen Citroen waren sie vor kurzem in der Bretagne im Urlaub gewesen. Faber parkte den Wagen auf dem Krankenhausgelände und ging sofort in die *Notaufnahme*. Der jungen Ärztin, die zu dieser Zeit dort Dienst hatte, stellte er sich als *Dr. Melzer* vor. Er sei einer jener Unfallmediziner, die am Tag des tragischen U-Bahn-Unglücks vor Ort gewesen waren und die Verletzten zuerst versorgt hatten. Er sei aus persönlicher Anteilnahme gekommen, um sich zu erkundigen, ob die Opfer inzwischen alles gut überstanden und das Krankenhaus wieder verlassen hätten. Die junge Medizinerin war sichtlich überrascht, schien auch unsicher, wie sie sich in dieser Situation verhalten sollte. Faber hatte damit gerechnet, reagierte auf ihr Zögern gelassen und charmant zugleich.

„Frau Doktor …", sein Blick glitt suchend über ihren Arztkittel.

Sie lächelte ein wenig verlegen:

„Auf den *Doktor* muss ich noch ein bisschen warten, abgegeben habe ich meine Dissertation[17] schon."

Faber lächelte wohlwollend:

„Ja das kenn ich – ist bei mir allerdings bereits eine Weile her. Ich wollte Sie mit meiner Nachfrage auch nicht in Verlegenheit bringen – will ohnehin noch beim Kollegen Schauer vorbeischauen."

Der beiläufige Hinweis auf Dr. Schauer, den Chef der Unfall-Chirurgie, verfehlte seine Wirkung nicht. Die junge Frau hatte nicht die Absicht, zwischen zwei gestandenen, erfahrenen Medizinern als inkompetentes Hühnchen dazustehen.

„Bis auf ein Ehepaar sind alle anderen schon wieder entlassen worden. Soweit ich gehört habe, soll jedoch am Wochenende eine Patientin von hier aus in eine Reha-Klinik verlegt werden."

Nach ein paar eher belanglosen Sätzen verabschiedete sich Faber, denn er wollte mit seinem Auftritt keinesfalls Verdacht erregen. Als er wieder im Wagen saß, lächelte er zufrieden und ordnete die neuen Informationen. Die Aussage der jungen Ärztin, *ein Ehepaar* sei noch nicht entlassen worden, hatte bei ihm sofort alle Alarmglocken schrillen lassen. Jetzt war er sich absolut sicher, dass Heinz und Claudia Ludwig hier auf der Station des Neuro-Chirurgen Dr. Schauer lagen. Seine lockere Bemerkung in der Notaufnahme, *er wolle noch beim Kollegen Schauer vorbeischauen,* war purer Bluff gewesen. Den Namen des Arztes hatte er einer Hinweistafel des Krankenhauses entnommen, auf welcher die Namen der medizinischen Leiter der verschiedenen Abteilungen zu lesen waren. Aus seiner Sicht nahm der

Hausarzt der Ludwigs eine zentrale Rolle ein. Die Entlassung am Wochenende entsprach mit Sicherheit nicht dem üblichen Krankenhausbetrieb. Im Normalfall erfolgt eine Entlassung von Patienten entweder vor einem Wochenende oder zu Beginn der neuen Woche. Er musste schnell und möglichst viel über Dr. Lohmann erfahren und ab Samstagfrüh den Bereich der Unfall-Chirurgie sehr genau beobachten. Alles sprach dafür, dass Claudia Ludwig verlegt werden sollte. Wollte er sein Vorhaben erfolgreich zu Ende bringen, musste er unbedingt die Aufenthaltsorte der beiden kennen. Die Praxis des Hausarztes, das war für ihn klar – kam bei der Aktion am Wochenende nicht in Betracht. Viel wichtiger erschien es ihm, die örtlichen Gegebenheiten von Lohmanns Haus und Grundstück zu erkunden, da er davon überzeugt war, dass der Hausarzt in diese geplante Maßnahme ganz sicher eingebunden sein würde. Denkbar war, dass Claudia Ludwig das Wochenende im Haus von Dr. Lohmann verbringen sollte, um anschließend – das würde auch zu der Aussage der jungen Ärztin aus der Notaufnahme passen – in eine Reha-Klinik zu wechseln.

Faber fuhr deshalb sofort nach Zehlendorf. Von der Fischerhüttenstraße bog er links in den Elvirasteig ein. Langsam folgte er dem Straßenverlauf, blickte abwechselnd nach rechts und links auf die Hausnummern. Nachdem er die Klopstockstraße gekreuzt hatte, parkte er nach wenigen Metern den Wagen. Er stieg aus, ging hinüber auf die andere Straßenseite. Jetzt lief er – man hätte ihn für einen gemütlichen Spaziergänger halten können – vorsichtig nach dem Haus des Arztes Ausschau haltend den schmalen Elvirasteig hinauf. Endlich stand er davor, spähte aufmerksam durch den Zaun. Das Haus war ein eingeschossiger weißer Bungalow – Anfang der 30er Jahre erbaut –, der ganz ohne Zweifel dem Bauhausstil von Mies van der Rohe entsprach. Klare Strukturen, rechteckige Formen, große Fenster zum Garten hin. Vorne, nur wenige Meter vom Zaun entfernt, standen drei riesige Kiefern. Da keine Terrasse zu sehen war, schloss Faber daraus, dass diese auf der Rückseite liegen musste. Im hinteren Teil des Grundstückes stand eine kleine Holzlaube. An einer der Anpflanzungen war ein Mann, offensichtlich der Gärtner, damit beschäftigt, den Boden mit einer Hacke aufzulockern. Faber war nicht stehen geblieben, hatte das alles im Vorbeigehen registriert. Der Zaun zur Straße war nicht hoch, die Hecken zu den Nachbargrundstücken hingegen boten einen guten Sichtschutz. Er ging zurück zum Auto, fuhr in südlicher Richtung weiter.

An der Einmündung der Goethestraße bog er links ab, um dann sofort in die links abzweigende Bogotastraße zu fahren. Er hoffte auf diese Weise einen Eindruck von der Rückseite des Lohmann-Grundstückes zu bekommen. Diese Seite bot jedoch keine Alternative, er musste – es gab keine Zweifel – vom Elvirasteig aus auf das Grundstück gelangen. Die Zeit drängte und deshalb würde er heute Nacht noch einmal hierher zurückkehren, um sich Haus und Garten sehr viel eingehender anzusehen.

Der *Gärtner* hatte, wie von Faber beobachtet, das Erdreich mit einer Hacke gelockert, dennoch blickte Kramer immer wieder – möglichst unauffällig – in Richtung Straße. Die Gartenpflege war lediglich Tarnung, seine eigentliche Aufgabe bestand vor allem darin, den Schutz des Hauses und seiner Bewohner zu garantieren. Deshalb fiel ihm auch jener *Spaziergänger* auf, der ungewöhnlich langsam am Zaun entlangging und neugierig zum Haus hinüberblickte. Der Elvirasteig liegt in einer sehr ruhigen Villengegend, durch die nicht viele Menschen schlendern. Spaziergänger hingegen traf man am Schlachtensee und an der Krummen Lanke. Hier in dieser schmalen Straße fiel so einer, wie dieser Typ dort am Zaun, sofort auf. Nur wenige Minuten waren inzwischen vergangen, als er diesen Mann wieder zurückkommen sah. Kaum war der aus seinem Blickfeld entschwunden, sprintete Kramer nach vorne an den Zaun. Der Oberkommissar näherte sich ihm vorsichtig, spähte in jene Richtung, die der Fremde eingeschlagen hatte. Er konnte gerade noch sehen, wie der Mann auf einen am Bordstein geparkten Wagen zuging – es war ein silbergrauer Citroen DS19. Der Oberkommissar lief zurück ins Haus und rief sofort in der Keithstraße an.

Faber war bei seinem ersten *Besuch* im Elvirasteig am Vormittag aufgefallen, dass der Garten des linken Nachbargrundstücks sehr ungepflegt aussah, auch das Haus wirkte unbewohnt. Er beschloss deshalb dort einzudringen, weil auch das Schloss der Gartenpforte verrostet und verrottet ausgesehen hatte. Da sich seine Frau heute Abend mit ein paar Freundinnen am Ku'damm traf und erst spät in der Nacht wieder zu Hause sein würde, passte das hervorragend in sein Abendprogramm. Schwarzer Pullover, schwarze Trainingshose, Turnschuhe und einen Dietrich für die Gartenpforte in der Hosentasche, so stieg er gegen 21 Uhr in das Auto. Jetzt bog er von der Fischhüttenstraße in die Goethestraße ab, weil er dieses Mal von der anderen Seite in den Elvirasteig einfahren wollte. Er parkte das Auto in deutlich größerem Abstand zu dem Grundstück von Dr. Lohmann als am Vormittag. Langsam stieg er aus, sah sich nach allen Seiten um. Alles war ruhig und friedlich, kein Mensch weit und breit zu sehen. Eng an die Zäune gedrückt, schlich er vorsichtig bis zu dem verlassen wirkenden Nachbargrundstück. Mit dem Dietrich öffnete er leise die Gartentür. Als er sie behutsam aufschob, quietschte sie etwas, dann huschte er hindurch. Faber schlich zu der Hecke, die beide Grundstücke voneinander trennte, und suchte nach einer geeigneten Stelle, von der aus er auf die andere Seite gelangen konnte. Tatsächlich – nur einen Schritt entfernt –, war der Zaundraht stark durchgerostet. Dort war ein größerer Riss entstanden. Vorsichtig zog er den beschädigten Maschendraht so weit auseinander, dass er sich hindurchzwängen konnte. Faber hielt den Atem an, lauschte in die Dunkelheit hinein.

Durch die Zweige einer riesigen Hortensie konnte er jetzt das Haus der Lohmanns sehen. Aus den Fenstern drang gedämpftes Licht nach draußen. Im Schutz der am Rand stehenden Rhododendronbüsche arbeitete er sich Meter um Meter weiter vor, bis er endlich die Rückseite des Hauses erreichte und auf die Terrasse schauen konnte. Jene Holzlaube, die er am Vormittag gesehen hatte – es war inzwischen weit nach 22 Uhr –, konnte man nur noch schemenhaft wahrnehmen. Auf allen vieren robbt er in Richtung Terrasse, auf die ein schwacher Lichtschein aus dem dahinter liegenden Raum fiel. Trotz der nur mäßigen Beleuchtung bemühte er sich Einzelheiten der Terrassentürkonstruktion zu erkennen. Nach wenigen prüfenden Blicken war ihm klar, dass diese sich für seinen Einstieg nicht eignete. Beim Aufhebeln konnte er den entstehenden Lärm überhaupt nicht abschätzen; das Risiko bereits hier entdeckt zu werden, war beträchtlich. Faber schlich – dicht an die Hauswand geschmiegt – wieder nach vorne. In der Wand gab es zwei Fenster – ein größeres und ein deutlich schmaleres. Das eine konnte zur Küche, das andere zum Badezimmer gehören. Das schmalere Fenster schien aus seiner Sicht die beste Lösung zu sein. Da alle Räume des Hauses auf einer Ebene lagen, mussten das Schlafzimmer des Arztehepaares und auch das – sollte er mit seiner Vermutung richtig liegen – für Claudia Ludwig vorgesehene Zimmer auf der anderen Hausseite liegen. Ihm war klar, dass von dem Augenblick an, da er sich im Haus befand, er ganz ruhig bleiben und improvisieren musste. Er war fest davon überzeugt, das Überraschungsmoment würde eindeutig für ihn sprechen. Fabers Plan bestand darin, Claudia mit Chloroform zu betäuben und ihr anschließend eine Überdosis Insulin[18] zu spritzen. Am nächsten Morgen würde man sie – ohne einen Hinweis auf Fremdverschulden – tot in ihrem Bett finden. Mit einem Rezept, das er in der Praxis seiner Frau entwendet hatte, war er nach Neukölln gefahren und hatte es dort in einer Apotheke auf der Karl-Marx-Straße eingelöst. Sollte die

Polizei, er hielt das für nahezu ausgeschlossen, Nachforschungen anstellen, dann würde sich hier niemand an ihn erinnern. Inzwischen war er wieder zu dem Loch im Zaun zurückgeschlichen. Auf dem Nachbargrundstück angekommen, verharrte Faber einen Moment, lauschte angestrengt in die ihn umgebende Dunkelheit. Alles blieb ruhig, keiner im Hause Lohmann hatte etwas von seinem *Besuch* bemerkt. Als er im Auto saß, lehnte er sich zufrieden zurück: *„Auch bei Claudia Ludwig bin ich – wie schon im Fall der anderen beiden Zeugen – diesem arroganten Bullen mal wieder weit voraus. Sind die Ludwigs ausgeschaltet, hat der Kerl nichts mehr gegen mich in der Hand – dann war's das, Herr Oberkommissar."*

Die kleine Holzlaube, das hatte Faber richtig erkannt, lag still und friedlich in der Dunkelheit. Dennoch war – anders als er es vermutet hatte – im besten Sinne des Wortes *Leben in der Bude*. Kramer hatte dort in den frühen Abendstunden Stellung bezogen und von seinem Versteck aus Haus und Garten beobachtet. Der gedämpfte Lichtschein aus dem großen Terrassenfenster reichte völlig aus, um das Geschehen rund um die Terrasse zu erkennen. Der Oberkommissar sah Faber erst, als dieser aus den Büschen heraus Richtung Terrasse robbte und anschließend die Tür überprüfte. Als sich der Mann zurückzog, blieb Kramer im Schutz seiner Laube sitzen und wartete, ob Faber noch einmal – vielleicht auf der anderen Seite des Hauses – auftauchen würde. Nach einer halben Stunde – von dem Eindringling war nichts mehr zu sehen – trat er vorsichtig aus dem schwarzen Schatten der Hütte heraus und ging langsam auf das Haus zu. Er klopfte drei Mal kurz gegen die Scheibe der Terrassentür. Nach einem kurzen Moment wurde der Vorhang zur Seite gezogen und Maggis Gesicht war zu sehen. Schnell öffnete sie die Tür und der Oberkommissar huschte hinein. Blitzschnell zog seine Frau den Vorhang wieder dicht. Dr. Lohmann saß in einem

Ledersessel, während es sich seine Frau auf der großen Couch bequem gemacht hatte.

„Guten Abend Herr Kramer! Darf ich Ihnen ein Glas Wein anbieten?"

Lohmann zeigte auf die Rotweinflasche auf den Glastisch in der Mitte der Sitzgruppe. Kramer ließ sich in den anderen Sessel fallen und nahm dankbar das angebotene Glas entgegen.

„Frau Dr. Lohmann, haben Sie etwas dagegen, wenn ich mir eine Pfeife anzünde?"

„Nein, im Gegenteil, der Tabakduft einer Pfeife gefällt mir viel besser als der Zigarettenrauch meines Mannes."

Als die Pfeife endlich zog und er einen Schluck Rotwein getrunken hatte, berichtete der Oberkommissar den anderen, was er heute in den späten Abendstunden beobachtet hatte.

„Ich hatte den Eindruck, dass Faber Ihre Terrassentür nicht unbedingt begeistert hat. Vermutlich wäre es nicht möglich, sie geräuschlos aufzuhebeln. Nach der Terrasseninspektion ist er dann hinter der Hauswand verschwunden. Er hat sich wahrscheinlich die beiden Fenster dort näher angeschaut. Ich glaube nicht, dass er noch andere Optionen geprüft hat … viel Zeit bleibt ihm auch nicht. Am Sonntag holen Sie Frau Ludwig hierher und Ende der Woche wollen Sie schon mit ihr ins Fichtelgebirge fahren."

„Das ist ein ganz schön blödes Gefühl, Herr Kramer. Wir sitzen hier wie auf dem Präsentierteller und warten darauf, dass der Tatverdächtige in unserem Haus irgendwann einen Mordversuch an unserer Patientin unternimmt. Außerdem sollen wir uns Claudia gegenüber völlig normal verhalten, damit sie von dieser aberwitzigen Situation nichts mitbekommt – ganz toll",

die Ärztin schüttelte – bei dem Gedanken daran – fassungslos den Kopf.

„Ich kann Sie absolut verstehen, Frau Dr. Lohmann. Glauben Sie mir, bei der Vorstellung, in unserem Haus würden sich diese oder ähnliche Ereignisse abspielen, wäre ich auch nicht begeistert."

Maggi versuchte ein wenig die spürbare Anspannung und den Frust der Ärztin aufzufangen.

„Der Kerl hat drei Menschen umgebracht. Hier mit Ihnen zusammen haben wir wahrscheinlich die letzte Chance ihn zu überführen und vor ein Gericht zu bringen. Der Weg hierher war schwer, wir haben unsere ganze Kraft in diese Ermittlungen gesteckt und dabei auch die eine oder andere sehr persönliche Niederlage einstecken müssen. Frau Dr. Lohmann, wir verstehen Sie, aber wir müssen diese letzte Möglichkeit nutzen – das ist unser Job, deshalb sind wir Polizisten."

Kramer blickte sie dankbar an. Maggi konnte so etwas, er selbst eher nicht. Seit er sie vor zwei Jahren in Hamburg beim Besuch der Eltern eines missbrauchten Jungen erlebt hatte, schätzte er ihre Fähigkeit, in jeder Situation die richtigen Worte zu finden, umso mehr. Ihm selbst reichten schon die Treffen mit dem Redaktionsleiter der *BILD*, Heinz Gerber. Dieser ewige Eiertanz um die neusten Fakten. So groß war Kramers Vertrauen dann doch nicht gewesen, dass er vor dem Journalisten alles zum Fall Ludwig ausgebreitet hätte – von der geplanten Aktion hier im Elvirasteig hatte er gegenüber Gerber kein einziges Wort erwähnt.

Während der Oberkommissar am Sonntag nach dem Frühstückskaffee missmutig in seinen *Gärtnerzwirn* schlüpfte, kam beim Blick auf das miesepetrige Wetter wenig Freude für die Gartenarbeit auf. Am kommenden Montag begann bereits die zweite Augustwoche, doch den Sommer schien das – im wahrsten Sinne des Wortes – völlig kalt zu lassen. Temperaturen, die maximal 20 Grad erreichten, immer wieder Schauer, die jeden Gedanken an eine gemütliche Kaffeetafel oder launiges Grillen an einem lauen Sommerabend vergessen ließen. Die Schauer würden nach der Wetterprognose leider ihre Stellung halten, das Thermometer jedoch endlich etwas Höhenluft schnuppern können. Das Ehepaar Lohmann war gleich nach dem Frühstück zum Westend-Krankenhaus gefahren, um Claudia Ludwig abzuholen. Maggi und Rosi hatten sich schon früher dorthin begeben, weil sie in die Rolle von Krankenschwestern schlüpfen sollten. Sie würden Claudia Ludwig und die Lohmanns offiziell nach Zehlendorf begleiten.

Als Dr. Schauer kurz nach 20 Uhr seinen Wagen auf das Gelände des Westend-Krankenhauses steuerte, lagen ein entspannter Freitag und Samstag hinter ihm. Er hatte vor ein paar Jahren ein Wassergrundstück am Kleinen Wannsee von seiner verstorbenen Patentante geerbt. Auf diesem stand zwar nur ein Sommerhäuschen aus Holz, aber dafür hatte es einen eigenen Bootssteg, an dem eine alte Jolle sanft auf den Wellen des Wannsees schaukelte. Sobald die ersten wärmeren Sonnenstrahlen den Frühling ankündigten, verbrachte er mit seiner Frau die Wochenenden dort draußen auf dieser kleinen Idylle am Wasser. Noch ein wenig in der Erinnerung an die beiden letzten Tage, parkte Dr. Schauer lächelnd sein Auto. Der Arzt öffnete die Tür, um auszusteigen, als plötzlich – so als sei sie aus dem Boden gewachsen – eine männliche Gestalt neben der Fahrertür auftauchte. Noch ehe er fragen bzw. weiter darüber nachdenken konnte, was dieser Mann wohl im Sinne führte, drückte ihm der Unbekannte wortlos ein Tuch auf das Gesicht. Es wurde schlagartig dunkel um ihn. Für Faber war es ganz einfach gewesen, dem Arzt hier aufzulauern. Dr. Schauer verfügte, genau wie die anderen leitenden Mediziner, auf dem Gelände über einen reservierten Parkplatz. Blitzschnell zog Faber den Schlüssel aus dem Zündschloss, huschte nach hinten und öffnete den Kofferraum. Er hob das Reserverad heraus und lehnte es gegen den Wagen. Dann ging er zurück, fixierte die Beine des Arztes, indem er sie mit einem Strick eng umwickelte. Anschließend zog er den bewusstlosen Mann aus dem Auto und hievte ihn in den Kofferraum. Den mit Chloroform getränkten Lappen formte er zu einem Knebel und schob ihn in den Mund des wehrlosen Mannes. Dann rollte Faber den bewusstlosen Arzt im Kofferraum auf den Bauch, zog seine Arme auf den Rücken und fesselte die Hände mit einem Seil, das er aus der Jackentasche zog. Mit dem Reserverad beschwerte er die Beine von Dr. Schauer, damit er, sollte er wieder das Bewusstsein erlangen, nicht mit den Füßen gegen den Kofferraumdeckel schlagen und auf sich aufmerksam machen konnte. Er zog den auf der Rückbank des Mercedes liegenden Arztkittel über und ging zu der nur wenige Meter entfernten öffentlichen Telefonzelle. Er wählte die Notaufnahme des Krankenhauses:

„N'Abend, Dr. Schauer hier", er tat, als würde er für einen Moment stutzen.

„Ach, Mensch jetzt habe ich ja versehentlich die Notaufnahme angewählt."

Heute Nacht hatte wieder jene junge Doktorandin Dienst, der Faber vor ein paar Tagen begegnet war und der er sich gegenüber als *Unfallarzt Dr. Melzer* vorgestellt hatte.

„Tut mir leid Frau Kollegin, dass ich bei Ihnen gelandet bin – Dr. Schauer hier. Ich bin zurzeit noch draußen auf meinem Grundstück am Kleinen Wannsee. Meine Frau hatte hier einen kleinen Unfall. Der hat meinen ganzen Zeitplan durcheinandergebracht. Seien Sie doch bitte so freundlich und verständigen meine Stationsschwester, dass ich erst kurz nach 22 Uhr im Krankenhaus sein kann. Inzwischen wird Dr. Melzer – ich glaube, Sie haben ihn bereits vor ein paar Tagen kennengelernt – die Stallwache bis zu meinem Eintreffen übernehmen. Vielen Dank, bis später."

Faber legte sofort auf, um der überraschten jungen Kollegin keine Möglichkeit für eine Rückfrage zu geben. Anschließend schlenderte er gemütlich hinüber zur Notaufnahme.

„Guten Abend, Frau Reimann, ich hab gehört, dass Dr. Schauer mit seinem Telefonat bei Ihnen gelandet ist!?"

„Ja, er schien mir etwas aufgeregt, weil seine Frau einen kleinen Unfall hatte."

„Stimmt, wir haben vor ein paar Minuten miteinander telefoniert. Gisela – also Schauers Frau – ist vom Steg abgerutscht … nichts Dramatisches. Wissen die Schwestern inzwischen auf der Station Bescheid?"

„Ja – ich habe, kurz bevor Sie kamen, oben angerufen."

„Na dann wünsche ich eine ruhige Nacht", er lächelte und winkte ihr kurz zu.

Der Nachtdienst auf der Station für Unfallchirurgie war mit drei Schwestern besetzt. Zwei von ihnen versorgten die sogenannten normalen Patienten, Oberschwester Almut, eine energische, selbstbewusste Frau um die fünfzig, hatte einen Sonderauftrag. Es gehörte wenig Fantasie dazu, um hinter diesem besonderen Dienst die Betreuung des Koma-Patienten Heinz Ludwig zu vermuten. Als Faber mit Schwester Almut allein war, sprach er sie direkt darauf an.

„Schwester, in welchen Abständen überprüfen Sie die Situation bei dem Patienten Ludwig?"

Ungeachtet der Erkenntnisse, die er aus den Informationen bei seinem letzten Besuch hier gewonnen hatte, war diese Frage nach Heinz Ludwig dennoch nicht ohne Risiko gewesen. Für einen kurzen Moment spürte er die Verunsicherung der Schwester, dann fing sie sich sofort, reagierte kühl und abweisend.

„So lange Dr. Schauer nicht hier ist, gehe ich stündlich ein Mal zu dem Patienten und prüfe, ob bei ihm alles in Ordnung ist. Später wird das der Chef alleine kontrollieren."

Sie sagte das in einem Ton, der ihm zeigen sollte, dass dieses Verfahren nicht verhandelbar und seine Beteiligung unerwünscht sei. Wenn er ehrlich war, hatte er auch nicht mit einer Einladung gerechnet, aber die Bestätigung, dass er richtig kombiniert und Ludwigs Aufenthaltsort gefunden hatte, ließ ihn innerlich jubeln. Von diesem Moment an war für ihn nur noch eine Frage zu klären: In welchem Raum dieser Station hatte man Ludwig untergebracht? Es bestand kein Zweifel, dass man ihn außerhalb der Station für Unfallchirurgie betreute. Faber musste deshalb Schwester Almut unbedingt im Blick behalten, ihr unbemerkt folgen, wenn sie ihren nächsten Kontrollgang unternahm. Doch genau diesen Augenblick hatte er verpasst. Almut setzte das Sicherheitskonzept so konsequent um, als hätte sie es selbst erfunden. Sein kurzer Gang zur Toilette hatte ihr gereicht, um sich unbeobachtet zu entfernen. Wäre die Situation für ihn nicht so ernst gewesen, hätte er über seine eigene Blödheit nur den Kopf geschüttelt. Erst betrieb er ein Riesenaufwand, um in die Nähe von Ludwig zu gelangen und dann lässt er sich ganz profan beim Pinkeln von einer Schwester ausbremsen. Faber schäumte innerlich vor Wut, hatte alle Mühe Haltung zu bewahren. Die offensichtliche Situationskomik fand er ehrlich gesagt zum Kotzen.

Langsam beruhigte er sich, suchte verzweifelt nach der Logik innerhalb des Krankenhauskonzeptes. Klar war, Ludwig würde nicht weit entfernt in einem Raum außerhalb der Station untergebracht sein. Jetzt fehlten ihm einerseits die genauen Ortskenntnisse, andererseits wusste er auch nicht, welche Räume in einem solchen Fall genutzt werden konnten. Mittlerweile stand er im Treppenhaus, hatte sich soeben eine Zigarette angezündet, um seine Nerven ein wenig zu beruhigen. Plötzlich hörte er, wie in der unteren Etage eine Tür leise – aber dennoch für ihn hörbar – ins Schloss fiel. Schnell drückte er die Zigarette aus und drängte sich hinter einen Pfeiler. Nur wenige Augenblicke später kam Schwester Almut die Treppe herauf und ging wieder auf die Station zurück. Rumeiern und warten auf bessere Gelegenheiten – das konnte er vergessen. Er ging sofort jene Treppe, die Almut soeben heraufgekommen war, hinunter und stand völlig überraschend vor einer Metalltür. Hinter dieser lagen vermutlich die OP- und Aufwachräume der Unfallchirurgie. Das war die Lösung: Sie hatten Ludwig in einen der Aufwachräume verlegt. Dort gab es mit Sicherheit alle medizintechnischen Einrichtungen, die man zur Versorgung eines Komapatienten benötigte. Vorsichtig öffnete er die Tür und betrat diesen besonderen Stationsbereich. Der Gang vor ihm war schwach beleuchtet, dennoch konnte er im Halbdunkel auf der linken Seite weitere Türen erkennen, deren obere Hälfte verglast war. Er blickte in jeden Raum, der an diesem Flur lag. Jedes Mal, wenn er vor einer Tür stand und durch die Glasfront blickte, hoffte er darauf, dort das Bett mit Heinz Ludwig zu sehen. Als er in den letzten Raum hineinschaute, war er endlich am Ziel. Vor ihm stand in dem leicht abgedunkelten Zimmer das Bett, nach dem er gesucht hatte.

Als er Heinz Ludwig so vor sich liegen sah, für einen kurzen Moment nicht auf die Schläuche und Instrumente achtete, gewann er fast den Eindruck, als würde sein ehemaliger Kumpel sanft und entspannt schlafen. Schnell verdrängte er diesen Anflug von Mitgefühl. Faber öffnete vorsichtig die Tür und war mit wenigen, schnellen Schritten am Bett. Gezielt griff er nach dem Behälter mit der Infusion über dem Bett. Er löste die Kappe und ließ 100 ml Insulin – die Ampullen hatte er zuvor aus einer Tasche seines Arztkittels gezogen – in den Infusionsbehälter laufen. Er schloss ihn sorgsam und hängte ihn wieder an diesen speziellen *Galgen* über dem Bett. Ein kurzer prüfender Blick bestätigte ihm, dass die Infusion wieder gleichmäßig durch den Schlauch lief. Schnell huschte er zur Tür zurück, blickte durch die Scheibe auf den Gang und verließ, da alles ruhig blieb, diesen Raum. Faber ging jedoch nicht auf die Station zurück, sondern verließ unverzüglich das Gebäude und lief zu seinem Wagen auf dem Parkplatz.

Claudia Ludwig war jetzt seit zwei Tagen bei den Lohmanns in Zehlendorf. Der Wechsel aus dem Krankenhaus in die private, häusliche Atmosphäre des Arztehepaares schien ihr gutzutun. Sie musste noch immer an Krücken gehen, genoss aber das Sitzen auf der Terrasse, den Blick in den Garten, den Duft von Blumen und frisch gemähtem Rasen. Maggi und Rosi gaben sich in ihrer Rolle als Pflegekräfte große Mühe, bei der Patientin weder Argwohn noch Angst aufkommen zu lassen. Die beiden Ärzte waren in dieser Phase nur halbtags in ihren Praxen. Sobald Herr und Frau Lohmann das Haus verlassen hatten, frühstückten Maggi, Rosi und Claudia gemeinsam auf der Terrasse. Der Oberkommissar werkelte formal weiterhin als *Gärtner* auf dem Grundstück. Tatsächlich waren er, vor allem aber Maggi und Rosi die Leibwächter, die Personenschützer der Patientin. Rosi wollte gerade mit der Kaffeekanne nach draußen gehen, als es unerwartet an der Tür klingelte. Sie blickte hinaus und sah Seydlitz an der Gartentür stehen. Das war gegen die interne Absprache, denn Kontakte mit der Keithstraße sollte es nur über das Telefon geben.

„Manni, bist du verrückt? Was in aller Welt machst du hier?", Rosi war stinksauer auf ihren Freund.

„Tolle Begrüßung mein Schatz. Wenn du denkst, ich bin hier, weil ich Sehnsucht nach dir hatte – Fehlanzeige. In der Keithstraße ist seit heute Morgen die Hölle los. Wo ist Kalle?"

Seydlitz war sichtlich erregt, Rosis Anpfiff ging angesichts der neuen Lage völlig ins Leere.

„Du kannst am Haus vorbeigehen, Karl ist hinten im Garten."

Seydlitz beachtete sie kaum, nickte nur kurz und ging in die Richtung, die sie ihm beschrieben hatte. Rosi kannte ihren Freund, wusste genau, dass er sich nicht grundlos so verhielt. Sie lief ins Haus zurück, griff sich in der Küche die Kaffeekanne und ging hinaus auf die Terrasse, wo Maggi und Claudia Ludwig sie bereits neugierig erwarteten.

„Das war nur ein Nachbar. Sein Rasenmäher hat ne Grätsche gemacht und er hat gefragt, ob Karl ihm vielleicht helfen könnte."

Als Maggi Seydlitz über den Rasen laufen sah, war ihr sofort klar, dass etwas Ungewöhnliches geschehen sein musste. Manni hatte inzwischen fast die Holzlaube erreicht, als er seinen Chef zwischen den Sträuchern stehen sah. Kramer war soeben damit beschäftigt, überhängende Zweige mit einer Astschere abzuschneiden.

„Hallo Kalle!"

Der Oberkommissar fuhr herum, blickte seinen Kollegen entgeistert an.

„Bist du von allen guten …"

„Kannste dir sparen, hab schon meinen Anschiss von Rosi bekommen. Wo können wir ungestört reden?"

Kramer spürte aus der Reaktion seines jungen Kollegen, dass es offensichtlich ernst war.

„Komm, wir gehen hinter mein Sommerhäuschen. Dort können wir uns in Ruhe unterhalten."

Er ging wortlos in seine Hütte und kam mit zwei Flaschen Bier wieder heraus. Hinter der Holzlaube stand ein Hauklotz, um das Holz für den Kamin zu spalten.

An der Rückwand hatte Kramer bereits damit begonnen, die Holzscheite aufzuschichten. Manni nahm auf dem Hauklotz Platz, während sich der Oberkommissar auf den Holzstapel niederließ. Seydlitz zündete sich eine Zigarette an, während sein Chef zur Pfeife griff. Als beide einen ordentlichen Zug aus der Flasche genommen hatten, berichtete der Oberinspektor, warum er – entgegen der Absprache – heute Vormittag in den Elvirasteig gekommen war. Almuth, die leitende Stationsschwester auf der Unfallchirurgie, hatte heute Morgen Dr. Schneider angerufen. Sie hatte sich bereits am Abend zuvor darüber gewundert, dass ihr Chef, Dr. Schauer, nicht seinen Nachtdienst antrat. Frau Reimann aus der Notaufnahme habe ihr dann mitgeteilt, dass Dr. Schauer bei ihr angerufen habe, um Bescheid zu geben, dass er erst gegen 22 Uhr zum Dienst käme. In der Zwischenzeit würde *sein Kollege Dr. Melzer* zur Verfügung stehen. Frau Reimann ist eine junge Doktorandin, der dieser Melzer schon ein paar Tage zuvor begegnet war. Er hatte sich ihr bei dieser Gelegenheit als einer jener Unfallärzte vorgestellt, die damals bei dem U-Bahn-Unglück vor Ort die Opfer versorgt hatten. Schwester Almuth sei von Anfang an misstrauisch gegenüber diesem Melzer gewesen, zumal sie und Dr. Schauer einen ganz besonders schützenswerten Patienten, Heinz Ludwig, betreuten. Da sie stündlich – im Normalfall erledigte das Dr. Schauer selbst – den Zustand des Patienten sowie die Funktion der Geräte überprüfen musste, habe sie die vorübergehende Abwesenheit Dr. Melzers zu einem ihrer Kontrollgänge genutzt. Als Dr. Schauer auch nach 22 Uhr nicht im Krankenhaus erschien und Dr. Melzer ebenfalls nicht mehr auftauchte, war ihre Besorgnis immer größer geworden. Die Schwester habe deshalb Dr. Schneider angerufen. Bei ihrem nächsten Kontrollgang habe sie dann Heinz Ludwig tot in seinem Bett aufgefunden. Während man im Westend-Krankenhaus intensiv nach Dr. Schauer zu suchen begann, sei die junge Doktorandin Reimann spontan zu den für die Ärzte reservierten Parkplätzen gegangen. Sie habe dort nicht nur den Wagen des vermissten Arztes gefunden, sondern darüber hinaus eine Schleifspur von der Fahrertür zum Kofferraum entdeckt. Dr. Schneider habe dann den Werkstattleiter des Krankenhauses gebeten, den Kofferraum des Mercedes zu öffnen. In diesem lag Dr. Schauer geknebelt und gefesselt. Nach Ansicht des Gerichtsmediziners sei der Arzt an seinem eigenen Erbrochenen qualvoll erstickt. Als Seydlitz seinen Bericht beendet hatte, saß der Oberkommissar für einen Moment wie betäubt auf dem Holzstapel, lehnte sich erschöpft gegen die Rückwand der Hütte.

„Manni – ich kann das alles nicht glauben. Ich, ich … ich meine wir – wir waren uns doch sicher, dass Faber Claudia

Ludwig im Visier hat, weil sie nicht nur das Krankenhaus, sondern in wenigen Tagen auch die Stadt verlassen wird. Das Schwein ist hier vor zwei Tagen nachts durch den Garten geschlichen, hat das Haus überprüft. Heinz lag nach wie vor im *Westend* – um den hätte der sich doch ohne Zeitdruck auch später *kümmern* können."

Kramer schüttelte immer wieder ungläubig den Kopf.

„Warum macht der Kerl das jetzt … das ist doch alles völlig unlogisch."

„Karl, genau das ist der Punkt – das *Logische* in seinem Handeln. Hier lagen – wenn du dich bitte erinnerst – genau Maggis Bedenken, als wir vor kurzem über deine Strategie diskutierten. Sie hat dich schon damals davor gewarnt, diesen Typ nicht zu unterschätzen, denn der tickt völlig anders. Der passt nicht zu dem Täterprofil, dass du aus deiner kriminalistischen Erfahrung heraus erwartest. Seit dem Mord an Sibylle Wagner Ende April sind inzwischen vier weitere Opfer hinzugekommen. Ist doch ne Spitzenerfolgsquote für uns … in der Keithstraße knallen in diesem Augenblick die Sektkorken, denn alle sind von unserer Arbeit total begeistert", sein Sarkasmus und seine Ironie waren unüberhörbar.

„Was soll das heißen Manni? Ist das etwa meine Schuld?", reagierte der Oberkommissar gereizt.

„Na dann denk mal scharf nach, Kalle", Seydlitz wurde richtig wütend. Die verfahrene Situation und der Frust aus einer noch gar nicht so weit zurückliegenden Phase schlugen in diesem Moment voll durch.

„Durch deinen Scheiß-Egotrip damals haben wir bei unseren Ermittlungen fast einen Monat Zeit verloren. Du hast Rosi und mich mit dieser ganzen Scheiße einfach hängen lassen! Deine Familie ist dir damals auch am Arsch vorbeigegangen!"

Es war das erste Mal, seit sie sich kannten, dass er seiner Enttäuschung so freien Lauf ließ. Sie alle hatten nach Kramers

Rückkehr keine klärenden Gespräche geführt, sondern waren ganz einfach zur Tagesordnung übergangen. Heute – angesichts des Desasters im Krankenhaus – traten diese damals verdrängten Probleme nun ungebremst zu Tage. Maggi war, seit sie Seydlitz im Garten gesehen hatte, immer unruhiger geworden. Jetzt stand sie auf.

„Ich gehe nur mal nachsehen, ob die beiden da hinten klarkommen."

Als sie die Hütte erreichte und um die Ecke der Laube bog, hörte sie noch den letzten Satz von Mannis Wutrede. Ihre beiden Kollegen standen sich äußerst erregt und wütend – fast feindselig gegenüber.

„Aufhören! – sofort aufhören!", fauchte sie die beiden Streithähne an.

„Seid ihr jetzt völlig übergeschnappt? Hört sofort auf damit!"

Kramer schien doch noch etwas sagen zu wollen, doch bevor er auch nur den Mund öffnen konnte, schnauzte sie ihn an:

„Du sollst die Klappe halten Karl!"

Ihr plötzliches Auftauchen und das energische Hineingrätschen zeigten Wirkung. Seydlitz hockte apathisch auf dem Hauklotz, hatte sein Gesicht in beide Hände vergraben. Die Verfassung des Oberkommissars war kaum besser. Er war zwischen die Holzscheite gerutscht, wirkte wie ein Häufchen Elend.

„Kalle, Manni", ihre Stimme war jetzt leise und ruhig, hatte fast einen beschwörenden Ton.

„Ich weiß nicht, was passiert ist, aber ganz unabhängig davon sitzt dreißig Meter von hier eine junge Frau, die auf unseren Schutz angewiesen ist. Wir dürfen Claudia Ludwig nicht durch solche bescheuerten Auseinandersetzungen zwischen einigen von uns in Angst und Panik versetzen. Jeder von uns trägt seit einiger Zeit das eine oder andere Problem mit sich herum. Klar – wir sollten diese möglichst bald lösen … aber … das geschieht nicht hier im Haus der Lohmanns … und es geschieht auf keinen Fall heute. Habt ihr mich verstanden?"

Die beiden Männer nickten einsichtig.

„Gut – ich muss wieder zurück zu den beiden anderen."

Als sie gegangen war, erhob sich Seydlitz von dem Hauklotz, ging hinüber zu dem auf der Erde sitzenden Oberkommissar und streckte ihm die Hand entgegen. Er half ihm wieder auf die Füße zu kommen.

„Tut mir leid Kalle – mit mir sind einfach die Gäule durchgegangen. Das war heute Morgen im Westend und in der Keithstraße alles ein bisschen zu viel für mich – entschuldige bitte!."

„Nee, nee Manni – du hattest ja völlig recht. Ich hab euch alle damals hängen lassen. Das fing bei meiner Familie an und hörte auch bei Rosi und dir nicht auf. Du weißt das alles am besten – immerhin wohnen bis heute Maggi und Paula bei euch und nicht bei mir im Haus. Vielleicht hattest du mit deinem Vorwurf vorhin gar nicht so unrecht. Durch mein Fehlen haben wir sicher auch viel kostbare Zeit verloren."

„Kalle, es bringt jetzt nichts, wenn wir beide in der Vergangenheit herumwühlen. Maggi hat recht, da hinten sitzt eine Frau, die wir beschützen müssen und wir wollen Faber endlich ins Gefängnis bringen. Was meinst du, soll nicht auch noch dazustoßen, um euch zu unterstützen?"

„Nee Manni, obwohl das alles gerade nicht so erfreulich ist … wir müssen jetzt erst recht ruhig und besonnen bleiben. Auch wenn einiges in der letzten Zeit etwas anders gelaufen ist … wir drei haben das hier wirklich im Griff. Die beiden Mädels im Haus – du kennst sie selbst – sind ne echte Waffe. Ich bin hier draußen, kann sofort eingreifen, wenn etwas passiert. Ich bin mir absolut sicher – das Schwein wird kommen und wir werden auf ihn vorbereitet sein."

Heinz Gerber hatte in diesen Tagen keinen leichten Stand in seinen Redaktionsbesprechungen. Seit Wochen kämpfte er nicht nur gegen die Ungeduld und das wachsende Unverständnis seiner Mitarbeiter, weil er das Kapitel *Tiergarten-Mörder* zur Tabu-Zone erklärt hatte, sondern er musste auch seinem Chef in Hamburg lästige Fragen beantworten. Seine Devise: *Keine Diskussion darüber in ihren Sitzungen, kein Informationsaustausch über die aktuelle Arbeit der Mordkommission.* Auch beim ihm selbst stieg die Nervosität, weil Kramers Anrufe ausblieben, es seit einer Woche zu keinem Treffen zwischen ihnen gekommen war. Heute Morgen beschloss er nicht länger zu warten, sondern zu ihm in die Keithstraße zu fahren. Als er die Tür zur Mordkommission öffnete, schien es auf den ersten Blick so, als sei die gesamte Dienststelle völlig verwaist. Alle Schreibtische waren unbesetzt. Er wollte schon verärgert die Tür wieder schließen, als sein Blick einem Geräusch folgte. Im Nebenraum saßen sich an einer Art Besprechungstisch zwei Männer wortlos gegenüber. Beide rauchten – wahrscheinlich hatte er das Schnipsen eines Feuerzeugs gehört – und tranken Kaffee. Als er die Tür jetzt etwas kräftiger schloss, kam Bewegung in dieses *Stillleben*.

„Hallo Herr Gerber, ich bin Oberinspektor Seydlitz – wenn Sie zu Oberkommissar Kramer wollen – der arbeitet zurzeit nicht hier."

Erst diese trostlose Leere an einem Ort, bei dem Außenstehende vermuten, dass dort pausenlos die Luft brennt und dann spricht ihn eine fremde Person nicht nur mit seinem Namen an, sondern kennt ganz offensichtlich auch den Grund für seinen Besuch. Seydlitz amüsierte es zunehmend, dass der Journalist mit der aktuellen Situation fremdelte.

„Wollen Sie auch nen Kaffee? Dann kommen Sie bitte mit mir hinüber an den Tisch."

Gerber folgte ihm langsam.

„Sagen Sie mal – woher kennen wir uns eigentlich?"

„Vor etwa zwei Jahren – am Ende dieser traurigen Missbrauchsgeschichte haben Sie sich mit Kramer getroffen und ich war dabei."

Inzwischen waren sie an ihrem Besprechungstisch im Nebenraum angekommen.

„Ich darf die Herren miteinander bekannt machen. Unser Gerichtsmediziner, Dr. Schneider – der Redaktionsleiter der Berlin-Ausgabe *Bild-Zeitung*, Heinz Gerber."

„Herr Gerber, wir können uns die Einzelheiten sparen – wir alle kennen den Deal zwischen Ihnen und Kramer. Wie Sie beide das mit Leben erfüllt haben … keine Ahnung – muss ich auch nicht wissen", reagierte Schneider etwas abweisend. Es hätte durchaus subtilere Möglichkeiten gegeben, mit dem Journalisten ins Gespräch zu kommen. Schneider jedoch entschied sich für Marke *Arschbombe* – alle schwimmen ruhig und entspannt im Becken, nur einer platzt ohne Ansatz mitten hinein. Der Journalist blieb entspannt und nahm lächelnd auf einem der Stühle Platz.

„Mein lieber Doktor, diesem sogenannten Deal haben Sie es aber zu verdanken, dass Sie unsere Zeitung bisher in Ruhe arbeiten ließen, es keine – aus Ihrer Sicht störenden – Berichte in der *BILD* gegeben hat … oder?"

„Sie haben ja recht", der Pathologe klang jetzt deutlich freundlicher, „aber die letzten Tage waren für uns alles andere als einfach. Irgendwie liegen hier bei allen die Nerven blank."

„Ich kann Sie gerne mal zu einer meiner Redaktionsbesprechungen einladen, Sie würden sich wundern, wie mir meine lieben Kollegen dort Feuer unterm Hintern machen – und das nur aus einem Grund: kein Artikel über die Mordserie."

„Herr Gerber, das hat uns auch sehr geholfen", Seydlitz, um Entspannung bemüht, bestätigte die Sicht des Redakteurs. „Warum sind Sie heute zu uns gekommen?"

„Herr Seydlitz, meine Absprache mit Ihrem Chef sah regelmäßige Treffen mit dem entsprechenden Informationsaustausch vor. Ich habe jetzt seit über einer Woche nichts mehr von ihm gehört. Sie können sich vorstellen, dass ich angesichts des Drucks meiner eigenen Leute langsam nervös geworden bin."

„Wie ist denn Ihr aktueller Informationsstand?"

Der Journalist druckste ein wenig herum:

„Na ja – also in unserem letzten Gespräch hat der Oberkommissar angedeutet, dass Sie sich sicher seien, wer für die drei Morde verantwortlich ist. Es gäbe auch einen Plan, wie Sie den Täter aus der Deckung locken und ihn überführen wollten. Nähere Einzelheiten, Namen usw. hat er natürlich nicht geliefert."

„Gut …", Seydlitz atmete tief durch, „im Prinzip hat sich daran auch nicht viel geändert."

Er blickte Dr. Schneider an. Der Arzt zuckte leicht mit den Schultern, helfen konnte er ihm in dieser Situation natürlich nicht.

„Herr Gerber, so ganz stimmt meine Antwort leider nicht. Der Hinweis von Dr. Schneider, bei uns lägen die Nerven ein wenig blank, beschreibt unsere Lage richtig. Seit dem Wochenende gibt es – soweit wir das bis jetzt beurteilen können – zwei weitere Opfer. Auf dem Gelände des Westend-Krankenhauses wurden zwei tote Männer gefunden. Aus unserer Pressemitteilung werden Sie aber nur etwas über *einen* Toten erfahren. Mehr kann und will ich nicht dazu sagen. Warum … weshalb … Herr Gerber, das ist im Moment alles sehr kompliziert. Vielleicht hilft es, wenn ich bestätige, dass wir tatsächlich kurz davor stehen, den Mörder zu fassen. Das wird noch in dieser Woche geschehen. Ich bin ganz sicher, mein Chef wird sich dann sehr zeitnah mit Ihnen in Verbindung setzen und genau die Informationen liefern, die er Ihnen versprochen hat."

Einen Moment lang saßen sich die drei Männer schweigend gegenüber. Der Redaktionsleiter stand auf und legte Seydlitz fest die Hand auf die Schulter:

„Vielen Dank Herr Seydlitz – ich wünsche Ihnen und Ihren Kollegen viel Erfolg … und grüßen Sie bitte Kramer von mir. Ich denke – wir hören voneinander."

Er nickte beiden kurz zu und verließ das Büro. Kaum hatte sich die Tür hinter dem Journalisten geschlossen, erhob sich auch der Gerichtsmediziner von seinem Stuhl.

„Haste gut gemacht mein Junge. Ich muss wieder runter in meine *Grabkammer* – hab noch ne Verabredung mit Dr. Schauer und Heinz Ludwig."

Als auch Dr. Schneider gegangen war, wurde Seydlitz die aktuelle Trostlosigkeit ihrer Räume so richtig bewusst. Seit die anderen drei vor einigen Tagen zu den Lohmanns gezogen waren, saß er alleine hier. Die heftige Auseinandersetzung mit seinem Freund belastete ihn noch immer, das halbwegs versöhnliche Ende des Streits änderte daran wenig. Mit Schwung wurde unvermittelt die Tür zur MK1 geöffnet und Klaus Martens stürmte herein. Der Leiter der Kriminaltechnik schien bester Laune, verharrte lachend nach zwei Schritten in der legendären Siegerpose von Winston Churchill.

„Hallo Klaus – deine fröhliche Stimmung schlägt einem ja richtig aufs Gemüt."

„Und deine Manni kann man im Keller besichtigen. Komm mein Junge, schmeiß ne Runde Kaffee – es gibt etwas zu feiern."

Entspannt ließ sich Martens auf Rosis Schreibtischstuhl fallen und fischte ein Etui mit seinen Zigarillos aus der Sakkotasche. Seydlitz holte zwei frische Kaffees und setzte sich ihm gegenüber. Martens nahm genussvoll einen Schluck aus der Tasse und zog lässig an seinem Zigarillo.

„Und … was feiern wir jetzt, Klaus?"

„Manni, Faber ist am Arsch – wir haben ihn. Wir haben ihn, weil dieser arrogante Penner zu leichtsinnig war und sich ein paar Anfängerfehler geleistet hat. Du erinnerst dich – wir haben, als wir den angeblich gestohlenen Citroen fanden, von dem Ehepaar Faber Fingerabdrücke genommen. Meine Leute haben damals den Wagen an allen möglichen und unmöglichen Stellen nach Spuren abgesucht. Dabei entdeckten wir auch an der Rückseite des Armaturenbretts – in dem Bereich hatte man die Kabel herausgerissen, weil man ein Kurzschließen des Motors vortäuschen wollte – Prints von Edgar Faber. Als man die Leiche von Heinz Ludwig im Krankenhaus fand, wurde das Krankenzimmer, in dem er gelegen hatte, von uns *auf links gedreht*. Unser Doktor hatte uns zuvor eingeschärft, ganz besonders auf alles zu achten, was der medizinischen Versorgung des Patienten diente. Auf dem Infusionsbehälter, der über dem Bett hing, fanden wir Fingerabdrücke. Da Arzt und Schwestern in diesem Raum stets Handschuhe getragen haben, konnten diese Abdrücke nur von einer Person stammen, die nicht berechtigt war, diesen Raum zu betreten. Es gibt keinen Zweifel, die Abdrücke auf dem Behälter und die aus dem Citroen sind identisch. Edgar Faber war am Bett von Heinz Ludwig und hat den Infusionsbehälter geöffnet – die Spurenlage ist eindeutig. Wenn wir Glück haben, findet Schneiders Truppe auch noch heraus, was Faber der Infusion beigemischt hat."

„Klaus, das ist ja super, ich könnte dich knutschen, so sehr freue ich mich!"

„Mein lieber Manni – die Sache mit dem Knutschen würde ich gerne so lange vertagen, bis Rosi hier wieder am Schreibtischtisch sitzt – wenn du verstehst, was ich meine."

Seydlitz war so aufgeregt, dass er die feinen Zwischentöne des Kriminaltechnikers gar nicht mitbekommen hatte.

„Wenn alles sehr zügig abläuft, könnten wir heute noch versuchen Faber in Haft zu nehmen. Die Aktion bei den Lohmanns könnten wie dann auch sofort abblasen. Klausi, meine Stimmung wird immer besser."

„Manni, schieb mal deine Tasse rüber", Martens holte einen *Flachmann* aus seiner Brusttasche und öffnete ihn, „erstklassiger Whisky Meister."

„Nee Klaus, ich muss jetzt Fabers Verhaftung organisieren, vielleicht muss ich gleich noch mit dem Auto fahren. Morgen können wir gerne anstoßen."

Seydlitz war aufgesprungen, griff nach seiner Jacke und befand sich auf dem Weg zur Tür.

„Mensch Manni, als ich hier reinkomme, ist ne Stimmung wie auf dem Parkfriedhof in Neukölln und jetzt drehst du plötzlich das ganz großer Rad. Keule, du bist ja ne richtige Spaßbremse!"

„Tut mir leid, ich muss sofort zu der Fischerin. Klaus – wir sehen uns", damit war er verschwunden.

Die Vorzimmerdame von Frau Dr. Fischer wurde von Seydlitz förmlich überrollt. Noch ehe sie eingreifen, ihre Chefin vorwarnen konnte, stand dieser schon im Büro der Staatsanwältin. Die Neuigkeiten sprudelten nur so aus ihm heraus. Seine Chefin ging wortlos an ihren Schreibtisch und kam mit zwei Gläsern und einer Flasche Scotch wieder.

„Herr Seydlitz", Manni schaute irritiert, hatte sie ihn doch in den letzten Wochen stets „Manni" genannt, – „Sie sind ja völlig durch den Wind. Nun setzen Sie sich erst einmal ganz ruhig zu mir, dann nehmen wir einen kleinen Schluck und Sie erzählen mir in aller Ruhe, was passiert ist."

Diese mütterliche Attitüde, mit der sie hin und wieder überraschte, manchmal auch verwirrte, führte aber in den meisten Fällen dazu, dass ihre jeweiligen Gesprächspartner – zuvor noch aufgeladen und aggressiv – plötzlich ruhig und sachlich über ihre Probleme reden konnten. Seydlitz nahm einen kleinen Schluck aus seinem Glas und berichtete anschließend, welche neuen Ermittlungsergebnisse der Kriminaltechnik vorlagen, dass auch

Dr. Schneider mit Hochdruck an der Auswertung der medizinischen Spurenlage arbeitete und dass jetzt der Punkt erreicht sei, den Haftbefehl gegen Faber zu beantragen und zu vollstrecken. Dann könnte auch die riskante Aktion im Hause Lohmann sofort abgeblasen werden. Frau Dr. Fischer hatte aufmerksam zugehört, ihm keine Zwischenfragen gestellt.

„Manni, du hast völlig recht, das sind sehr gute Nachrichten. Dennoch – allein auf der Grundlage von Martens Ergebnissen kann ich keinen Haftbefehl beantragen, das ist zu dünn. Überleg doch mal. Die Familie seiner Frau hat ein Riesenvermögen. Der Kerl kommt mit einem Anwalt, der spielt als Strafverteidiger in der ersten Liga. Dieser Anwalt ist keine von den Pfeifen, die hier hin und wieder aufschlagen. Sollte Martens an dem Wagen von Dr. Schauer und Schneider bei seinen Analysen auch noch auf wichtige Spuren stoßen, bin ich die Erste, die einen Haftbefehl anfordern wird. Ich weiß, du bist in Sorge wegen deiner drei Kollegen – glaub mir – das bin ich auch. Wir machen es so, wir beide trinken jetzt aus, dann gehst du zurück in dein Büro und triffst alle Vorbereitungen. Du stellst zwei Teams zusammen. Das eine, das zum *Hilton* fahren wird, das andere für die Fahrt zu Fabers Wohnung. Ich selbst werde hier auf Schneider und Martens warten. Wenn wir Glück haben, liegt in einer Stunde der Haftbefehl auf deinem Tisch und du kannst deine Leute von der Leine lassen. Aber erst wenn Faber gefasst ist, rufst du bei den Lohmanns an – nicht eine Sekunde früher – sind wir uns da einig?"

Seydlitz nickte stumm, griff zu seinem Glas, prostete ihr zu und leerte es mit einem Zug.

„Vielen Dank Frau Dr. Fischer."

Er zögerte, machte keine Anstalten aufzustehen. Seydlitz räusperte sich, als würde ihm ein Kloß im Hals stecken.

„Ja – ich mache mir Sorgen, aber ich fühle mich auch mies, weil ich beim letzten Treffen mit Karl einen Riesenzoff hatte.

Sie kennen die Vorgeschichte nur zu gut. Damals haben Rosi und ich hier ganz alleine den Laden am Laufen gehalten. Kalle hat in dieser Zeit nicht nur uns beide, sondern auch Maggi und Paula im Stich gelassen, weil er auf seinem Egotrip unterwegs war. Dann haben Sie selbst – keiner von uns weiß bis heute, was Sie an diesem Nachmittag in Frohnau angestellt haben – Kalle wieder zurück in die Spur gebracht. Plötzlich tauchte er im Büro auf, fast zeitgleich fing auch Maggi wieder an zu arbeiten. Rosi und ich waren froh, dass wir alle wieder zusammen waren. Wir haben jedoch nie die Zeit gefunden – vielleicht wollte das auch keiner von uns, ernsthaft – gemeinsam über diese Phase zu reden. Wir alle haben das einfach verdrängt. Jetzt, in dieser angespannten Situation ist das alles aus mir herausgebrochen und ich hab mich mit Kalle richtig gefetzt. So etwas hatte es vorher zwischen uns noch nie gegeben."

Zum Ende war seine Stimme immer leiser geworden.

„Eigentlich sollten wir uns jetzt noch 'n *Lütten* genehmigen", meinte sie lächelnd, „aber wir müssen heute einen klaren Kopf behalten, Manni. Diese Auseinandersetzung zwischen dir und Karl – Manni das ist doch völlig normal. Ohne mit dir hier aus meinem privaten Nähkästchen zu plaudern – was meinst du, was bei mir zuhause manchmal abgeht? Ich gegen den Rest der Familie. Die beiden Kinder gegen uns, die *peinlichen Eltern* – gibt noch ein paar andere Varianten. Jeder von uns schleppt irgendein Problem mit sich herum, das er besser zu einem früheren Zeitpunkt hätte ansprechen sollen. Wir sind alle Weltmeister im Verdrängen … ist so. Ich weiß, ihr vier bekommt das hin … wenn das alles hier vorbei ist."

„Sie haben recht – ich glaub das auch."

Jetzt stand er tatsächlich auf, beide nickten einander zu und er ging zurück in sein Büro. Seydlitz fühlte sich nach dem Gespräch mit seiner Chefin deutlich besser. Er folgte ihrem Vorschlag, zwei Teams für die Verhaftung Fabers zusammenzustellen. Eine

Gruppe, die zur Wohnung des mutmaßlichen Mörders fahren würde, wollte er selbst leiten. Für den anderen Trupp sollte sein ehemaliger Kollege aus dem Sittendezernat, Kriminalinspektor Franke, die Leitung übernehmen. Als er Franke anrief und ihn um seine Unterstützung bat, war dieser sofort einverstanden. Jetzt konnte er nur noch warten. Eigentlich war er fest davon überzeugt, dass Dr. Schneider und Martens die noch fehlenden Puzzleteile liefern und Dr. Fischers Bedenken ausräumen würden. Die Staatsanwältin hatte keine Zweifel, dass Faber der gesuchte Täter war, aber sie wollte ihm auch keine Chance bieten, dank eines erfahrenen Strafverteidigers noch einmal davonzukommen. Sie rief Richter Malzahn an. Er war der Älteste von denen, die sie in Erwägung gezogen hatte. Sie wusste, mit Malzahn konnte man jederzeit sprechen, weil er sein Amt pflichtbewusst und voller Überzeugung wahrnahm. Dr. Fischer informierte den Haftrichter über den aktuellen Ermittlungsstand und die Möglichkeit, dass absehbar weitere Beweise gegen Verdächtigen vorliegen könnten und sie auf seine Unterstützung setze.

Am Abgrund

Kurz nach 20 Uhr meldete sich Martens und bat seine Chefin um ein Gespräch. Seine Mannschaft hatte hervorragend gearbeitet. Am Reserverad, am Zündschlüssel und am Lenkrad von Dr. Schauers Mercedes waren sie fündig geworden. Die Techniker konnten Fingerabdrücke von Edgar Faber sicherstellen. Als der Leiter der Kriminaltechnik im Begriff war, das Büro der Staatsanwältin zu verlassen, stand Dr. Schneider im Vorzimmer. Auch seine Untersuchungsergebnisse konnten sich sehen lassen. Im Blut und im Urin von Heinz Ludwig fanden sie keinen Hinweis, der seinen plötzlichen Tod hätte erklären können.

Bei der Überprüfung des Infusionsbehälters hatten sie jedoch Erfolg. An dessen Innenwand konnten sie Spuren von Insulin nachweisen. In Verbindung mit den gefundenen Fingerabdrücken an der Flasche gab es nur eine logische Erklärung: Der Täter hatte dem Infusionsmittel eine hohe Dosierung Insulin hinzugefügt und damit gezielt den Tod von Ludwig herbeigeführt. Das war eindeutig Mord. Inzwischen war es fast 21.30 Uhr. Richter Malzahn unterschrieb den Haftbefehl und wenige Minuten vor 22 Uhr lag dieser bei Seydlitz auf dem Schreibtisch. Der Oberinspektor rief sofort Franke an, der unverzüglich mit seinen Leuten in Richtung *Hilton* aufbrach. Seydlitz selbst hatte sich für drei junge Polizisten, die er von seinem wöchentlichen Judo-Training gut kannte, entschieden. Sehr sportliche und im Zweikampf erprobte, vor allem aber sehr ruhige, sachliche junge Männer, denen er absolut vertraute. Als die Franke-Truppe kurz nach 23.00 Uhr im Hotel eintraf, war nach wenigen Minuten klar, dass der Gesuchte fehlte, weil er in der Vormittagsschicht gearbeitet hatte. Franke gab über Funk durch, dass ihr Einsatz ins Leere gelaufen sei und sie sich wieder auf dem Rückweg in die Zentrale befänden.

Auch Seydlitz klingelte in der Reichstraße vergeblich an der Tür. Ihm war beim Betreten des Hauses schon aufgefallen, dass der Citroen nicht auf der Straße parkte. Kurz entschlossen änderte er den ursprünglichen Plan und fuhr mit seinen Begleitern nach Zehlendorf. Der Fischerhüttenstraße folgten sie bis zur Einmündung der Goethestraße, dort bogen sie links ab. Da sie sich nicht zu dicht dem Grundstück der Lohmanns nähern und eine mögliche Aktion durch ihr plötzliches Erscheinen gefährden wollten, parkte er den Wagen zwanzig Meter, bevor die Goethestraße auf den Elvirasteig trifft. Der schwarze Nachthimmel Berlins lag bleiern über der Stadt, die wenigen Laternen erleuchteten die Straße nur unzulänglich. Einige Hausbesitzer hatten deshalb auf ihren Grundstücken oder an den Hauseingängen Lampen angebracht. Wäre die Ausgangslage nicht so angespannt gewesen, ein unbefangener Betrachter hätte dieser Stimmung ganz sicher eine romantische Note abgewinnen können. Den vier Polizisten fehlte in diesem Moment für derartige Betrachtungen jeglicher Sinn. Seydlitz forderte zwei Kollegen seiner Gruppe auf, den Kreuzungsbereich *Elviragsteig* und *Am Schlachtensee* eingehend zu kontrollieren und nach einem grauen Citroen DS19 Ausschau zu halten. Nach wenigen Minuten kehrten die beiden zurück, den gesuchten Wagen hatten sie nicht gefunden. Im Schatten der Grundstückszäune und Hecken, jeden Lichtkegel sorgfältig vermeidend, schlich der Seydlitz-Trupp vorsichtig den Elvirasteig hinauf. Nach wenigen Metern hob Seydlitz den Arm und stoppte sein Team. Schräg gegenüber – in entgegengesetzter Fahrtrichtung – stand das gesuchte Auto.

„Dieter und Winni", er sprach ganz leise mit seinen Begleitern, „ihr beide bleibt hier in Deckung und beobachtet die Straße und den Wagen sehr aufmerksam. Sollte sich dem Auto ein Mann nähern, was ich eigentlich für ausgeschlossen halte, dann wird der Kerl ganz schnell und leise – kein Anruf *Bleiben Sie stehen, hier ist die Polizei!* – von euch überwältigt. Handschellen anlegen – fertig. Winni, du bleibst in diesem Fall hier und bewachst den Mann. Dieter, du kommst dann direkt zum Haus der Lohmanns. Alles klar Jungs?" Die beiden Angesprochenen nickten.

„Okay, Ecki, komm – weiter geht's zu Lohmann."

Seydlitz und sein Begleiter arbeiteten sich vorsichtig weiter auf ihr Ziel zu. Gegenüber dem genannten Haus kauerten sie sich im Schutz einer Hainbuchenhecke nieder und beobachteten sehr aufmerksam das Haus und den zur Straße gelegenen Bereich des Lohmann-Grundstücks.

Sie hatten entschieden, dass Rosi im Raum gegenüber dem Bad Position beziehen sollte. Würde sich Faber im Haus befinden, sollte sie die Eingangstür sichern, seine Flucht über diesen Weg verhindern. Maggi hingegen lauerte in der Küche und würde, sollte Faber wie vermutet durch das Bad ins Haus gelangen, ihm den Fluchtweg über die Terrasse versperren. Auf diese Weise säße der Eindringling genau zwischen ihnen in der Falle. Sollte es Faber dennoch gelingen, in Richtung Garten zu entkommen, wäre der Oberkommissar sofort zur Stelle, um den Flüchtigen aufzuhalten. Soweit der Plan.

Im Haus herrschte absolute Finsternis, es brannte keine Lampe und da der Mond heute Nacht ein Totalausfall war – es gab keine einzige Lücke in der dichten Wolkendecke –, drang auch von draußen kein Lichtschimmer hinein. Obwohl Rosi knapp drei Meter von der Badezimmertür entfernt stand, konnte sie diese nur erahnen – sehen konnte sie diese nicht. Die junge Ermittlerin lauschte angespannt in die sie umgebende Finsternis und erschrak ein wenig, weil sie ihr eignes Atmen als ungewöhnlich laut empfand. Plötzlich glaubte sie etwas zu hören, ein leises Knacken, ein Knirschen. Jetzt starrte sie noch angestrengter auf die gegenüberliegende Tür. Rosi hatte nichts erkennen können und zuckte deshalb leicht zusammen, als – nur wenige Schritte entfernt – unvermittelt eine dunkle Gestalt in der Diele stand – Faber. Dieser verharrte regungslos, schien ein wenig nach Orientierung zu suchen. Kaum hatte sie den kleinen Schock überwunden, trat sie aus ihrer Deckung hervor, bezog sofort vor der Eingangstür Stellung:

„Polizei! Faber, keine Bewegung!"

Sie hatte das Wort *Polizei* kaum ausgesprochen, als der Eindringling blitzschnell reagierte und in Richtung Wohnraum stürzte. Auch Maggi verhielt sich wie abgesprochen, trat nun aus der Küche in die Diele, um den Flüchtenden aufzuhalten.

„Polizei …", weiter kam sie nicht, denn Faber stieß sie mit großer Wucht in den Wohnraum zurück. Sie stolperte, schlug mit dem Kopf gegen einen der Sessel.

„Maggi! – Bist du okay?"

Rosi suchte einerseits verzweifelt in der Diele nach dem Lichtschalter, andererseits war für sie völlig unklar, was dort gerade im Wohnraum passierte. Kramer, der unweit der Terrasse hinter einem Busch gekniet hatte, sprang sofort auf, als er Rosis und kurz darauf Maggis Rufe hörte. Dieser wolkenverhangene Nachthimmel Berlins, der wie eine schwarze Käseglocke über allem thronte, unter der Haus und Garten zu einer dunklen Masse ohne jede Kontur verschmolzen, hinderten ihn, irgendwelche Einzelheiten zu erkennen. In diesem Momente flammte jedoch Licht im Hausinnern auf, Rosi hatte endlich den Schalter in der Diele gefunden. In dem nun etwas erhellten Hausinnern erblickte er eine männliche Gestalt, die zur Terrassentür hechtete, sie mit aller Gewalt aufriss und nach draußen sprang. Faber blieb wie angewurzelt stehen, als er plötzlich den Mann vor sich erblickte. Kramer, auf diese Situation leider nur mental vorbereitet – seine Waffe lag aus unerklärlichen Gründen in der Gartenhütte –, war davon überzeugt, dass er Fabers Flucht hier und jetzt stoppen, ihn gemeinsam mit seinen beiden Kolleginnen endlich festnehmen konnte. Keine Frage, der Kerl hatte fünf Menschen ermordet, aber niemals mit einer Waffe getötet. In drei Fällen war es ein Seidenschal, in zwei Fällen irgendeine chemische Substanz gewesen. Weder das Eine noch das Andere würden ihm in diesem Moment helfen können. Für einen kurzen Augenblick standen sich beiden Männer regungslos gegenüber.

„Geben Sie auf Faber – es ist vorbei."

Kramer sprach sehr ruhig, fast gelassen, aber auch sehr bestimmt. Der Andere schien zu lächeln. Dann ließ er seinen linken Arm fallen und hielt plötzlich ein Messer mit einer langen, breiten Klinge in seiner Hand. Der Oberkommissar blickte ungläubig und fassungslos zugleich auf die Waffe.

„Verdammt, warum hat der Kerl ein Messer? Das passt doch überhaupt nicht zu ihm."

Viel Zeit für weitere philosophische Gedankenspiele blieb ihm allerdings nicht, denn Faber schwang das Messer bei seinem ersten Angriff wie eine Sense. Geschickt wich Kramer aus, doch sein Gegner ließ sich von diesem Fehlschlag nicht beirren. Als der Mörder spürte, dass sein Hieb ins Leere ging, hielt er im Schwung inne und riss die Waffe – ähnlich einem Rückhandschlag im Tennis – sofort wieder zurück. Diesmal konnte der Oberkommissar nicht wie beim ersten Angriff ausweichen und riss deshalb instinktiv seinen linken Arm nach vorne, um den Hieb abzuwehren. Die Klinge schnitt durch seine Haut wie das Messer durch die Butter. Kramer glaubte, sie bis auf seinen Unterarmknochen zu spüren. Dann traf sie ihn oberhalb des Beckenknochens und schlitzte seine Bauchdecke auf. Er blickte – alles, was hier in diesem Augenblick geschah, war für ihn einfach nicht zu begreifen – auf seinen Arm, aus dem das Blut spritzte. Ein heißer, stechender Schmerz auf der linken Seite schoss durch seinen Körper. Er fühlte sich plötzlich unendlich müde, spürte kaum, wie die Kraft langsam aus seinen Beinen wich. Der Oberkommissar sank langsam auf die Knie, sein Kopf fiel nach vorne auf die Brust. Faber hielt kurz inne, blickte voller Hass auf den verletzten Polizisten. Fast schien es, als würde er lächeln. Hasserfüllt schaute er auf den hilflos vor ihm knienden Mann, der noch kurzem seiner Frau gegenüber so überlegen, so selbst- und siegessicher aufgetreten war. Faber hatte alle, die sich ihm bisher in den Weg gestellt hatten, die sein Leben aus der sicheren Bahn zu werfen drohten, erbarmungslos getötet. Dieser Polizist dort vor ihm auf dem Rasen würde ihn erst recht nicht aufhalten können, dessen Weg würde hier in nur wenigen Sekunden zu Ende sein.

Rosi riss, nachdem sie endlich den Lichtschalter gefunden und Faber in Richtung Terrassentür flüchten sah, die Haustür auf und raste – die Pistole im Anschlag – nach links um die Hausecke. Als sie in Höhe der Terrasse angekommen war, bot sich ihr ein surreales, ein furchtbares Bild. Kramer kniete dort mit gesenktem Kopf auf dem Gras, während Faber wie sein Scharfrichter erneut das Messer schwang, um ihrem Chef die Kehle zu durchschneiden. Ohne auch nur einen Moment zu zögern, feuerte sie ihre Waffe ab. Die Kugel traf Fabers Kopf auf der rechten Seite. Wie das Echo ihres Schusses hallte ein zweiter durch die Nacht. Maggi stand – beide Arme weit ausgestreckt – breitbeinig in der Terrassentür. Jetzt ließ sie langsam ihre Waffe sinken. Ihre Kugel hatte den Mörder genau zwischen die Schulterblätter getroffen. Faber war schon tot, bevor er auf der Terrasse aufschlug. Erst jetzt kippte der Oberkommissar ganz langsam, wie in Zeitlupe, nach vorn über und blieb regungslos auf dem Bauch liegen. Das ganze Geschehen hatte – von Rosis erstem Ruf *Polizei* bis zu Maggis finalem Schuss – keine 3 Minuten gedauert.

In dem bis dahin dunkel, still und friedlich mitten am Elvirasteig liegenden Haus hatte sich in diesem kurzen Zeitabschnitt schlagartig alles verändert. Im gesamten Erdgeschoß brannte Licht. Seydlitz und sein Begleiter waren, als sie Rosi aus der Haustür stürzen sahen, über die Straße auf das Grundstück gespurtet. Das Arztehepaar Lohmann, durch den Lärm aus dem Schlaf gerissen, behielt trotz der ausgebrochenen Panik die Ruhe und versorgte den schwerverletzten Oberkommissar professionell. Die Schnittwunde am Arm war das kleinere Problem, die fürchterliche Bauchwunde, der große Blutverlust waren hingegen lebensbedrohlich. Mit vielen Kompressen und einem improvisierten Druckverband versuchten die beiden Ärzte das Schlimmste zu verhindern. Maggi kniete, während die Lohmanns konzentriert arbeiteten, bei ihrem Mann, streichelte seinen Kopf und weinte hemmungslos. Völlig verzweifelt rief sie immer wieder seinen Namen. Rosi lief, als sie sah, dass Kramer versorgt wurde, sofort zum Telefon. Zuerst rief sie in der Notaufnahme des *Behring-Krankenhauses*, anschließend in der Keithstraße an. Kriminaltechnik und Gerichtsmedizin sollten unverzüglich nach Zehlendorf kommen. Die Lohmanns hatten kaum ihre Arbeit an dem noch immer bewusstlos auf dem Rasen liegenden Kramer beendet, als vor dem Haus der Krankenwagen des *Behring* hielt. Die beiden Sanitäter legten den Verwundeten auf eine Trage, eilten zu ihrem Wagen und rasten mit dem verletzten Oberkommissar und seiner Ehefrau zurück zum Krankenhaus. Richtig turbulent wurde es erst, als die Kriminaltechnik eintraf, weil einerseits im Garten plötzlich Scheinwerfer aufgestellt wurden, deren greller Schein eine kalte, fast gespenstische Stimmung schuf. Zahlreiche KT-Mitarbeiter in Schutzoveralls liefen durch Bad, Diele und Wohnraum, um Spuren zu sichern.

Im Garten waren die Aktivitäten der Polizei nicht geringer, da es herauszufinden galt, auf welchem Weg der Mörder auf das Grundstück gelangt war. Dr. Schneiders Auftritt hingegen war kurz und unspektakulär.

Nach nur wenigen Minuten rollten zwei Fahrzeuge wieder zurück in Richtung Keithstraße. Im ersten Wagen saßen der Pathologe und seine Assistenten, im zweiten lag der Metallsarg mit den sterblichen Überresten von Edgar Faber. Als Frau Dr. Lohmann von der Terrasse aus wieder den Wohnraum betrat, ließ sie ein plötzlicher Gedanke, die Erinnerung an eine junge Frau regelrecht zusammenfahren. Niemand hatte in den letzten Minuten – auch sie selbst nicht – an Claudia Ludwig gedacht, die der eigentliche Grund, die mörderische Zielscheibe jenes Mannes gewesen war und die unfreiwillig zu diesem nächtlichen Drama beigetragen hatte. Erschrocken und besorgt sah sich die Ärztin in dem Wohnraum um. In einem Sessel, in der dunkelsten Ecke – weit weg von der Terrasse – entdeckte sie die verängstigte Frau. Claudia Ludwig saß dort, ihre Knie eng vor die Brust gezogen und blickte verstört und hilflos auf das für sie völlig absurde Treiben um sie herum. Auch Seydlitz wurde erst in diesem Augenblick bewusst, dass er, seit er das Grundstück der Lohmanns betreten hatte, kein einziges Wort mit Rosi gewechselt hatte. Ecki, seinen jungen Begleiter, hatte er schon vor ein paar Minuten zu den beiden anderen Kollegen, die bei dem Citroen auf der Lauer lagen, geschickt. Er gab ihm den Auftrag, diese nachhause zu fahren. Er selbst sollte den Wagen behalten und am nächsten Vormittag an die Fahrbereitschaft zurückgeben. Karl lag offensichtlich schwerverletzt im Krankenhaus, dort war auch Maggi, denn sie war im Rettungswagen mitgefahren. Blieb nur noch Rosi. Sie hatte, neben dem Arztehepaar, in diesem Chaos stets den Überblick behalten und mit ihren Anrufen dafür gesorgt, dass der schwerverletzte Oberkommissar in ein Krankenhaus gebracht wurde und hier unverzüglich strukturierte Polizeiarbeit aufgenommen werden konnte. Jetzt stand sie draußen auf der Terrasse und rauchte mit Martens eine Zigarette. Er ging entschlossen auf die beiden zu.

„Sorry Klaus", dabei griff er nach Rosis Zigarette und warf sie achtlos auf den Rasen. Dann nahm er seine leicht verwirrte Freundin in die Arme, drückte sie so fest an sich, als wollte er sie nie wieder loslassen. Je länger er sie hielt, umso stärker spürte er, dass er sie tatsächlich auch festhalten musste. Rosi hatte in der entscheidenden Phase dieser Nacht hervorragend reagiert und dann – als es notwendig war – alles Erforderliche veranlasst. Jetzt in Mannis Armen fiel die ganz Anspannung ab. Mit enormer Wucht kehrte jener Moment zurück, da sie zum ersten Mal auf einen Menschen gezielt und ihn erschossen hatte. Sie klammerte sich an ihren Freund und fing ganz leise an zu schluchzen.

Acht Wochen später

Die dramatischen Ereignisse der Nacht des 26. August hatten bei allen Beteiligten Spuren hinterlassen. Für Claudia Ludwig begann nur wenige Tage danach ein neuer Lebensabschnitt. Während ihrer Kur in Bad Bernburg lernte sie eine junge Frau aus Frankfurt am Main kennen. Diese hatte bei einem schweren Autounfall ihren Mann verloren. Sie selbst hatte mit nur leichten Verletzungen diese Katastrophe überlebt. Ihr gehörte ein großes Juweliergeschäft auf der *Zeil*, der wichtigsten Einkaufsstraße in der Mainmetropole. Die Begegnung dieser beiden Frauen, die das gleiche Schicksal teilten, den geliebten Mann auf tragische Weise verloren hatten, führte zu einer engen Freundschaft. Nach dem Ende der Reha-Maßnahme zog Claudia zu ihrer neuen Freundin nach Frankfurt.

Seydlitz hatte sich am 28. August mit dem Redaktionsleiter der Berlin-Ausgabe *Bild-Zeitung* getroffen und Kramers Versprechen eingelöst. Gerber erfuhr aus erster Hand, was im Westend-Krankenhaus tatsächlich geschehen war und welches Drama sich im Haus und auf dem Grundstück des Arztes Dr. Lohmann abgespielt hatte. Maggi und Rosi, die in jener Nacht zum ersten Mal einen Menschen erschossen, weil sie nur auf diese Weise das Leben eines anderen vor dem sicheren Tod bewahren konnten, halfen ihre zahlreiche Gespräche miteinander. Bei einem Psychologen fanden sie darüber hinaus Hilfe, ihr seelisches Gleichgewicht wiederzuerlangen. Kramer kehrte nach drei Wochen Krankenhausaufenthalt wieder nach Hause zurück. Bei ihm waren die körperlichen Folgen seiner Verletzungen für alle ganz offensichtlich. *Die anderen* hingegen *sahen* nur jene Menschen, die ihn schon lange kannten. Heute, der Oktober war bereits auf der Zielgeraden, ließ das Wetter noch einmal die Illusion eines schönen Spätsommertages aufkommen. Allein beim Blick auf das Laub an den Bäumen – das Sonnenlicht zauberte eine farbenprächtige Laubwolke von leuchtendem Gelb bis hin zum tiefen, dunklen Rot über dem Garten – wurde klar, in welchem Teil des Jahres man tatsächlich angelangt war. Seydlitz hatte den Tisch an einen sonnigen, geschützten Platz auf der Terrasse geschoben. Er trug das Tablett mit Kaffeekanne und Tassen nach draußen, denn Kramer fehlten noch immer Kraft und Sicherheit in seinem linken Arm. Muskeln, Sehnen und Nervenenden wuchsen nach und nach wieder zusammen, ihre normale Funktion hatten sie bei weitem noch nicht wiedererlangt. Während die beiden Freunde entspannt in der Sonne saßen, Kaffee tranken und rauchten, stakste Paula, fröhlich vor sich hin plappernd, nur wenige Meter entfernt über den Rasen. Stand Kramer vom Stuhl auf oder wollte sich setzen, sah man sofort, welche Probleme ihm seine Bauchverletzung noch immer bereitete. Das waren genau jene Folgen, die jeder sehen konnte. Maggi, Rosi und Seydlitz, die ihn lange kannten, ihn täglich erlebten, spürten jedoch, dass er – sobald man mit ihm über den beruflichen Alltag sprach – sehr einsilbig wurde, das Thema möglichst schnell verlassen wollte. War Kramer allein, kreisten seine Gedanken jedoch fast ausschließlich um seine Arbeit, um seine Aufgaben als Leiters der Mordkommission. Beim Blick zurück überkamen ihn immer wieder Zweifel und Unsicherheit, ob – und wenn ja, warum – er Situationen richtig oder falsch eingeschätzt hatte, Entscheidungen vielleicht hätte anders treffen müssen. Das Selbstbewusstsein, die Lockerheit früherer Tage wollten sich angesichts des ständigen Grübelns und seines diffusen Schuldgefühls nicht wieder einstellen. Die Vorstellung, in absehbarer Zeit wieder im Büro des Leiters der MK1 zu sitzen, verdrängte er, weil der Zweifel an sich selbst nicht kleiner wurde. Mannis Frage brachte ihn in die Realität zurück.

„Kalle, was hältst du davon, wenn du mal diese Physiotherapeutin anrufst, die damals Maggi nach ihrer Schussverletzung so erfolgreich behandelt hat oder wenn du vielleicht mal mit diesem Psychologen sprichst, der Rosi und Maggi geholfen hat?"

Der Oberkommissar sah ihn misstrauisch an:

„Hat Maggi dich auf mich angesetzt?"

„Sag mal – ich seh doch selber, was mit dir los ist – ich brauche keinen Vordenker. Nee Kalle – ich bin dein Freund … ich will dir einfach helfen", entgegnete Manni gelassen.

Paula war inzwischen mutiger geworden, lief jetzt nicht mehr nur geradeaus, sondern kam – beide Arme ausgebreitet – in leichten Kurven in Richtung Terrasse gelaufen. Plötzlich – vermutlich war sie im Rasen hängen geblieben – landet sie unsanft mit einem klassischen *Bauchklatscher* im Gras. Verdutzt und ein wenig erschrocken blieb sie einen kurzen Augenblick still liegen. Dann hob sie den Kopf – in dem kleinen Gesicht klebten ein paar Grashalme und ein Blatt. Das Kind blickte zu seinem Vater und fing herzzerreißend an zu weinen. Aus ihren zusammengekniffenen Äuglein spritzten die Tränen wie bei kleinen Fontänen. Kramer hievte sich mühsam aus dem Stuhl, ging zu ihr und stellte sie mit seinem unverletzten Arm wieder auf die Beinchen. Sanft entfernte er Grashalme und Blatt aus ihrem verweinten Gesicht, streichelte ihr liebevoll über den Kopf, küsste sie sanft auf die Stirn.

„Na mein kleiner Engel – alles wieder gut?"

Das Kind hörte sofort auf zu weinen, schniefte mit der Nase und sah ihn mit ihren großen Kulleraugen an.

„War doch alles nicht schlimm, mein Schatz. Wenn du das nächste Mal hinfällst – dann stehst ganz schnell wieder auf."

Er gab ihr einen liebevollen Klaps und kam an den Tisch zurück. Mit einem kleinen Seufzer ließ er sich auf dem Stuhl nieder.

„Kalle, meinst du nicht auch, dass der Satz, den du gerade zu Paula gesagt hast, auch für dich gilt?"

Kramer sah ihn einen Moment lang nachdenklich an – dann nickte er.

„Da hast du sicher recht Manni."

Er blickte nachdenklich hinüber zum Garten.

„Tja – bei Paulchen ist das relativ einfach, aber in meinem Fall – da ist das alles leider sehr viel komplizierter und schwerer. Ich bin mir einfach nicht sicher, ob ich in absehbarer Zeit tatsächlich wieder zu euch zurückkehren kann." Kramer zögerte kurz,

„Ich habe in den letzten Jahren einfach zu vieles eingesammelt, das ich offensichtlich nicht so schnell wieder loswerde. Tut mir leid Manni ... ist nun mal so.

Glossar

1) Thonet-Stuhl

Thonet, eine deutsche Möbelbaufima, die 1819 in Boppard gegründet wurde und 1842 nach Wien wechselte. Schon früh experimentierte Michael Thonet mit der Bugholz-Technik. 1920 kaufte der jüdische Kaufmann Leopold Pilzer das Unternehmen. Unter seiner Führung begann die Produktion von Stahlrohrmöbeln und er setzte Entwürfe von Marcel Breuer und Mies van der Rohe – Vertreter des Bauhaus-Stils - um.

2) Spökenkieker

Niederdeutscher aber auch in Friesland gebräuchlicher Ausdruck für Spuk-Gucker bzw. Erzähler von Spinereien

3) SM

Die Begriffe Sadismus und Masochismus wurden erstmals 1886 von Richard von Krafft-Ebing in einem wissenschaftlichen Zusammenhang in Psychopathia sexualis verwendet. Er bezieht sich hierbei auf die Werke der Schriftsteller de Sade, dessen Romane pornografische Inhalte mit Gewaltfantasien mischen, und Sacher-Masoch, der in mehreren Werken den Lustgewinn durch Schmerz und Unterwerfung schildert.

4) Rogacki

1928 eröffnen Paul und Licia Rogacki einen Räucherwaren handel in Wedding. 1932 wechseln sie nach Charlottenburg und führen in der Wilmerdorfer Str. ihr Geschäft mit einer Aal- und Fischräucherei weiter. Mitte der 50-ziger Jahre wird Rogacki zum angesagten Fischladen West-Berlins. An Stehtischen auf der Straße, können die Kunden frisch zubereitete Fischspezialitäten genießen.

5) Nancy Kwan

Eine chinesich-amerikanische Schauspielerin, geb. 1939 in Honkong. 1961 wurde sie als beste Nachwuchsschauspielerin mit dem Golden Globe ausgezeichnet. Von 1960 bis 2006 spielte sie in über 30 Filmen mit.

6) Tsunami	Ein Tsunami (jap. 津波, wörtlich ‚Hafenwelle'), deutsch Erdbebenwoge genannt, ist eine Abfolge besonders langer Wasserwellen, die sich über sehr große Entfernungen auszubreiten vermögen und als solche eine Verschiebung von Wasser bzw. Meer in Folge einer Verdrängung darstellen.
7) Siegessäule	Sie gehört zu den wichtigsten Sehenswürdigkeiten Berlins und den bedeutendsten Nationaldenkmälern Deutschlands. In den Jahren 864–1873 von Heinrich Strack zur Erinnerung an die Einigungskriege ursprünglich auf dem Königsplatz erbaut, wurde sie 1938–1939 zusammen mit den Denkmälern Bismarcks, Roon und Moltkes an den heutigen Standort versetzt. Die bekrönende Viktoria von Drake wird im Berliner Volksmund „Goldelse" genannt.
8) Hertha BSC	Der Verein wurde aber aufgrund schwerer Verstöße gegen die Statuten vom DFB in die Regionalliga zurückgestuft. Hertha BSC hatte einige Spieler mit „Handgeldern" angelockt, was damals verboten war.
9) Nante	Der Eckensteher, eigentlich Ferdinand Strumpf (* 1803; † ?), war ein Berliner Dienstmann mit der polizeilichen Konzessions-Nr. 22 (vermerkt auf einem Messingschild, das um den Arm getragen wurde). Nante hatte an der Ecke Königstraße seinen Standort unweit der Destillation Eulner, in der er einzukehren pflegte. A der Straßenecke auf Gelegenheitsarbeiten wartend, kommentierte er, was sich um ihn ereignete, mit einem Witz, der ihn zum Berliner Original machte.
10) Waschkessel	Wesentlicher Bestandteil einer Waschküche war ein gemauerte Ofen mit eingemauerter Wanne (der sog. Waschkessel), in der das Waschwasser erhitzt wurde. Darunter befand sich die dazu benötigte Feuerung, die mit Kohle und/oder Holz, betrieben wurde.
11) Modus operandi	Latein: Art des Handelns oder Art der Durchführung

12) Verlagshaus Springer	Zwischen 1959 und 1965 entstand der quer zur damaligen Kochstr. heute Rudi Dutschke-Str. – stehende goldfarbene Gebäudeteil nach Plänen der Architekten Melchiore Bega und Gino Franzi aus Mailand sowie Franz Heinrich Sobotka und Gustav Müller aus Berlin. Für den Bau wurde im März 1961 die Ruine der Jerusalemkirche gesprengt.
13) Sektion	Ziel einer klinischen Sektion (auch Autopsie, Obduktion oder innere Leichenschau genannt) ist die Aufklärung von Grundleiden und der Todesursache. Dabei soll auch der mögliche krankhafte Kausalzusammenhang deutlich gemacht werden.
14) De-javue	Als Déjà-vu (frz. déjà vu = ‚schon gesehen') bezeichnet man eine Erinnerungstäuschung, bei der eine Person glaubt, ein gegenwärtiges Ereignis früher schon einmal erlebt zu haben.
15) Steson	Der Stetson ist ursprünlich ein Hut aus Filz mit breiter Krempe, der zuerst von Buffalo Bill und später vor allem in Western als klassischer Cowboyhut bekannt gemacht wurde. Der Midfield Seagrass wurde nicht aus Filz, sondern aus Stroh gefertigt.
16) Borsalino	Gegründet wurde das Unternehmen in Alessandria, Piemont, Italien, wo Giuseppe Borsalino (1834–1900) nach Lehrjahren in Paris im Jahre 1857 eine Hutmacherwerkstatt übernahm. Die Filzhüte werden aus Kaninchen- oder Biberhaar, aber auch aus exclusivem Vikunja Guanako oder Cervelt gefertigt. Prominent Träger: Al Capone, Marlon Brando, Robert Redfort
17) Dissertation	Eine Dissertation (abgekürzt Diss.), Doktorarbeit, seltener Promotionsschrift, Dissertationsschrift oder Doktorschrift, offiziell auch Inauguraldissertation, Antritts- oder Einführungsdissertation, ist eine wissenschaftliche Arbeit zur Erlangung eines Doktorgrades an einer Wissenschaftlichen Hochschule mit Promotionsrecht.

18) Insulin

Insulin (Insulinum, Inselhormon) ist ein für Wirbeltiere lebenswichtiges Proteohormon, das in den β-Zellen der Bauchspeicheldrüse bildet wird. Diese spezialisierten Zellen befinden sich in den Langerhans-Inseln. Von diesen Inseln leitet sich auch der Name „Insulin" ab von lateinisch insula „Insel". Das Hormon transportiert Glucose aus dem Blut in die Zellen und senkt dadurch den Blutzucker - eine Überdosierung ist tödlich.

LESETIPP!

Hartmut Kühne
Atomdeal mit Kater

228 Seiten
13,5 x 20,5 cm
Softcover mit Klappen
ISBN: 978-3-98503-016-3
14,90 € (D)

Ein Berlinkrimi zwischen Kiez und Kanzleramt: Privatdetektiv Sergeij Apostel will den Schmuggel von Informationen zu Atombomben verhindern. Iran und Nordkorea planen einen teuflischen Deal. Es geht um große Weltpolitik.

Doch alles beginnt mit einem scheinbaren Routinefall. Apostel soll die vermisste Studentin Charlotte aufspüren. Ihr Freund wird gefunden – blutend und tot am Wannsee. Neben ihm liegt eine Frau. Aber das ist nicht Charlotte. Sie bleibt verschwunden. Eine Spur führt zu einem Neuköllner Hotel, das sich als Ort des Horrors entpuppt.

Apostels Recherchen führen ihn von Berlins Drogenszene in die Basare Teherans und schließlich in das Büro der Bundeskanzlerin.

„Rohen Menschen Gutes tun, heißt Korn in fels'gen Boden säen."
Saadi, persischer Dichter

Johanna Ritter

Mord zum Jahrestag

272 Seiten
13,5 x 20,5 cm
Softcover mit Klappen
ISBN: 978-3-946732-74-7
14,90 € (D)

Laufen und relaxen. Das ist alles, was Hauptkommissar Erwin Holle sich von seinem Urlaub auf der ostfriesischen Insel Norderney erhofft. Den Kopf freikriegen, das Leben genießen und Seeluft tanken. Doch durch einen Anruf seiner Dienststelle zerbricht dieser Wunsch in Sekundenschnelle. Schon findet er sich bei Mordshitze in verschwitzten Laufklamotten am Tatort „Weststrand" wieder und nimmt die Ermittlungen auf. Inwieweit der Norddeicher Kurzgeschichtenautor Ulf-Berthold Stikkert, der unweit des Tatorts aufgefunden wird, mit dem Mord zu tun hat oder ob die Feierlustigen einer Klassenfeier etwas verbergen, bleibt zu klären. Das Ermittlerteam arbeitet unter Hochdruck, denn der Mörder ist nicht aufzuhalten.

Johanna Ritter
Strafbar

208 Seiten
13,5 x 20,5 cm
Softcover mit Klappen
ISBN: 978-3-98503-003-3
14,90 € (D)

Wenn ein Arzt Anhaltspunkte für einen nicht-natürlichen Tod findet oder er aufgrund der Gesamtumstände die Todesart als ungeklärt ansieht, ist die Polizei zu benachrichtigen. Die Ursache für die fehlerhafte Feststellung des Todes ist eine zumeist unzureichende Leichenschau. Sie resultiert oft aus einer diffusen Gemengelage aus Zeitdruck, Desinteresse, falsch verstandenem Pietätsgefühl gegenüber den Angehörigen und ärztlichem Selbstverständnis, der Arzt als Helfer. Dazu kommt sehr oft die mangelnde fachliche Befähigung. Jeder Arzt, gleich welcher Fachrichtung, ist zur Leichenschau und Ausstellung des Totenscheines berechtigt. Rechtsmedizinisches Wissen ist nicht erforderlich. Wie sieht damit der Alltag der Leichenschau in Deutschland aus? Selten werden Tote untersucht …

Fünfzehn Geschichten von Kleinganoven über ein Bankräuberpärchen, Mord im Milieu, Kindsmord bis hin zum Doppelmord geben Einblicke in die Ermittlungen und die Funktion der Organisation Polizei, vor, während und nach der politischen Wende 1989.